Allan Quatermain und die heilige Blume

Der Autor Sir Henry Rider Haggard war als britischer Schriftsteller ein Vertreter des englischen Abenteuerromans des 19. Jahrhunderts. Eine seiner bekanntesten Romangestalten ist der englische Abenteurer Allan Quatermain, der mit seinen Gefährten Sir Henry Curtis, Sir John Good und dem Afrikaner Umslopogaas aufregende Abenteuer auf dem „schwarzen" Kontinent erlebt. Inspiriert wurde Haggard (nach eigenen Angaben) dabei durch das Leben und die Reiseberichte des seinerzeit bekannten Großwildjägers Frederick Courteney Selous, an dessen Leben und Persönlichkeit die Romanfigur angelehnt ist.

In der Buchreihe „Historical Diamond" werden die Juwelen bedeutender klassischer Autoren in einer qualitativ hochwertigen, aber preiswerten Buchausgabe in ungekürzter Fassung neu herausgegeben. Das Themenspektrum umfasst spannende Romane, u. a. historische Romane, Krimis, Fiktion, Abenteuer und Entdeckungsreisen.

HISTORICAL DIAMOND

Henry Rider Haggard

Allan Quatermain und die heilige Blume

Abenteuerroman

Herausgeber
Klaus-Dieter Sedlacek

Band 14

Bibliografische Information Der Deutschen Bibliothek:
Die Deutsche Bibliothek verzeichnet diese Publikation
in der Deutschen Nationalbibliografie; detaillierte
bibliografische Daten sind im Internet über
http://dnb.ddb.de
abrufbar.

Herstellung und Verlag: BoD – Books on Demand, Norderstedt.
ISBN: 9783752888515

1. Kapitel

Bruder John.

Wer den Namen Allan Quatermain kennt, wird ihn wohl nicht so leicht mit Blumen zusammenbringen, und im besonderen nicht mit Orchideen. Und doch war es mir einmal bestimmt, an der Jagd nach einer Orchidee teilzunehmen, einer Jagd, die so bemerkenswerter Natur war, daß ihre Einzelheiten der Nachwelt erhalten zu bleiben verdienen.

Es war vor langer Zeit, als ich noch jünger war, und es war auf einer Jagdexpedition in der Gegend nördlich des Limpopo-Flusses, der die Grenzen von Transvaal bildet. Mein Gefährte war ein gewisser Herr Charles Scroope. Er war nach Durban gekommen, um zu jagen. Wenigstens war das der eine seiner Gründe. Der andere war eine Dame, die ich Fräulein Manners nennen will.

Die beiden waren verlobt und schienen große Neigung zueinander zu empfinden. Aber etwas war dazwischen gekommen. Auf einem Jagdball in Essex hatten sie sich wegen eines Herrn, mit dem Fräulein Manners vier Tänze hintereinander getanzt hatte, entzweit. Der Streit endete mit dem Bruch zwischen beiden Verlobten. Scroope entschloß sich, auf Elefantenjagd nach Afrika zu gehen.

Er ging auch wirklich nach Afrika. Schon am nächsten Tage verließ er Essex, ohne Abschied zu nehmen und ohne eine Adresse zu hinterlassen. Wie es sich lange nachher herausstellte, wäre, wenn er nur noch auf den nächsten Briefträger gewartet hätte, ein Brief gekommen, der seine Pläne wohl geändert haben würde. Doch beide waren junge Menschen von überschäumendem Temperament und eigensinnig bis zur Narrheit, wie das eben die Art von Verliebten ist . . .

So tauchte Charles Scroope eines Tages in Durban auf. Wir begegneten einander in der Bar des Royal-Hotels.

»Wenn Sie Großwild schießen wollen,« hörte ich jemand sagen, »so ist dort der Mann, der Ihnen zeigen kann, wie man das macht. Jäger Quatermain ist der beste Schütze in Afrika und einer der feinsten Kerle dazu.«

Ich saß still, rauchte meine Pfeife und tat, als hörte ich nichts. Es ist ja auch beschämend, wenn man anhören muß, wie man über den grünen Klee gelobt wird.

Dann nach einer Unterredung im Flüsterton wurde Scroope herangebracht und mir vorgestellt.

Er war ein großgewachsener junger Mann mit dunklen Augen und einem ziemlich romantischen Schimmer, der wohl mit seiner Liebesgeschichte zusammenhing. Der Gesamteindruck war jedoch so, daß mir sein Gesicht und Wesen gefielen. Als er erst ein paar Worte gesprochen hatte, wurde ich in meiner Entscheidung noch bestärkt. Sie lauteten:

»Wie geht es Ihnen? Wollen wir einen Schnaps miteinander trinken?«

Ich lehnte ab, da ich tagsüber niemals etwas trinke. Wir einigten uns aber auf eine kleine Flasche Bier. Als das Bier ausgetrunken war, gingen wir nach meinem kleinen Hause an der Berea, wo wir miteinander zu Mittag aßen. Charles Scroope hat dieses Haus erst wieder verlassen, als wir am nächsten Tage zu unserer Expedition aufbrachen.

Alles auf diesem Jagdausflug ging gut, bis auf das unglückliche Ende. Wir hatten zwar nur zwei Elefanten erwischt, aber wir machten genügend Beute an anderem Wild. Wir näherten uns auf unserem Rückwege bereits Delagoa-Bay, als jener Unglücksfall eintrat.

Eines Abends wollten wir etwas für unser Abendbrot schießen, als ich zwischen den Bäumen eine kleine Antilope erspähte. Sie verschwand hinter einem Felsen, der auf der einen Seite einer Schlucht aufragte; und zwar trottete sie langsam, nicht flüchtend ab. Wir folgten. Ich war der erste und hatte mich gerade um die Felsen herumgedrückt und wahrgenommen, daß das Wild, es war ein Buschbock, etwa zwanzig Schritt entfernt von mir erhoffte, als ich ein Rascheln in den Büschen auf der Plattform des Felsens über mir und gleichzeitig Scroope schreien hörte:

»Achtung, Allan! Er kommt herunter.«

»Wer kommt herunter?« antwortete ich in ärgerlichem Tone; denn das Geräusch hatte den Bock verjagt.

Dann fiel mir ein – alles in einem Momente selbstverständlich –, daß der Mann nicht ohne besonderen Grund derartig schreien würde. So lugte ich um mich. Bis auf diese Minute kann ich mich genau an alles erinnern. Da waren einige vom Wasser ausgewaschene

Granitfindlinge; Farne wuchsen aus ihren Rissen. Auf einem der Farnblätter saß ein großer Käfer mit roten Flügeln und schwarzem Leib, der sich seine Fühler mit den Vorderfüßen putzte. Und darüber, gerade noch über dem oberen Rande des Felsens, war der Kopf eines außerordentlich starken Leoparden sichtbar!

In demselben Augenblick sprang der Leopard mir auf den Rücken und drückte mich platt wie einen Eierkuchen. Ich nehme an, daß er ebenfalls dabei gewesen war, den Bock zu beschleichen, und sich jetzt über unser Erscheinen vor Wut nicht zu lassen wußte. Ich schlug hin, aber glücklicherweise in eine Vertiefung mit feuchter, moosiger Erde.

»Alles ist aus!« sagte ich zu mir selbst; denn ich fühlte das Gewicht der Bestie auf meinem Rücken. Ich spürte, wie das Raubtier mich in das Moos niederpreßte, und sein heißer Atem traf meinen Nacken, als es den Rachen öffnete, um mich in den Kopf zu beißen. Dann hörte ich den Knall von Scroopes Gewehr und ein Fauchen und Knurren des Leoparden, der jedenfalls getroffen war. Dabei schien er mich aber für denjenigen zu halten, der ihn verletzt hatte, denn er packte mich an der Schulter. Ich fühlte seine Zähne auf meiner Haut dahingleiten. Glücklicherweise faßten sie nur die Lederjacke, die ich auf der Jagd zu tragen pflegte. Daraufhin begann er mich zu schütteln; dann wieder ließ er mich fahren, um mich besser zu packen. Im Gedanken daran, daß Scroope nur ein leichtes einläufiges Gewehr hatte und deshalb nicht nochmals schießen konnte, wußte ich, das Ende sei gekommen.

Darauf murmelte ich irgend etwas und verlor, glaube ich, das Bewußtsein. Als mir die Sinne zurückkehrten, hatte ich einen merkwürdigen Anblick – der Leopard und Scroope rauften miteinander. Das Katzentier, auf einem Bein stehend, denn das andere war durch den Schuß gebrochen, schien mit Scroope zu boxen, während Scroope sein großes Jagdmesser mehrmals hintereinander in den Körper der Bestie stieß. Sie fiel nieder, Scroope lag zuunterst, und der Leopard riß mit der Tatze auf seinem Körper entlang. Ich erhob mich und kam nach einigen Anstrengungen aus dem wässerigen Moosbett heraus – ich erinnere mich noch heute des schmatzenden Geräuschs, das mein Aufstehen verursachte.

In der Nähe lag mein Gewehr, unbeschädigt und gespannt, wie es mir aus der Hand gefallen war. In der nächsten Sekunde hatte ich den Leoparden durch den Kopf geschossen, gerade als er dabei war, Scroope bei der Kehle zu packen.

Er fiel tot auf ihn hin. Ein Zucken, ein letztes Niedersausen der Pranken (in des armen Scroopes Bein), und alles war vorbei. Da lag er, als wenn er schliefe, und unter ihm lag Scroope.

Die Schwierigkeit war, ihn herunter zubekommen; denn das Tier war sehr schwer. Schließlich gelang es mir mit Hilfe eines dornigen Astes, den wohl ein Elefant von einem Baum abgebrochen hatte. Scroope lag still und blutbesprengt da. Zuerst wähnte ich ihn tot. Aber als ich ihm ein bißchen Wasser übers Gesicht gegossen hatte, richtete er sich auf und fragte ziemlich sinnlos:

»Was bin ich jetzt?«

»Ein Held«, antwortete ich. – Auf diese Bemerkung bin ich immer stolz gewesen. –

Dann machte ich mich an die Arbeit, ihn nach dem Lager zurückzubringen, das zum Glück nicht weit entfernt war.

Zuerst machte er noch immer unzusammenhängende Bemerkungen. Seinen rechten Arm hatte er um meinen Nacken geschlungen, während mein linker seine Hüfte umfaßt hielt. Als wir so einige hundert Meter zurückgelegt hatten, brach er plötzlich bewußtlos zusammen. Sein Gewicht war mehr, als ich tragen konnte. Ich mußte ihn verlassen, um Hilfe zu holen.

Zuguterletzt brachte ich ihn mit Unterstützung einiger Kaffern auf einer ausgespannten Decke ins Zelt und untersuchte ihn. Er war über und über zerkratzt. Bedenklicher waren jedoch ein Biß durch die Muskeln des linken Oberarms und drei tiefe Risse im rechten Schenkel, die ein Prankenschlag des Leoparden verursacht haben mußte.

Eine schreckliche Woche folgte. Scroope fiel in Delirien, schrie und krakeelte über alles Mögliche. Seine Verlobte spielte hierbei eine besondere Rolle. Ich hielt ihn, soweit es mir möglich war, mit Wildfleischsuppen, denen ich ein wenig Branntwein zusetzte, bei Kräften. Aber er wurde schwächer und schwächer. Die Wunden am Oberschenkel fingen an zu eitern. Die Kaffern, die wir bei uns hatten, konnten mir wenig von Nutzen sein, und so fiel die ganze Pflege auf mich. Glücklicherweise hatte der Leopard mir selbst keinen ernsthaften Schaden zugefügt. Doch der Mangel an Ruhe zehrte an mir. Ich durfte ja kaum wagen, länger als eine halbe Stunde hintereinander zu schlafen. Schließlich war auch ich vollständig erschöpft. Da lag nun der arme Scroope in dem kleinen Zelt, wand und drehte sich und murmelte vor sich hin. Ich saß an seiner Seite, und Bedenken stiegen in mir auf, ob er überhaupt noch den nächsten Morgen erleben würde. Und wenn schon, wie lange würde ich noch imstande sein, ihn zu betreuen? . . . Ich hieß einen Kaffer, mir meinen Kaffee zu bringen, und gerade als ich die Tasse mit zitternder Hand an meine Lippen hob, kam Hilfe.

Sie kam in einer merkwürdigen Weise. Vor unserem Lager standen zwei Dornenbäume, und zwischen diesen Bäumen, von den Strahlen der untergehenden Sonne beschienen, sah ich eine seltsame Gestalt mit langsamen, fast feierlichen Schritten auf mich zukommen. Es war ein Mann von ungewissem Alter. Trotzdem der Bart und das lange Haar schneeweiß waren, sah das Gesicht verhältnismäßig jugendlich aus, und die dunklen Augen waren voll Leben und Energie. Abgetragene, zerrissene Kleidungsstücke und ein ebenfalls nicht mehr neuer Ledermantel schlotterten lose um die hochgewachsene hagere Gestalt. An den Füßen trug er Stiefel von ungegerbtem Leder, auf dem Rücken einen verbeulten Blechkasten und in seiner knochigen Hand einen langen Stab aus schwarzweißem Holze, das die Eingeborenen Unzimibiti nennen. An der Spitze dieses Stabes flatterte ein Schmetterlingsnetz. Er war begleitet von einigen Kaffern mit Kisten auf den Köpfen.

Ich wußte sofort, wer der seltsame Mensch war. Wir waren einander schon einmal in Zululand begegnet, als er ruhig und wie selbstverständlich plötzlich zwischen den Reihen eines feindlichen Zuluregimentes auftauchte. Er war eine der merkwürdigsten Persönlichkeiten ganz Südafrikas. Zweifellos war er ein Gentleman im wahrsten Sinne des Wortes. Doch niemand wußte etwas von seiner Lebensgeschichte. Daß er Amerikaner war, verriet zeitweise seine Sprache. Er mußte Arzt sein und, nach seiner außerordentlichen Geschicklichkeit zu urteilen, sehr viel Praxis in Medizin und Chirurgie gehabt haben.

Die Eingeborenen und viele Weiße hielten ihn für ein bißchen geistesgestört. Die afrikanischen Eingeborenen sehen in einem Irren einen Heiligen. Er hieß unter ihnen Dogitah, augenscheinlich eine Abänderung des Wortes »Doktor«, während die Weißen ihn unter den Namen Bruder John, Onkel Jonathan oder der heilige Johannes kannten.

Ich kann die Erleichterung, die ich empfand, als ich ihn auftauchen sah, nicht beschreiben; ein Engel vom Himmel konnte mir nicht willkommener sein.

»Wie geht es Ihnen, Bruder John?« sagte ich und reichte ihm eine Tasse Kaffee.

»Seien Sie mir gegrüßt, Bruder Allan«, antwortete er in einer Ausdrucksweise, die er bevorzugte und die ich für so etwas wie antiken Stil hielt.

»Auf Wanzenjagd?« forschte ich.

Er nickte: »Ja, und auf der Jagd nach Blumen und Schmetterlingen.«

»Wo zuletzt?« fragte ich.

»Auf jenen Hügeln dort, ungefähr zwanzig Meilen von hier. Gestern abend gegen acht Uhr brach ich auf und lief die ganze Nacht hindurch.«

»Warum?« fragte ich und sah auf.

»Weil es mir schien, als wenn mich jemand gerufen hätte. Und das waren Sie, Allan.«

»Also haben Sie von meinem Hiersein und dem Unglücksfall gehört?«

»Nein, nichts habe ich gehört. Wollte eigentlich heute morgen auf die Küste losgehen. Gerade als ich gestern abend zu Bett ging, acht Uhr fünf Minuten genau, kam Ihre Botschaft, und ich brach auf. Das ist alles.«

»Meine Botschaft –?« begann ich, brach ab, sah nach meiner Uhr und verglich sie mit der seinen. Beide zeigten merkwürdigerweise, bis auf einen Unterschied von nur zwei Minuten, dieselbe Zeit.

»Das ist seltsam«, sagte ich langsam. »Acht Uhr fünf Minuten gestern abend habe ich wirklich eine Botschaft um Hilfe weggeschickt; denn ich glaubte, mein Kamerad dort im Zelt«, und ich zeigte mit dem Daumen in die Richtung, »läge im Sterben. Nur, die Botschaft war weder an Sie noch an einen anderen Menschen gerichtet. Verstehen Sie?«

»Vollkommen. Die Botschaft wurde befördert. Das ist alles. Befördert und, wie ich glaube, eingeschrieben.«

Ich sah Bruder John an, und Bruder John sah mich an. Aber bei dieser Gelegenheit sprachen wir nicht mehr hiervon. Es war zu eigenartig. Immer vorausgesetzt, daß er nicht log. Aber bis jetzt hatte niemand eine Lüge von diesem Menschen gehört. Und da gibt es noch Leute, die nicht an die Kraft eines Gebetes glauben. –

»Was ist es?« erkundigte er sich.

»Von einem Leoparden gebissen. Wunden wollen nicht heilen und dazu Fieber. Ich glaube nicht, daß er's noch lange macht.«

»Was wissen Sie davon? Lassen Sie mich ihn ansehen.«

Nun, er sah ihn an und wirkte Wunder. Jener Blechkasten auf seinem Rücken war voll Arzneien und chirurgischer Instrumente. Diese kochte er zunächst einmal gründlich ab. Sodann gab er dem armen Charly vorerst eine Dosis irgendeines Schlafpulvers, das nach seinen Angaben von den Kaffern stammte. Dann öffnete und reinigte er die Wunden am Schenkel und gab ihm ein Getränk, das einen ungeheuren Schweißausbruch zur Folge hatte und das Fieber sofort und für immer vertrieb.

Das Ergebnis der Kur war, daß der Patient bereits zwei Tage später im Feldbett saß und brüllend eine handfeste Mahlzeit verlangte. Eine Woche später konnten wir daran gehen, ihn nach der Küste zu transportieren.

»Glauben Sie mir nun, daß jene Botschaft von Ihrem Bruder Scroope das Leben gerettet hat?« fragte der alte John, als wir mit dem Patienten aufbrachen.

Ich gab keine Antwort. Der Vollständigkeit halber muß ich hinzufügen, daß er, wie ich von seinen Kaffern erfuhr, tatsächlich an jenem Abend bereits Anweisung gegeben hatte, am nächsten Morgen nach der Küste zu ziehen. Zwei Stunden nach Sonnenuntergang jedoch befahl er plötzlich, alles einzupacken und ihm zu folgen. Und dann war er mit fast übermenschlicher Zähigkeit fast zweiundzwanzig Stunden lang mit großen Schritten vor ihnen hermarschiert.

Ich muß es dem einzelnen Leser überlassen, eine Erklärung für dieses Vorkommen zu suchen. Vielleicht findet er sie in den Begriffen Gedankenübertragung, Instinkt, Inspiration oder sonst etwas . . .

Während der acht Tage unseres Zusammenseins im Lager, auf dem Marsch nach Delagoa-Bay und der Seereise von dort nach Durban kamen Bruder John und ich einander recht nahe. Niemals sprach er über seine Vergangenheit und auch niemals über die eigentlichen Gründe seiner Wanderungen. Desto mehr aber über wissenschaftliche und ethnologische Fragen.

Unter anderen Dingen zeigte er mir viele Stücke seiner Sammlungen, die er auf seiner gegenwärtigen Reise zusammengebracht hatte; Insekten und prächtige Schmetterlinge, sauber aufgespießt und in Kästen verwahrt, auch eine Anzahl zwischen Löschpapierblättern getrocknete Blumen und unter ihnen einige Orchideen. Als er sah, daß diese mir besonders gefielen, fragte er mich, ob ich Lust hätte, die wundervollste Orchidee

der ganzen Welt zu sehen. Ich sagte selbstverständlich ja, worauf er aus einer Kiste ein flaches Paket holte, ungefähr sechzig Zentimeter im Quadrat groß. Er entfernte die Umhüllung aus farbigen Grasmatten. Ein Blechkasten folgte, in dem wieder Matten und einige Zeitungsblätter als Schutz lagen. Und schließlich kamen, von Löschblättern reichlich umhüllt, eine Blüte und ein Blatt zum Vorschein. Beim Anblick dieses Blütenwunders riß ich Mund und Augen auf.

Sogar noch in diesem getrockneten Zustand war es ein wunderbares Produkt der Natur. Es maß wohl vierundzwanzig Zoll von der Spitze des einen Flügels oder Blütenblattes bis zur Spitze des anderen und zwanzig vom oberen Rande der hinteren Scheide bis zum Boden des Staubbeutels; die Maße der hinteren Scheide selbst habe ich vergessen; aber sie war sicherlich einen Fuß im Quadrat groß. Die Farbe der Blüte war ein glänzendes Gold. Die hintere Scheide leuchtete schneeweiß und war mit schwarzen Streifen durchsetzt. Im Zentrum des Staubbeutels befand sich ein einzelner schwarzer Fleck, geformt wie der Kopf eines großen Affen. Da waren die überhängenden Brauen, die tiefliegenden Augen, das mürrische Maul, die massiven Kinnbacken –, kurz alles, was dazu gehört.

»Was ist das?« fragte ich fassungslos vor Erstaunen.

»Sir,« sagte Bruder John – in der Erregung gebrauchte er manchmal diese förmliche Anrede –, »es ist das wundervollste Exemplar eines Cypripedium, das auf der ganzen Welt existiert. Ich habe es entdeckt. Eine gesunde Wurzel dieser Pflanze würde zwanzigtausend Pfund wert sein.«

»Das ist besser als eine Goldmine«, sagte ich. »Ja, und haben Sie eine Wurzel?«

Bruder John schüttelte traurig den Kopf.

»Wie kommen Sie denn zu der Blume?«

»Werde ich Ihnen sagen, Allan. Vor ungefähr einem Jahre sammelte ich in dem Landstrich hinter Kilwa und fand dort wirklich prachtvolle Sachen. Zuletzt, ungefähr dreihundert Meilen im Innern, kam ich zu einem größeren Stamm, der noch niemals von einem Weißen besucht worden war. Es waren die Mazitu, ein blühendes und kriegerisches Volk, Bastarde von Zulublut.«

»Von denen habe ich gehört«, fiel ich ein. »Sie brachen nach dem Norden durch vor ungefähr zweihundert Jahren, noch vor den Tagen von Senzangakona.«

»Ich konnte mich mit ihnen verständigen; denn sie sprachen, wie alle die Stämme in jener Gegend, noch immer ein etwas korrumpiertes Zulu. Zuerst wollten sie mich totschlagen; doch dann ließen sie mich laufen, weil sie mich wohl für verrückt hielten. Die meisten übrigens halten mich dafür, Allan, wogegen ich der Meinung bin, daß ich ganz normal bin und sehr viele andere verrückt sind.«

»Durchaus nicht die allgemeine Meinung«, warf ich rasch ein, da ich über Bruder Johns geistige Gesundheit nicht zu diskutieren wünschte. »Doch erzählen Sie mir mehr von den Mazitu.«

»Späterhin entdeckten sie, daß ich gewisse Fähigkeiten als Arzt hatte, und ihr König kam zu mir, um sich eine große Beule behandeln zu lassen. Ich riskierte die Operation und heilte ihn. Es war eine bedenkliche Angelegenheit. Wenn er daran gestorben wäre, hätte ich ebenfalls sterben müssen, trotzdem mir das nicht besonders viel ausgemacht hätte«, und er seufzte. »Selbstverständlich wurde ich von jener Stunde an als ein großer Zauberer betrachtet. Auch machte Bausi – so hieß der König – Blutsbrüderschaft mit mir, wobei ein wenig von meinem Blut in seine Adern und einige Tropfen des seinigen in meine Adern übertragen wurden. Ich hoffe nur, daß er mich nicht mit seinen Beulen angesteckt hat. So wurde ich Bausi, und Bausi wurde ich. Ich war also genau so König der Mazitu wie er und werde das mein ganzes Leben lang bleiben.«

»Das könnte einmal nützlich sein«, sagte ich nachdenklich. »Aber fahren Sie fort.«

»Ich hörte, daß das Mazituland im Westen von großen Sümpfen begrenzt werde. Jenseits dieser Sümpfe befände sich ein See; und dann sollte man in ein großes und sehr fruchtbares Land gelangen. Den Berichten nach lag eine Insel mit einem Berg in der Mitte. Dieses Land heißt Pongo, und so heißen auch seine Bewohner.«

»Ist das nicht auch die Bezeichnung der Eingeborenen für den Gorilla?« fragte ich. »Wenigstens hat mir jemand, der an der Westküste gewesen war, einmal etwas Ähnliches erzählt!«

»So? Das wäre eine sehr eigenartige Sache. Diese Pongo werden nämlich für große Zauberer gehalten. Und der Gott, den sie anbeten, soll ein Gorilla sein, was ja, wenn Sie recht haben, für ihren Namen spräche. Eigentlich«, fuhr er fort, »haben sie zwei Götter; der andere ist jene Blume, die Sie hier sehen. Ob nun die Blume mit dem Affenkopf der erste Gott war und die Verehrung des Tieres selber nach sich zog oder umgekehrt, weiß ich nicht. Ich kenne eben nur das we-

nige, was mir die Mazitu und ein Mann erzählten, der sich selbst Häuptling der Pongo nannte.«

»Und was war das?«

»Nach dem Gerede der Mazitu sind die Pongo wilde, bösartige Teufel, die in Kanus durch geheime Kanäle im Schilf in ihr Uferland einbrechen und Kinder und Frauen stehlen, die dann ihren Göttern geopfert würden. Auch von der wundervollen Blume erzählten sie mir. Diese wächst in der Nähe des Urwaldes, in welchem der Affengott lebt, und wird ebenfalls göttlich verehrt.«

»Versuchten Sie auf die Insel zu kommen?« fragte ich. –

»Ja, Allan. Das heißt, ich ging bis an den Rand der Schilfmassen, die das Ufer des Sees bedeckten. Hier hielt ich mich eine Zeitlang auf, um Schmetterlinge und Pflanzen zu sammeln. Eines Nachts, als ich allein dort lagerte – keiner meiner Leute wollte dem Pongolande nach Sonnenuntergang nahe sein –, wachte ich mit einem Gefühl auf, als wenn jemand in meiner Nähe wäre. Ich kroch aus meinem Zelt heraus, und beim Lichte des Mondes sah ich einen Mann, der sich auf einen Speer stützte. Der Speer war länger als der Mann, obgleich jener auch fast zwei Meter hoch und von entsprechender Breite war. Er trug einen langen weißen Mantel, der von seinen Schultern bis fast zum Boden herabreichte. Auf dem Kopfe hatte er eine eng anschließende Kappe mit Ohrlappen, ebenfalls weiß; in seinen Ohren glänzten Ringe von Kupfer oder Gold und an seinen Handgelenken Armbänder von demselben Metall. Seine Haut war von außerordentlich tiefem Schwarz, aber seine Gesichtszüge durchaus nicht negerhaft. Sie waren ausdrucksvoll und fast schön geschnitten, die Nase sehr scharf und die Lippen ganz dünn, etwa wie der arabische Typus. Seine linke Hand war verbunden, und auf seinem Gesicht lag ein Ausdruck großer Besorgnis. Er schien etwa fünfzig Jahre alt zu sein. So still stand er da im Mondenschein, daß ich zu glauben begann, er wäre ein Spuk.

Eine lange Weile starrten wir einander an. Dann begann er zu sprechen. Er besaß eine tiefe, volltönende Stimme.

›Bist du nicht Dogitah, ein Meister der Heilkunst?‹

›Ja,‹ antwortete ich, ›aber wer bist du, daß du wagst, mich in meinem Schlafe zu stören?‹

›Herr, ich bin Kalubi, der Häuptling der Pongo, ein großer Mann in meinem eigenen Lande.‹

›Also was willst du?‹

›Dogitah, ich habe mich verletzt; ich möchte, daß du mich heilst.‹ Dabei sah er auf seine verbundene Hand.

›Lege jenen Speer nieder und öffne dein Gewand, daß ich sehen kann, ob du ein Messer bei dir hast.‹

Er gehorchte, warf den Speer von sich und schlug den Mantel auseinander.

›Nun nimm den Verband ab.‹

Er tat es; ich riß ein Zündholz an. Dieses schien ihn in einen gewaltigen Schrecken zu versetzen. Beim Schein des Zündholzes sah ich mir die Hand an. Das erste Glied des zweiten Fingers fehlte. Nach dem Aussehen des Stumpfes schloß ich, daß das Glied abgebissen worden war.

›Wer hat das getan?‹ fragte ich.

›Affe‹, antwortete er. ›Giftiger Affe. Schneide mir den Finger ab, Dogitah. Sonst muß ich morgen sterben.‹

›Warum bittest du nicht die Ärzte deines Stammes darum? Du bist doch der Kalubi, der Häuptling der Pongo.‹

›Nein, nein‹, erwiderte er und schüttelte den Kopf. ›Die können das nicht tun; es ist gegen das Gesetz. Und ich, ich kann es auch nicht tun; wenn das Fleisch schwarz ist, muß die Hand ab, und wenn das Fleisch am Ellbogen schwarz ist, muß auch der Arm ab.‹

Ich setzte mich auf meinen Feldstuhl nieder und überlegte. Ich mußte ohnehin warten, bis die Sonne aufging, denn bei diesem Licht konnte ich nicht operieren.

›Habe Gnade, weißer Herr‹, bettelte der Kalubi, der glaubte, daß ich seine Bitte abschlagen würde. ›Laß mich nicht sterben. Ich fürchte mich vor dem Tode. Das Leben ist schlimm, aber der Tod ist noch schlimmer.‹

›Sei still‹, sagte ich; denn ich sah, daß er sich in ein Fieber hineinreden würde, wenn er so fortfuhr. Und das konnte die Operation gefährlich machen. Ich zündete mein Feuer an und kochte die Instrumente. – Als alles fertig war, ging die Sonne auf.

Also, Allan, ich führte die Operation aus, löste den Finger an der Stelle, wo er aus der Hand trat, ab und fand auch wirklich später in dem abgeschnittenen Glied, daß etwas Wahres an der Geschichte mit dem Gifte war. Dieser Kalubi war ein beherzter Bursche. Er saß wie ein Felsen und winselte nicht einmal. Als er sah, daß das Fleisch gesund war, stieß er einen Seufzer der Erleichterung aus. Nachdem alles vorüber war,

wurde ihm ein bißchen schwach; ich gab ihm ein wenig mit Wasser vermischten Branntwein. Dieser half bald.

›Dogitah,‹ sagte er, während ich die Hand verband, ›solange ich lebe, bin ich dein Sklave. Doch tu mir noch einen weiteren Dienst. In meinem Lande ist ein schreckliches wildes Tier, das auch meinen Finger abgebissen hat; es ist ein Teufel. Komm in mein Land und töte das wilde Tier mit deiner Zauberwaffe. Komm doch! Denn ich habe schreckliche Angst.‹ Und das war ihm auch anzusehen.

›Nein‹, antwortete ich. ›Ich vergieße kein Blut. Aber wenn du dieses Tier fürchtest, warum vergiftest du es nicht? Ihr schwarzen Leute habt doch so viele Gifte.‹

›Es ist völlig zwecklos,‹ antwortete er fast wimmernd, ›das Vieh kennt die Gifte; einige nimmt es, und die tun ihm nichts. Andere rührt es nicht an. Und außerdem kann ihm kein schwarzer Mann schaden. Es ist weiß, und seit alters her ist bekannt, daß es nur sterben kann durch die Hand eines Mannes, der auch weiß ist.‹

›Ein recht merkwürdiges Vieh‹, sagte ich in zweifelndem Tone. Aber gerade im selben Augenblick hörte ich die Stimmen meiner Leute. Der Kalubi hörte sie auch und sprang auf.

›Ich muß fort‹, sagte er. ›Niemand darf mich hier sehen. Welche Belohnung willst du?‹

›Ich nehme keine Bezahlung für meine Medizin‹, erwiderte ich. ›Doch warte. In eurem Lande wächst eine wundervolle Blume, nicht wahr? Eine Blume mit Flügeln und einem dicken Kopfe unten. Ich möchte diese Blume haben.‹

›Wer hat dir von der Blume gesagt?‹ fragte er. ›Die Blume ist heilig. Doch, weißer Herr, für dich soll es gewagt werden. Komm zurück und bringe jemand mit dir, der das Ungeheuer töten kann. Dann will ich dich reich machen. Komm zurück, und rufe durch das Schilf nach Kalubi. Kalubi wird hören und kommen.‹

Dann rannte er nach seinem Speer, raffte ihn vom Boden auf und verschwand zwischen den Binsen. Das war das letzte, was ich von ihm sah und wohl auch für immer gesehen habe.«

»Aber, Bruder John, Sie haben doch die Blume?«

»Ja, Allan; als ich eines Morgens, etwa eine Woche später, aus dem Zelte trat, stand sie da, in ein flaschenförmiges, enges Gefäß gesteckt, das mit Wasser gefüllt war. Selbstverständlich hatte ich gemeint, er sollte mir die ganze Pflanze mit Wurzeln und allem Drum-und-

Dran schicken. Aber er hatte mich dahin verstanden, daß ich eine Blüte haben wollte. Oder vielleicht wagte er auch nicht, eine ganze Pflanze auszureißen. Doch ist es besser als nichts.«

»Warum sind Sie nicht selbst in jenes Land gegangen und haben sie sich geholt?«

»Aus mehreren Gründen, Allan. Die Mazitu schwören darauf, daß jeder, der die Blume nur anschaut, sterben muß. Als sie sahen, daß ich die Blüte hatte, haben sie mich auch gezwungen, fortzugehen. Ich hielt es für besser, zu warten, bis ich einmal Kameraden fände, die mit mir nach Pongoland gingen. Offen gestanden, Allan, ich denke, daß Sie die Sorte Mensch sein würden, sich einmal dieses merkwürdige Untier anzuschauen, das den Leuten die Finger abbeißt und sie zu Tode ängstigt.«

Er lächelte und strich seinen langen weißen Bart.

2. Kapitel

Der Auktions-Saal.

Ich glaube nicht, daß wir auf unserem Wege nach Durban noch einmal auf die Pongo zurückgekommen sind. Natürlich behielt ich Scroope und auch Bruder John als Gäste bei mir. Der letztere schlug sein Zelt in meinem Garten auf, da ich nur zwei kleine Räume hatte.

Eines Nachts saßen wir rauchend auf den Verandastufen.

»John,« sagte ich, »ich habe über Ihre Erzählung von Pongoland nachgedacht und einige Schlüsse daraus gezogen.«

»Was für Schlüsse, Allan?«

»Das erste ist, daß Sie ein mächtiger Esel waren, aus Kalubi nicht mehr herauszuholen.«

»Das stimmt, Allan; aber neben manchem anderen bin ich ein Arzt, und die Operation nahm mich fast völlig in Anspruch.«

»Mein zweiter Schluß ist, daß dieser Kalubi die Obhut über den Gorilla-Gott hatte, und daß eben dieser der Gorilla war, der ihm den Finger abgebissen hat.«

»Was wollen Sie damit sagen?«

»Ich habe schon einmal etwas über große Affen gehört, die in Zentralafrika leben sollen und Sokos genannt werden. Von diesen wird behauptet, daß sie den Menschen Zehen und Finger abbeißen. Man sagte mir auch, daß diese Biester den Gorillas sehr ähnlich seien.«

»Das stimmt, Allan. Ich habe selbst einmal einen solchen Soko gesehen, wenn auch nur aus der Entfernung. Es war ein großmächtiger, brauner Kerl, der auf den Hinterfüßen stand und mit den Fäusten gegen seine Brust trommelte.«

»Drittens würde ich ganz gern dabei helfen, diese Orchidee auszugraben, um einen Anteil von den zwanzigtausend Pfund, die sie wert ist, zu bekommen.«

Das interessierte Bruder John.

»Ah,« sagte er, »jetzt kommen wir endlich auf die richtige Fährte. Es hat lange gedauert, bis Sie soweit waren.«

»Und schließlich«, fuhr ich fort, »soll eine solche Expedition erfolgreich sein, so kostet sie einen Haufen Geld, das weder ich noch Sie aufbringen können. Wir brauchen Teilnehmer, aktive oder stille. Aber nur Teilnehmer mit barem Gelde.«

Bruder John blickte nach dem Fenster des Raumes, in dem Charly Scroope schlief.

»Nein«, sagte ich. »Der hat genug von Afrika. Außerdem spielt eine Frau in seinem Leben eine wichtige Rolle. Nun hören Sie zu. Ich habe es auf mich genommen, jener Dame einen Brief zu schreiben. Ich teilte ihr mit, daß Scroope todkrank wäre, daß ich aber immer noch hoffe, er würde mit dem Leben davonkommen. Ich setzte, in der Annahme, es würde sie interessieren, hinzu, daß er fortwährend von ihr phantasiert, und daß er ein Held wäre. Das ›Held‹ doppelt unterstrichen. Der Brief ging mit dem letzten Dampfer fort. Nun hören Sie weiter. Scroope will, daß ich mit ihm nach England gehe, um auf der Reise ein wenig nach ihm zu sehen, tatsächlich hofft er wohl, daß ich vielleicht ein gutes Wort bei jener Dame für ihn einlege. Ich werde wohl mitfahren.«

»Was wird dann mit der Expedition, Allan?« fragte Bruder John.

»Wir haben jetzt den ersten November«, antwortete ich. »Die Regenzeit in jenen Landstrichen beginnt soeben und dauert bis April. Ich habe also genügend Zeit für meine Reise und kann auch noch rechtzeitig zurückkommen. Wenn Sie mir die Blume anvertrauen, möchte ich sie mitnehmen. Vielleicht kann ich jemand finden, der um der Pflanze willen bereit wäre, die Expedition zu finanzieren. Unterdessen wären Sie mir als Hüter dieses Hauses willkommen, wenn Sie überhaupt hierbleiben wollen.«

»Danke Ihnen, Allan. Aber ich kann für so viele Monate nicht stillsitzen.« Er machte eine Pause, und ein träumerischer Ausdruck kam in seine dunklen Augen. »Sehen Sie, lieber Allan, es ist mein Schicksal, durch dieses große Land zu wandern und zu wandern, bis – ich volle Klarheit habe.«

»Bis Sie worüber Klarheit haben?«

Er riß sich zusammen und sagte mit gemachter Gleichgültigkeit: »Bis ich über alle seine Bewohner Klarheit habe.«

»Übrigens, wenn ich das Geld für die Expedition zusammenbekomme,« sagte ich, »so kommen Sie selbstverständlich mit, nicht wahr? In jedem Fall steht die Sache für mich fest Denn ich hoffe, daß Sie uns auch mit Hilfe Ihrer dortigen Freunde durch Mazituland und bis zu jenen merkwürdigen Pongo bringen können.«

»Ganz bestimmt komme ich mit. Ich wäre sogar entschlossen, allein zu gehen.«

Ich sah ihn noch einmal zweifelnd an und antwortete: »Sie riskieren viel für eine Blume, John. Oder suchen Sie etwa noch etwas anderes? Ich hoffe, Sie werden mir die Wahrheit sagen.«

»Allan, wenn Sie mir so die Pistole auf die Brust setzen, muß ich Ihnen sagen, daß ich noch einiges mehr über die Pongo gehört habe, als ich Ihnen damals erzählte.«

»Und was war das?«

»Ich hörte, daß sie außer ihrem weißen Affen-Gott auch eine weiße Göttin haben.«

»Nun, und? Ein weiblicher Gorilla vermute ich.«

»Nichts, außer daß Göttinnen mich immer stark interessiert haben. Gute Nacht, Allan.«

»Du bist ein seltsamer alter Fisch«, brummte ich vor mich hin, nachdem er gegangen war.

Mehrere Tage nach meiner letzten Unterredung mit Bruder John verließen Scroope und ich Durban. In Kapstadt nahmen wir den Postdampfer, der nach einer langen Reise in Plymouth landete.

Ich erwähnte schon, daß ich Fräulein Manners einen Brief über Charles Scroopes Ergehen geschrieben hatte, und als wir dann an einem milden Novembertage in Plymouth ankamen, sah ich auf dem Boote, das Post

und Passagiere von Bord abholen sollte, eine untersetzte, in Pelze gehüllte Dame sitzen und neben ihr ein sehr hübsches blondes und elegantes junges Mädchen. Gleich darauf sagte mir ein Steward, daß mich jemand im Salon zu sprechen wünsche. Ich ging hinunter und fand diese beiden dort auf mich warten.

»Ich glaube, Sie sind Herr Allan Quatermain?« sagte die untersetzte Dame. »Wo ist Herr Scroope, den Sie, wie ich gehört habe, heimbringen? Sagen Sie es mir sofort.«

Irgend etwas in ihrer Erscheinung und ihrer draufgängerischen Art erschreckte mich derartig, daß ich nur erschüttert stammeln konnte:

»Drunten, gnädige Frau, drunten.«

»Siehst du, Liebe,« sagte die untersetzte Dame zu ihrer Begleiterin, »ich sagte dir schon, daß du dich auf das Schlimmste gefaßt machen müßtest. Sei stark. Mache nicht vor all diesen Leuten hier eine Szene! Du hättest den armen Menschen niemals hinaus in jene Heidenländer schicken dürfen.«

Dann drehte sie sich nach mir herum und setzte scharf hinzu:

»Ich nehme an, er ist einbalsamiert. Wir möchten ihn gern hier in Essex begraben!«

»Einbalsamiert?« schnappte ich Luft. »Einbalsamiert?! Ja, warum denn? Er sitzt in der Badewanne. Jedenfalls war er vor fünf Minuten noch drin.«

Eine Sekunde später hatte ihre Begleiterin ihren hübschen, blonden Kopf auf meine Schulter gelegt und weinte herzzerreißend.

»Margarete!« kam es scharf von den Lippen der untersetzten Dame. »Ich habe dir gesagt, du sollst keine Szene hier vor der Öffentlichkeit machen. Herr Quatermain, da Herr Scroope also am Leben ist, wollen Sie ihn bitte auffordern, hierherzukommen.«

Nun, ich holte ihn, halbrasiert wie er war, und den Rest der Angelegenheit mag man sich selber vorstellen. Er hat jetzt schon Enkel. Sie alle verehren ihn als Helden. Er hat auch nichts dagegen einzuwenden.

Nachdem ich Scroope also gut abgeliefert hatte, ging ich an meine eigentliche Arbeit. In der Stadt gab es eine Firma, die ständige Auktionen von Orchideen veranstaltete. Diese Blumen kamen damals unter reichen Liebhabern gerade in Mode. Eine solche Auktion dachte ich mir als geeigneten Platz, um meinen Schatz zu zeigen. Ohne Zweifel würde ich mit Leuten in Verbindung kommen, die schon einige tausend Pfund für den Besitz dieser Pflanze riskierten. Auf jeden Fall wollte ich es versuchen.

So spürte ich eines Tages, es war ein Freitag, meine goldene Cypripedie unterm Arm, das Geschäftslokal der Firma May & Primrose auf.

Ich schien aber Tag und Stunde nicht recht getroffen zu haben, denn auf meine Frage nach Herrn May wurde mir gesagt, er sei nicht im Hause.

»Dann möchte ich Herrn Primrose sprechen«, sagte ich.

»Herr Primrose ist in den hinteren Räumen und verkauft«, antwortete ein Angestellter sehr beschäftigt.

»Wo sind die Räume?« fragte ich.

»Zur Tür hinaus, dann zur Linken, dann wieder zur Linken und unter der Uhr«, sagte der Buchhalter und schloß den Schalter.

Diesen Anweisungen folgend, trottete ich einen engen Gang hinunter und landete schließlich in einem großen Raum.

Auf einem Podium am unteren Ende des Lokals saß ein Herr mit einem recht sympathischen Gesicht. Dieser leitete die Auktion, und zwar so schnell, daß der Schreiber an seiner Seite Schwierigkeiten haben mußte, Käufe und Käufer aufzunotieren. Ihm gegenüber, um einen hufeisenförmigen Tisch, saßen die Käufer. Direkt unter dem Podium stand ein zweiter kleinerer Tisch. Hier waren etwa zwanzig Blumentöpfe aufgebaut, lauter Orchideen. Ein Schildchen verkündete, daß diese Töpfe um halb zwei Uhr versteigert werden würden. Der ganze Raum war angefüllt mit Männern (die wenigen anwesenden Damen saßen am Tisch), und viele von ihnen hatten reizende Orchideen in den Knopflöchern. Diese Leute waren Händler und Liebhaber.

Der Raum machte einen unsagbar friedlichen Eindruck. Ich drückte mich in eine Ecke.

Auf einmal fragte mich jemand an meiner Seite, ob ich Interesse für den Katalog hätte. Der Sprecher gefiel mir. Er war ein blondhaariger, junger Mann von vier- oder fünfundzwanzig Jahren, mit lustigen blauen Augen. Er schien mir ein sympathischer Kerl zu sein.

»Danke, nein«, antwortete ich. »Ich bin nicht hierhergekommen, um zu kaufen. Ich kenne nur sehr wenige Orchideen. Nur solche, die ich in Afrika gesehen habe, und diese hier«, und ich tippte auf die Blechschachtel unter meinem Arm.

»So, so,« sagte er, »ich würde gern etwas über afrikanische Orchideen hören. Was haben Sie da in dem Kasten, eine Pflanze oder Blumen?«

»Nur eine Blume. Sie gehört nicht mir. Ein Freund in Afrika beauftragte mich – aber das ist eine lange Geschichte, die Sie wohl nicht interessieren wird.«

»Darüber bin ich mir nun nicht so ganz sicher. Ich vermute, es wird eine Cymbidium sein, der Größe nach.«

Ich schüttelte den Kopf. »Nein, mein Freund nannte einen anderen Namen. Er nannte sie Cypripedium.«

Der junge Mann wurde neugierig. »Eine einzige Cypripedium in dieser großen Kiste? Das muß eine mächtige Blume sein.«

»Ja, mein Freund sagte, es sei die größte, die jemals gefunden wurde. Sie mißt vierundzwanzig Zoll über die Flügel, Petale, wie er sie nannte, und ungefähr einen Fuß über die Blattscheide.«

»Vierundzwanzig Zoll über die Petale und einen Fuß über das hintere Kelchblatt!« sagte der junge Mann und riß Mund und Augen auf. »Und dabei eine Cypripedium! Mein Herr, Sie machen sicherlich nur Spaß?«

»Es fällt mir gar nicht ein, zu scherzen«, antwortete ich ein wenig verletzt. »Aber es kann natürlich eine andere Sorte sein, denn ich verstehe nichts von Orchideen.«

»Lassen Sie mich bitte sehen.«

Ich fing an auszupacken. Der Kasten war schon halb offen, als zwei andere Herren, die entweder etwas von unserer Unterhaltung aufgeschnappt oder den aufgeregten Ausdruck im Gesicht des jungen Mannes bemerkt hatten, auf uns zusteuerten. Auch sie trugen Orchideen in den Knopflöchern.

»Hallo, Somers,« sagte der eine in beiläufigem Tone, »was haben Sie denn da?«

»Nichts,« sagte der junge Mann, der mit Somers angeredet worden war, »nichts Besonderes. Es ist nur ein Kasten mit tropischen Schmetterlingen.«

»Ach so, Schmetterlinge«, sagte der eine der Herren und schlenderte weiter. Aber der andere, ein unternehmend aussehender Mensch mit einem Paar Augen wie ein Falke, war nicht so leicht zufriedengestellt.

»Lassen Sie uns die Schmetterlinge sehen«, sagte er zu mir.

»Geht nicht,« versetzte Somers, »mein Freund fürchtet, daß der Rauch hier dem Schmelz der Flügel schaden könnte. Nicht wahr, Braun?«

»Ja, so ist es, Somers«, antwortete ich ihm in demselben vertraulichen Tone und klappte den Deckel wieder zu.

Daraufhin trollte sich auch der Mann mit den Falkenaugen.

»Liebhaber!« flüsterte der junge Mann. »Schreckliche Leute, diese Orchideenliebhaber! So eifersüchtig! Und sehr reiche Leute dazu, diese beiden. Also, Herr Braun – ich hoffe, daß das wirklich Ihr Name ist, trotzdem alle Vermutungen dagegen sprechen.«

»Ich heiße Allan Quatermain.«

»Also, Herr Allan Quatermain, dort ist ein Privatkontor, zu dem ich Zutritt habe. Würden Sie nicht einmal mit Ihrem Schmetterlingskasten dort hineinkommen?«

»Mit Vergnügen«, antwortete ich und folgte ihm in ein kleines Zimmer.

Er schloß hinter uns die Tür und drehte den Schlüssel herum.

»Also, jetzt sind wir allein, Herr Quatermain, nun lassen Sie mich bitte diese Schmetterlinge sehen.«

Ich setzte den Kasten auf einen Tisch und öffnete ihn. Und da, zwischen zwei Glasplatten, lag die goldene Blume, auch nach all den Reisen, die sie gemacht hatte, und noch im Tode herrlich anzusehen, und an ihrer Seite lag das breite grüne Blatt.

Der junge Mann starrte darauf, daß ich zuletzt dachte, die Augen würden ihm aus dem Kopfe springen. Dann wandte er sich weg, murmelte etwas, und starrte wieder darauf.

»Großer Gott! – Großer Gott! Ist es möglich, daß so etwas auf dieser unvollkommenen Welt existiert? Sie haben sie doch nicht nachgemacht, Herr Quatermain, nicht wahr?«

»Ich verbitte mir das,« sagte ich, »zum zweiten Male sagen Sie mir heute eine Ungehörigkeit. Guten Morgen.« Und ich begann meinen Kasten einzupacken,

»Seien Sie bitte nicht beleidigt!« rief er aus. »Haben Sie Nachsicht mit der Schwäche eines armen Sünders. Sie verstehen nicht. Wenn Sie nur verständen, so würden Sie mich anders beurteilen.«

»Nein,« sagte ich, »ich lasse mich hängen, wenn ich Sie verstehe.«

»Sie werden mich verstehen, wenn Sie einmal beginnen, Orchideen zu sammeln, Herr Quatermain,« – das brachte er förmlich mit heiserer Stimme hervor – »diese unbezahlbare Cypripedium – Ihr Freund hat recht, es ist wirklich eine Cypripedium – ist eine Goldmine wert.«

»Soweit ich von Goldminen etwas verstehe, glaube ich das wohl«, sagte ich zögernd und, wie ich hinzusetzen möchte, prophetisch.

»Zumindest die Pflanze, an der diese Blüte gewachsen ist, ist unbezahlbar. Wo wächst die Pflanze, Herr Quatermain?«

»In einer ziemlich unbekannten Gegend Afrikas, drunten im Südosten«, antwortete ich.

»Würden Sie mir nicht erzählen, wie Sie zu dieser Blume gekommen sind?«

»Ich sollte das eigentlich nicht«, bemerkte ich, von Zweifeln erfüllt. Dann, nachdem ich noch einen forschenden Blick auf ihn geworfen hatte, gab ich ihm kurz die Geschichte zum besten, wobei ich alle Namen und genauen Ortsbestimmungen wegließ und hinzusetzte, daß ich nach England gekommen sei, um jemand zu finden, der eine Expedition nach jenem abgelegenen und romantischen Landstrich finanzieren würde.

Gerade als ich mit meinem Bericht zu Ende war, hörten wir heftiges Klopfen an der Tür.

»Herr Stephan,« sagte eine Stimme, »sind Sie hier, Herr Stephan?«

»Himmel! Das ist Briggs«, rief der junge Mann aus. »Briggs ist der Direktor meines Vaters. Schließen Sie den Kasten, Herr Quatermain.« Dann ging er zur Tür, schloß auf und sagte: »Kommen Sie herein, Briggs. Was ist los?«

»Ihr Vater ist unerwartet ins Kontor gekommen und war in keiner kleinen Aufregung, als er Sie dort nicht fand, Herr. Und als er herausbekam, daß Sie zu der Orchideenauktion gegangen waren, wurde er fuchsteufelswild und hat mich geschickt, Sie zu holen!«

»So, hat er Sie geschickt?« antwortete Somers. »Nun, sagen Sie ihm, daß ich sogleich kommen werde.«

Briggs ging nur zögernd fort.

»Ich muß Sie verlassen, Herr Quatermain«, sagte Somers. »Aber wollen Sie mir versprechen, diese Blume niemand zu zeigen, bis ich zurückkomme? Ich bin in einer halben Stunde wieder hier.«

»Ja, Herr Somers, ich werde eine halbe Stunde im Auktionsraum auf Sie warten, und ich verspreche Ihnen auch, daß ich die Blume niemand anders zeigen will.«

»Ich danke Ihnen, Sie sind ein guter Kerl. Und ich verspreche Ihnen, Sie sollen durch Ihr Entgegenkommen nichts verlieren.«

Wir gingen zusammen hinauf. Auf einmal schien Somers etwas einzufallen.

»Donnerwetter!« sagte er, »ich habe ja ganz jene Odontoglossum vergessen. Wo ist Wooden? Ah, kommen Sie einmal her. Ich will mit Ihnen reden.«

Der Gerufene kam. Er war ein Mann von ungefähr fünfzig Jahren. Er hatte große Hände, die von harter Arbeit sprachen. Es war mir sofort klar, daß er Gärtner war.

»Wooden,« sagte Somers, »dieser Herr hier besitzt die wundervollste Orchidee der ganzen Welt. Behalte ihn im Auge, und pass' auf, daß er nicht ausgeraubt wird. Es gibt Leute in diesem Raume hier, Herr Quatermain, die Sie um jene Blume ermorden und Ihre Leiche in die Themse werfen würden«, setzte er düster hinzu.

Als Antwort wiegte sich Wooden nur ein paarmal hin und her. Dann richtete er sein bleiches Auge auf mich und sagte:

»Ihr Diener, mein Herr. Und wo ist diese Orchidee?«

Ich zeigte auf die Blechschachtel.

»Ja, hier drin,« fuhr Herr Somers fort, »und auf die sollen Sie aufpassen!«

»Nun hören Sie weiter, Wooden. Haben Sie sich jene Odontoglossum Pavo angesehen, und was denken Sie davon?« Und er wies mit einem Kopfnicken auf eine Pflanze, die inmitten anderer auf dem Tisch vor dem Pulte des Auktionators stand.

»Ja, es ist das hübscheste Ding, welches ich jemals angeguckt habe. 's gibt keine Orchidee in England wie diese Pavian«, setzte er mit Überzeugung hinzu und schwankte wieder hin und her. »Aber da sind 'ne Menge hinterher.«

»Ganz recht, Wooden. Aber wir müssen jene Pavo haben, was sie auch kostet. Jedoch der alte Herr hat nach mir geschickt; ich hoffe zwar, gleich zurück zu sein, aber ich könnte doch aufgehalten werden. Wenn ich also noch nicht zurück bin, so bieten Sie für mich, Wooden, denn auf diese Agenten kann man sich nicht verlassen Hier ist Ihre Vollmacht«, und er kritzelte etwas auf eine Karte. »Nun passen Sie auf, Wooden, und lassen Sie sich die Blume nicht durch die Finger rutschen.«

Im nächsten Augenblick war er verschwunden.

»Was sagte mein Herr?« fragte mich Wooden; »daß ich diese Pavian kaufen soll, was sie auch kostet?«

»Ja,« sagte ich, »das hat er gesagt. Sie wird wohl einen Haufen Geld kosten – verschiedene Pfund.«

»'s kann sein, Herr, ich kann's nicht sagen. Ich soll sie also für jeden Preis kaufen, wie Sie bezeugen können. Was er haben will, will er haben, das heißt wenn's Orchideen betrifft.«

»Ich glaube, Sie sind auch ein Liebhaber von Orchideen?«

»Liebhaber, Herr? Kann Ihnen sagen, ich habe meine Alte daheim nicht so lieb. Aber entschuldigen Sie, Herr, drücken Sie doch lieber Ihren Blechkasten ein bißchen fester an sich heran.«

Die Auktion zog sich lange hin. Von einer bestimmten Sorte getrockneter Orchideen waren so viele da, daß sich keine weiteren Käufer dafür fanden. Da nahm sich der tüchtige Herr Primrose hinter dem Katheder einen anderen Artikel vor.

»Verehrte Anwesende,« sagte er, »ich verstehe vollkommen, daß Sie nicht hierher gekommen sind, um einen Haufen ziemlich armseliger Cattleya Mossiae zu kaufen. Sie sind gekommen, um das größte Blumenwunder, das je in diesem Lande zu sehen gewesen ist, eine herrliche Odontoglossum, zu kaufen oder wenigstens darauf zu bieten, oder zum allerwenigsten um zuzusehen, wie sie verkauft wird. Es soll mich wundern, wer die Ehre haben wird, der Besitzer dieses im höchsten Grade vollkommenen Produkts der Natur zu sein. Dreihundert. Vier. Fünf. Sechs. Sieben an drei Stellen. Acht. Neun. Zehn. Na, meine Herren, lassen Sie uns ein wenig rascher vorwärts gehen. Fünfzehn. Sechzehn. Siebzehn.«

Dann kam eine Pause in dem wilden Rennen um die Blume. Ich benutzte die Zeit, um siebzehnhundert Schillinge in Pfund Sterling umzurechnen.

»Schmidt, halten Sie die Blume in die Höhe.«

Schmidt hielt die Blume hoch.

»Achtzehnhundert.«

»Neunzehn, Herr«, sagte Wooden mit steinerner Stimme.

»Zweitausend«, echote ein Herr mit einem langen Bart.

»Einundzwanzighundert«, sagte Wooden.

»Zweiundzwanzighundert«, sagte der Langbart.

»Dreiundzwanzig«, erwiderte Wooden.

»Odontoglossum Pavo geht für dreiundzwanzighundert, für nur dreiundzwanzighundert«, schrie der Auktionator. »Wer bietet mehr? Was? Keiner? Dann muß ich meine Pflicht tun. Eins, zwei...! Zum letzten Male, kein Mehrgebot? Drei!! – Zugeschlagen Herrn Wooden, der für seinen Prinzipal, Herrn Somers, bietet.«

In demselben Moment betrat mein junger Freund wieder den Raum.

»Nun, Wooden,« sagte er, »sind Sie schon bei der Pavo?«

»Schon gewesen, Herr. Habe sie richtiggehend gekauft.«

»Donnerwetter, wirklich? Was hat sie gekostet?«

»Ich weiß wirklich nicht genau, Herr. Bin niemals gut mit Zahlen gewesen. Aber es ist so etwas wie dreiundzwanzig.«

In diesem Augenblicke schaute Herr Primrose zu uns her.

»Ah, da sind Sie ja, Herr Somers«, sagte er. »Im Namen aller Anwesenden möchte ich Ihnen gratulieren, daß Sie der Eigentümer dieser noch nie dagewesenen Odontoglossum Pavo geworden sind, noch dazu zu dem mäßigen Preis von zweitausenddreihundert Pfund.«

Tatsächlich, dieser junge Mensch war ein ganzer Kerl. Er schüttelte sich ein wenig und wurde einen Schein blasser im Gesicht. Dann hörte ich ihn halblaut sagen:

»Wooden, Sie sind ein geborener Idiot!« und hörte auch die Antwort:

»Genau dasselbe hat mir meine Mutter auch immer gesagt, Herr. Aber ich habe Ihren Auftrag ausgeführt und die Pavian gekauft.«

»Es ist meine Schuld, nicht die Ihre. Ich bin der geborene Idiot. Aber was fange ich jetzt nur mit der Blume und mit meinem Vater an?«

Dann rappelte er sich zusammen, schlenderte nach der Tribüne hin und sagte ein paar Worte zu dem Auktionator. Herr Primrose nickte, und ich hörte ihn sagen:

»Oh, das macht nichts, mein Herr, darüber brauchen Sie sich nicht zu beunruhigen. Wir können nicht erwarten, daß eine Summe wie diese binnen einer Minute bezahlt wird. Ein Monat Ziel wird es tun.«

Dann fuhr er mit dem Verkauf fort.

3. Kapitel

Vater und Sohn

In diesem Augenblicke betrat ein Neuankömmling den Raum. Er sah sich suchend um, dann trat er an mich heran und fragte, den Hut lüftend:

»Vielleicht könnten Sie mir sagen, mein Herr, ob sich in diesem Raume ein Herr Somers befindet?«

„Ja,« antwortete ich, »er hat soeben jene wundervolle Orchidee, die Odontoglossum Pavo, erstanden.«

»So, wirklich, hat er sie gekauft? Und bitte, können Sie mir sagen, was er für den Artikel bezahlt hat?«

»Eine gewaltige Summe«, antwortete ich. »Zweitausenddreihundert Pfund.«

Der distinguierte alte Herr wurde rot im Gesicht. Ein paar Sekunden lang atmete er tief und schnaufend.

»Ein Sammler und Rivale«, dachte ich und erzählte weiter von dem Kauf.

»Wissen Sie, ich hörte, wie der junge Herr seinen Gärtner beauftragte, die Pflanze um jeden Preis für ihn zu erstehen.«

»Um jeden Preis! Sehr interessant, äußerst interessant, bitte fahren Sie fort, mein Herr.«

»Ja, und dann hat sie der Gärtner gekauft. Das ist alles. Aber es war ein heißes Rennen.«

Der jugendliche Herr Somers, ein wenig blaß und verstört, kam gerade herangeschlendert. Er hatte die Hände in den Taschen. Da fiel sein Blick auf den ältlichen Herrn.

»Hallo, Vater!« sagte er mit seiner angenehmen Stimme. »Ich habe dich überall gesucht, aber auf den Gedanken, dich hier zu treffen, bin ich nicht gekommen. Für Orchideen hast du doch nicht viel übrig, nicht wahr?«

»So, du hast mich nicht gefunden?« antwortete sein Vater mit einer Stimme, die wie verstopft klang. »Nein, ich habe allerdings nicht viel übrig für – für dieses stinkige Zeug hier«, und dabei zeigte er mit seinem Regenschirm nach den schönen Blumen. »Aber es scheint mir, daß du allerlei dafür übrig hast. Dieser kleine Herr hier sagt mir, daß du eben ein sehr feines Exemplar gekauft hast?«

»Ich muß um Entschuldigung bitten,« fiel ich, zu Herrn Somers gewendet, ein, »ich hatte nicht die leiseste Ahnung, daß dieser große Herr hier ein so naher Verwandter von Ihnen ist.«

»Oh, das macht nichts, Herr Quatermain. Ja, Vater, Wooden hat es für mich gekauft, während ich dich suchte.«

»Und was hast du für diese Blume bezahlt, wenn ich fragen darf? Ich hörte eine Zahl nennen, aber das muß wohl ein Irrtum sein.«

»Ich weiß nicht, was du gehört hast, Vater. Aber mir scheint, die Blume ist mir für den Preis von zweitausenddreihundert Pfund zugeschlagen worden. Es ist ein ganzes Teil mehr, als ich augenblicklich aufbringen kann, das ist richtig, und ich wollte dich schon bitten, mir das Geld zu leihen. Aber darüber können wir ja nachher reden.«

»Ja, Stephan, darüber können wir nachher reden. Oder besser sogleich. Komm in mein Büro, und, mein Herr,« das war an mich gerichtet, »da Sie einiges von den Umständen zu wissen scheinen, möchte ich Sie bitten, ebenfalls dahin zu kommen; und Sie Dummkopf auch.« Das ging an Woodens Adresse, der gerade mit der eingepackten Pflanze daherkam.

Es ist richtig, ich hätte eine in solch einem Tone an mich gerichtete Einladung abschlagen können. Doch ich tat es nicht, denn mich interessierte selbst, was bei der Sache herauskam, und ich hatte auch die Absicht, wenn sich eine Gelegenheit dazu bot, für den jungen Somers ein gutes Wort einzulegen.

Wir fuhren alle vier nach des alten Herrn Somers Privatbüro.

»So, jetzt sind wir allein und haben es gemütlich«, sagte der Vater mit grimmigem Sarkasmus.

Dann sah er mich an und sagte: »Wollen Sie mir bitte wiederholen, was Sie mir dort im Auktionsraume sagten?«

»Warum sollte ich das?« fragte ich. »Ich habe mich dort ja ganz klar ausgedrückt, und Sie scheinen es auch verstanden zu haben.«

»Sie haben recht«, antwortete er. »Wir wollen nicht die Zeit verschwenden.« Er drehte sich mit einer scharfen Wendung zu Wooden herum, der, noch immer mit der in Papier gepackten Pflanze im Arm, an der Türe stand. »Warum haben Sie Dummkopf eigentlich das Ding hierher gebracht?«

»Also bitte, Vater«, sagte Herr Stephan und trat zwischen die beiden. »Was soll denn das alles bedeuten? Die Sache ist doch vollständig klar. Ich gab Wooden den mündlichen und schriftlichen Auftrag, die Pflanze für mich zu erstehen. Daran ist nichts mehr zu ändern. Natürlich dachte ich niemals daran, daß die Kaufsumme bis zu zweitausenddreihundert Pfund hinaufgetrieben werden könnte. Es liegt kein Anlaß vor, ihn dafür zu beschimpfen, daß er meinen Auftrag ausgeführt hat.«

»Jawohl, so ist das und nicht anders«, bekräftigte Wooden.

»Sehr schön, junger Mann«, sagte der Vater. »Du hast das Ding da also gekauft, willst du nun so freundlich sein und mir auch sagen, wie du es zu bezahlen gedenkst?«

»Ich hoffe, daß du es bezahlen wirst, Vater«, antwortete Stephan freundlich. »Aber wenn du darüber anders denkst, was ja möglich wäre, dann werde ich sie eben bezahlen. Wie du weißt, ist mir ja von meiner Mutter eine bestimmte Summe vermacht worden, von der mir nur die Zinsen zustehen.«

Wenn der alte Herr schon vorher gereizt gewesen war, so fing er jetzt an zu toben. Er raste in dem Zimmer auf und nieder, er gebrauchte Ausdrücke, er warf Gegenstände auf den Tisch. Als er sich ausgetobt hatte, rannte er an ein Pult, riß einen Scheck aus einem Buche, füllte ihn auf zweitausenddreihundert Pfund aus, knüllte ihn zusammen und warf ihn buchstäblich seinem Sohne an den Kopf.

»Du unnützer, fauler Schlingel,« brüllte er, »ich habe dich hier in mein Kontor genommen, damit du ehrbare und ordentliche Gewohnheiten annehmen und auf dem herkömmlichen Wege ein brauchbarer Geschäftsmann werden solltest. Was aber geschieht? Du verfällst auf Blumen, armselige, lächerliche Blumen,

Zeug, das die Kühe fressen und das kleine Angestellte in Schrebergärten ziehen.«

»Eine ehrwürdige und idyllische Liebhaberei. Auch Adam hat in einem Blumengarten gelebt«, wagte ich einzuwerfen.

»Vielleicht wirst du deinen Freund mit dem struppigen Haar ersuchen, hier gefälligst still zu sein«, schnaubte er. »Ich möchte nur noch hinzusetzen, daß ich dich enterbe. Denn, Gott sei Dank, haben wir kein Majorat in der Familie, und aus der Firma schmeiße ich dich auch heraus! Du kannst gehen und dir deinen Lebensunterhalt verdienen, wie du willst, durch Orchideensuchen meinetwegen.« Er hielt inne und schnappte nach Luft.

»Ist das alles, Vater?« fragte Herr Stephan und zog eine Zigarre aus der Tasche.

»Nein, noch nicht, du kaltblütiger, junger Schuft! Das Haus in Twickenham, das du bewohnst, gehört mir. Du wirst also so freundlich sein, es zu räumen.«

»Ich nehme an, Vater, daß ich wöchentliche Kündigung habe wie jeder andere Mieter«, sagte Herr Stephan und brannte sich die Zigarre an.

»Oh! daß dich doch der Teufel holte, du lächerliche Tulpenzwiebel! Du Orchideenfatzke!« schäumte der gereizte Kaufherr. Auf einmal kam ihm eine neue Idee. »Dir ist also diese schäbige Blume lieber als dein Vater? Nun, so will ich die wenigstens zum Teufel schicken«, und er machte einen Satz zu dem Tische hin, wahrscheinlich um den Blumentopf gegen die Wand zu werfen. Aber der wachsame Wooden hatte es erspäht. Er schob sich wie ein Turm zwischen den Vater und das Objekt seines Zornes.

»Berühren Sie die Pavian, und ich schlage Sie in den Fußboden hinein«, grollte er wie ein gereizter Bär.

»Die Pavian soll verdammt sein und jeder Pavian, der mit ihr zu tun hat, auch!« schrie der alte Herr, fuhr zum Loch hinaus und knallte die Tür hinter sich zu.

»So, das wäre vorüber«, sagte Herr Stephan sanft und wedelte sich mit seinem Taschentuch Kühlung zu. »'s war ein bißchen aufregend, nicht wahr, Herr Quatermain – aber ich habe mich nicht unterkriegen lassen. Und was meinen Sie jetzt zu einem kleinen Frühstück? Pym ist hier ganz in der Nähe, und es gibt dort ausgezeichnete Austern.«

Dann verließen wir das Haus, gaben im Vorübergehen unseren Scheck auf die Bank – er wurde trotz der Höhe der Summe anstandslos akzeptiert – und aßen

dann Austern in einem Restaurant, das zu überfüllt war, um miteinander reden zu können.

»Herr Quatermain,« sagte mein Gastgeber, »es ist klar, daß wir hier kein vernünftiges Wort sprechen können. Ich möchte Ihre Orchidee auch lieber mit Muße betrachten. Da ich nun noch für etwa eine Woche ein Dach über dem Kopfe habe, bitte ich Sie, doch mein Gast sein zu wollen.«

»Ich bin ein Fremder aus Südafrika«, antwortete ich, »und wohne in einem Hotel. Wenn Sie mir Zeit geben, meinen Koffer zu holen, will ich mit Vergnügen die nächste Nacht in Ihrem Hause verbringen.«

In Herrn Somers' elegantem Dogcart erreichten wir Twickenham eine halbe Stunde vor Dunkelheit. Das kleine Haus, das den Namen Verbena trug, war von einem riesigen Garten umgeben. Es war schon zu spät geworden, um noch die Treibhäuser zu besuchen.

Mein Gastgeber war also an demselben Tage ein wenig plötzlich und gewaltsam auf eigene Füße gestellt worden; aber das schien seine Stimmung nicht im geringsten zu stören.

»Sehen Sie, Herr Quatermain,« sagte er, »ich bin fast froh, daß das Gewitter, das schon lange im Heraufziehen war, endlich zum Ausbruch gekommen ist. Ich liebe Blumen, besonders Orchideen, und ich hasse den Edelmetallhandel. Die einzigen anständigen Plätze in London sind für mich der Auktionsraum, wo wir uns getroffen haben, und der Botanische Garten.«

»Hm, ja,« antwortete ich ein bißchen nachdenklich, »aber die Sache sieht doch einigermaßen ernsthaft aus. Die Absichten Ihres Vaters schienen ziemlich unerschütterlich zu sein.«

»Das wird mich nicht im geringsten scheren; es wird im Gegenteil eine ganz angenehme Abwechslung sein. Auch wenn mein Vater seine Absicht nicht ändert – was immerhin der Fall sein könnte –, stehen meine Aktien noch lange nicht so schlecht. Ich habe von meiner Mutter ein bißchen Geld, sechs- oder siebentausend Pfund, und ich werde jene Odontoglossum Pavo an Sir Joshua Tredgold verkaufen – der Herr mit dem langen Bart, der so hitzig gegen Wooden bot – oder an sonst jemanden. Ich werde noch heute Nacht deswegen schreiben. Ich habe auch keine nennenswerten Schulden«, und er hielt mir mit seinem angenehmen, heiteren Lachen das Portweinglas entgegen.

Ich stieß mit ihm an und trank meinen Portwein. Ich schätze ein gutes Glas Wein wie jeder, der zuweilen monatelang gezwungen ist, halbverfaultes Wasser zu trinken. Dabei gebe ich jedoch gern zu, daß Wasser besser zu mir paßt als Portwein.

»Nun, Herr Quatermain,« fuhr er fort, »zünden Sie Ihre Pfeife an und lassen Sie uns hinübergehen und Ihre Cypripedium bewundern. Ich könnte heute nacht doch nicht schlafen, wenn ich sie nicht vorher gesehen hätte. Warten Sie ein Weilchen, ich will sehen, daß ich erst noch den alten Esel Wooden erwische, bevor er ins Bett kriecht.«

»Wooden,« sagte er, als sich der Gärtner hereinschob, »der Herr hier, Herr Quatermain, wird Ihnen eine Orchidee zeigen, die noch zehnmal schöner ist als Ihre Pavian.«

Ich öffnete den Kasten und enthüllte die Cypripedium.

»Wooden, setzen Sie sich nieder, und Sie, Herr Quatermain, erzählen Sie uns bitte einmal die ganze Geschichte dieser Orchidee von Anfang bis zu Ende.«

So setzte ich mich hin, rauchte meine Pfeife und sprach eine halbe Stunde lang ununterbrochen. Ich erwähnte hierbei meine Absicht, jemand ausfindig zu machen, der eine Expedition finanzieren würde, um die Pflanze nach Europa zu bringen.

»Wieviel wird es kosten?« fragte Herr Somers.

»So gegen zweitausend Pfund«, antwortete ich.

»Das nenne ich billig. Aber vorausgesetzt, daß die Expedition Erfolg hat und wir die Pflanze finden?«

»Nun, dann würde Bruder John, von dem ich Ihnen erzählte, ein Drittel der Summe bekommen, die bei dem Verkauf herauskäme, das zweite Drittel ich als Führer der Expedition und den Rest derjenige, der das Geld vorgestreckt hat.«

»Gut, das ist abgemacht.«

»Was ist abgemacht?«

»Nun, daß wir den Gewinn so teilen, wie Sie vorgeschlagen haben, nur möchte ich ausmachen, daß ich meinen Teil in natura bekomme – ich meine, daß ich das Vorkaufsrecht für die Pflanze habe, nachdem ihr Wert abgeschätzt worden ist.«

»Ja, Herr Somers, wollen Sie damit sagen, daß Sie die zweitausend Pfund herbeischaffen und diese Expedition persönlich mitmachen?«

»Selbstverständlich. Ich dachte, das hätten Sie schon verstanden. Das heißt, wenn Sie mich mitnehmen wollen. Ihr alter Freund, der Trottel, Sie und ich werden

zusammen nach dieser goldenen Blume suchen und sie auch finden. Das betrachte ich als abgemacht«

Am nächsten Tage wurde es auch noch schriftlich durch ein Dokument, das wir beide unterzeichneten, festgelegt.

Ich hielt es für meine Pflicht, dem jungen Manne die Gefahren, denen er auf solch einer Expedition entgegenging, zu schildern.

»Diese Gefahren gehören zu dem rauhen Handwerk, das ich nun einmal betreibe«, sagte ich. »Dazu kommt, daß ich meine Jugend hinter mir habe. Ich bin durch genug Enttäuschungen und Bitterkeiten des Lebens hindurchgegangen, von denen Sie nichts wissen, die aber Ursache sind, daß ich sehr wenig Wert auf das Leben lege. Es kümmert mich wenig, ob ich sterbe oder noch einige Jahre länger auf dieser Erde wandle. Ihre Verhältnisse aber sind ganz andere. Sie sind noch ganz jung. Wenn Sie hier bleiben und sich ein wenig den Wünschen Ihres Vaters fügen, wird er sicherlich alle rauhen Worte vergessen, die er Ihnen gestern sagte, und zu denen Sie ihm immerhin einige Veranlassung gegeben haben. Überlegen Sie sich noch einmal, ob es die geringe Wahrscheinlichkeit, eine seltene Blume zu finden, wert ist, daß Sie Ihre glänzende und gesicherte Zukunft hier aufgeben.«

Der junge Somers sah mich eine Weile an, dann sagte er:

»Ich habe noch zu bemerken, daß auch ich nicht dauernd in England leben mag und die Welt sehen möchte. Auch ich sehne mich nach Romantik und Abenteuern.«

»Ja, Herr Somers,« antwortete ich ziemlich ernst, »Sie werden wohl Abenteuer und Romantik finden. Von beiden gibt es in Afrika zur Genüge. Vielleicht wartet auch ein namenloses Grab in irgendeinem fieberhauchenden Sumpf dort auf Sie. Doch Sie haben gewählt, und mir gefällt Ihre Entschlossenheit.« –

Die Vorbereitungen zur Reise wurden getroffen. Geld genug war vorhanden. Der Wiederverkauf der Orchidee an Sir Joshua Tredgold hatte eine Summe eingebracht, die uns instand setzte, alles Erforderliche anzuschaffen. Ich hatte in meinem ganzen Leben noch keine solche Ausrüstung besessen.

Schließlich kam der Tag der Abreise. Auf der Plattform des Paddington-Bahnhofs warteten wir auf den Zug nach Dartmouth. Ein oder zwei Minuten vor Abgang des Zuges sah ich plötzlich ein Gesicht unter der

Menge, das mir bekannt vorkam. Es war Briggs, des alten Somers' Buchhalter.

Ich sah ihn Herrn Somers einen Brief übergeben. Somers las ihn, riß ein Stück von dem unbeschriebenen Bogen ab und kritzelte hastig ein paar Worte darauf. Er reichte ihn mir durchs Fenster, daß ich ihn Briggs übergäbe, und ich las, was er geschrieben hatte: »Zu spät jetzt. Gott segne Dich, lieber Vater. Ich hoffe, daß wir uns wiedersehen. Wenn nicht, so versuche eine freundliche Erinnerung zu bewahren an Deinen Stephan.«

Eine Minute später fuhren wir zur Bahnhofshalle hinaus...

4. Kapitel

Mavovo und Hans

Wir kamen glücklich in Durban an und bezogen beide mein Haus an der Berea. Ich hoffte, Bruder John zu finden. Aber kein Bruder John war zu sehen. Er war in Maritzburg und nach den Berichten einiger mir bekannter Kaffern späterhin noch an der Grenze von Zululand gesehen worden; dann aber war er wie im Weltraum verschwunden.

Eine niederdrückende Feststellung. Bruder John hatte ja unser Führer sein sollen. Er allein kannte das Mazituvolk.

Als zwei Wochen ohne ein Lebenszeichen von Bruder John vergangen waren, hielten Somers und ich eine ernsthafte Aussprache miteinander ab. Nach einigem Hin und Her einigten wir uns, bei unserer ursprünglichen Absicht zu bleiben und nach der goldenen Cypripedium zu suchen.

In den nächsten zwei Wochen hatten wir alle Hände voll zu tun. Zufällig lag ein kleiner Schoner in der Bay. Dieser gehörte einem portugiesischen Händler namens Delgado, einem schuftig aussehenden Kunden, den ich nebenbei im Verdacht hatte, auch mit Sklaven zu handeln und mit der ganzen Sippschaft von Sklavenhändlern, die damals äußerst zahlreich war und eine förmliche Macht im Lande bildete, in Verbindung zu stehen. Da er nach dem Ausgangspunkt unserer Reise, nach Kilwa, ging, kam er mir gelegen, um unsere Gesellschaft und unser Gepäck zu befördern.

Dann machte ich mich dahinter, eine Mannschaft zusammenzustellen. Sie sollte mindestens aus zwanzig Mann bestehen. Ich hatte schon Boten nach Zululand und den oberen Distrikten von Natal geschickt, um verschiedene Jäger, meine Begleiter auf früheren Jagdexpeditionen, nach Durban zusammenzutrommeln. Ungefähr ein Dutzend erschien auch in den nächsten Tagen. Ich bin mit meinen Kaffern immer sehr gut ausgekommen. Sie waren stets bereit, ohne viele Fragen mit mir überallhin zu gehen.

Der Mann, den ich als ihren Anführer ausgewählt hatte, war ein Zulu namens Mavovo, ein untersetzter Bursche von mittlerem Alter und mit einer enormen Brust. Wie ich selbst, hatte er in der großen Schlacht am Tugela unter Prinz Umbelazi gefochten, ein Verbrechen, das ihm der Zulukönig Cetewayo niemals vergab. Er war ein treuer Diener und tapfer wie ein Löwe oder, besser gesagt, wie ein Büffel; denn ein Löwe ist durchaus nicht immer tapfer.

Ein anderer Mann war ein alter Hottentotte namens Hans, mit dem ich mehr oder weniger schon mein ganzes Leben hindurch in Beziehungen gestanden hatte. Als ich noch ein Junge war, drunten in der Kapkolonie, war er ein Diener meines Vaters und mein Gefährte in den Zulukriegen und in anderen Abenteuern. Er und ich waren beispielsweise die einzigen, die entkamen, als Retief und seine Gefährten durch den Zulukönig Dingaan niedergemetzelt wurden.

Endlich war alles fertig; die Kisten mit Gewehren und Munition, mit Medizin, mit Geschenken und Proviant waren an Bord des Seglers verstaut. Ebenso hatten wir vier Esel, die ich in der Hoffnung gekauft hatte, sie könnten vielleicht als Reit- oder Packtiere nützlich sein, auf den Schoner gebracht. Der Portugiese Delgado hatte uns wissen lassen, daß er am nächsten Nachmittag absegeln wolle. Stephan Somers und ich saßen auf den Stufen der Veranda und besprachen bei einer Pfeife Tabak den Stand der Dinge.

»Es ist eine komische Geschichte,« sagte ich, »daß Bruder John nicht wieder aufgetaucht ist. Ich weiß, daß ihm daran liegt, diese Expedition mitzumachen, nicht nur wegen der Orchidee, sondern auch aus anderen Gründen, von denen er allerdings nicht gesprochen hat. Ich glaube fest, der alte Bursche ist tot.«

»Sehr wahrscheinlich,« antwortete Stephan (wir waren intimer geworden, und ich nannte ihn jetzt nur beim Vornamen), »wenn ein Mann sich allein unter Wilden herumtreibt, kann er allerdings nur zu leicht seinen Tod finden, und man wird nichts mehr von ihm hören. Horch! Was ist das?« Und er zeigte auf einen Gardenia-Busch im Schatten des Hauses, aus dem ein Geräusch kam, als ob sich etwas Lebendiges darin bewege.

»Ein Hund vielleicht oder vielleicht ist es auch Hans. Er kriecht überall herum, wo ich bin. Hans bist du da?«

Eine Gestalt richtete sich im Gardenia-Busch auf.

»Ja, ich bin hier, Baas – bewache meinen Herrn.«

»Gut«, antwortete ich. Dann kam mir ein Gedanke. »Hans, hast du von dem weißen Baas mit dem langen Barte gehört, den die Kaffern Dogitah nennen?«

»Ich habe von ihm gehört, und einmal habe ich ihn auch gesehen, vor ein paar Monaten. Als er durch Pinetown kam.«

»Mag sein, aber wo ist er jetzt, Hans? Er sollte hier sein, um mit uns nach Pongoland zu gehen.«

»Bin ich ein Geist, daß ich dem Baas sagen kann, wohin ein weißer Mann gewandert ist? Aber warte, Mavovo ist imstande, es dir zu sagen. Er ist ein großer Zauberdoktor, er kann entfernte Dinge sehen.«

Ich übersetzte Stephan, was Hans gesagt hatte, denn er hatte holländisch gesprochen, und ich fragte ihn, ob er einmal etwas von Kaffernmagie sehen wollte.

»Selbstverständlich,« antwortete er, »aber es ist natürlich alles Unsinn, nicht wahr?«

»O ja, alles Unsinn, oder man sagt wenigstens so,« antwortete ich ausweichend, »aber manchmal sagen diese Inyangas merkwürdige Dinge.«

Dann gingen wir, von Hans geführt, leise um das Haus herum. Hinter dem Hause lagen um einen kleinen freien Platz herum die Hütten meiner Kaffern. Der Platz selbst bestand aus festgestampftem Lehm und diente meinen Leuten als Kochplatz. Hier sahen wir Mavovo sitzen, das Gesicht uns zugekehrt, und umgeben von sämtlichen Zulujägern. Mavovo gegenüber brannte eine Anzahl kleiner Holzfeuerchen. Ich zählte sie und fand, daß es vierzehn waren. Das war gerade die Zahl der Expeditionsmitglieder. Mavovo sah aus, als schliefe er. Er kauerte auf dem Boden; sein großer Kopf lag auf den Knien. Um den Leib hatte er sich eine Schlangenhaut gebunden, und von seinem Halse hing eine Kette, anscheinend aus Menschenzähnen, herab. Auf seiner rechten Seite lag ein Haufen Federn aus den Schwingen von Geiern, und zu seiner Linken ein kleiner Haufen Silbergeld – ich nehme an, die Ge-

bühren, die ihm von den Jägern für seine Wahrsagerei bezahlt worden waren.

Nach einer Weile schüttelte er sich dreimal konvulsivisch und rief mit klarer Stimme aus:

»Meine Schlange ist gekommen. Sie ist in mir. Jetzt kann ich hören, jetzt kann ich sehen.«

Drei Feuer, ihm gerade gegenüber, waren größer als die anderen. Er ergriff sein Bündel Geierfedern, suchte eine bedachtsam heraus, hielt sie gegen den Himmel und zog sie dann durch die Flammen des mittleren der drei Feuer, wobei er meinen Eingeborenen-Namen Macumazana murmelte. Dann untersuchte er den versengten Bart der Feder mit vieler Sorgfalt. Ein kalter Schauer jagte meinen Rücken hinunter; denn ich wußte recht gut, daß er nun seinen »Geist« nach meinem Schicksal auf dieser Expedition befragte. Was der Geist antwortete, weiß ich nicht; er legte die Feder schweigend nieder und nahm eine andere, mit der er dieselbe Manipulation vornahm. Diesmal jedoch nannte er den Namen Mwamwazela, der in seiner gekürzten Form Wazela der Eingeborenen-Name des jungen Somers war. Das Wort bedeutete ein »Lächeln« und war wohl mit bezug auf den freundlichen Gesichtsausdruck des jungen Mannes gewählt worden.

Nachdem er die Feder durch das Feuer zur rechten Hand gezogen hatte, betrachtete er sie und legte sie neben sich nieder wie die erste.

Und so ging es weiter. »Sprich!« riefen seine Zuhörer mit gespannter Neugierde. »Hast du was gesehen? Was sagt deine Schlange von mir? Von mir? Von mir?«

»Alles habe ich gesehen und gehört. Meine Schlange sagt mir, daß wir vor einem sehr gefahrvollen Unternehmen stehen. Von den Teilnehmern werden sechs durch die Kugel, durch den Speer oder durch Krankheit sterben, und andere werden verwundet werden.«

»Welche werden denn sterben.« rief einer der Jäger, »und welche werden davonkommen? Hat deine Schlange dir nicht auch das gesagt, Doktor?«

»Ja, sicher, meine Schlange sagte mir auch das. Aber meine Schlange riet mir auch, den Mund darüber zu halten, damit nicht einige von euch plötzlich zu Feiglingen werden.«

»Meine Schlange hat mir auch noch etwas anderes verkündet«, fuhr Mavovo fort. »Wenn einer unter euch ein Schakal sein sollte, der denkt, er gehört zu denen, denen es bestimmt ist, zu sterben, und er denkt, er könnte seinem Schicksal dadurch entgehen, daß er desertiert, so ist das ein großer Irrtum. Meine Schlange wird mir ihn zeigen und wird mir auch sagen, wie ich mit ihm verfahren soll.«

Daraufhin erklärten sie alle einstimmig, daß sie niemals daran denken würden, zu desertieren. Ich glaube auch, daß diese braven Burschen die Wahrheit sagten.

»Sagen Sie mal, Quatermain,« sagte Stephan, »da unser Freund Mavovo über alles Bescheid zu wissen scheint, so fragen Sie ihn doch mal, was aus Bruder John geworden ist. Sagen Sie es mir nachher wieder, ich muß jetzt noch etwas besorgen.«

So ging ich hin und tat so, als ob ich über das, was vorging, ganz erstaunt wäre.

»Was, Mavovo,« sagte ich, »bist du wieder beim Zauberdoktern? Ich dachte, es hätte dich schon genug in Schwulitäten gebracht, drüben in Zululand.«

»Ganz recht, Baba«, versetzte Mavovo, der mich Vater zu nennen pflegte, trotzdem er älter war als ich. »Es hat mich meine Häuptlingswürde gekostet und mein Vieh und meine zwei Weiber und meinen Sohn. Du, Baba, hast die Gabe zu schießen, und hörst du etwa auf mit dem Schießen? Du hast auch die Gabe, forschen zu müssen, und hörst du etwa auf mit dem Forschen?«

Er las eine der verbrannten Federn aus dem Haufen an seiner Seite heraus und sah sie nachdenklich an. »Ich sehe an dieser Feder, die in meinem Zauberfeuer gebrannt hat, etwas von deiner Zukunft, o mein Vater Macumazana. Weit und immer weiter läuft deine Straße«, sagte er und zog die Feder durch die Finger. »Hier ist eine Reise,« dabei pflückte er eine verkohlte Strähne von der Feder ab, »hier wieder eine, und noch eine und noch eine«, und jedesmal pflückte er wieder eine Faser ab. »Hier ist eine, die sehr erfolgreich ist, sie macht dich reich, und hier ist wieder eine andere, eine wundervolle Reise, in der du viele fremde Dinge und fremde Völker siehst.«

»Dann,« jetzt blies er auf die Feder, daß alle die verkohlten Fäserchen davonflogen, »und dann – dann ist nichts mehr übriggeblieben als solch eine Stange, die die Männer meines Volkes aufrecht auf ein Grab stecken; den Pfahl der Erinnerung nennen sie sie. Oh, mein Vater, du wirst in einem fernen Lande sterben; doch du wirst Hunderte von Jahren in der Erinnerung der Menschen leben; denn siehe, wie stark ist doch dieser Schaft, über den das Feuer keine Macht gehabt hat. Mit einigen von diesen anderen ist's ganz anders«, setzte er hinzu.

»Ich bitte,« fuhr ich dazwischen, »bringe mich nicht in deine Magie hinein. Ich will überhaupt nicht wissen, was mir bevorsteht.«

»Sehr richtig, o Macumazana, was willst du also von mir wissen? Beeile dich, denn meine Schlange wird sehr müde. Sie wünscht in ihr Loch zurückzugehen, das drüben im Jenseits liegt.«

»Ich würde gern erfahren, was aus dem weißen Manne mit dem langen Bart geworden ist, den ihr Schwarzen Dogitah nennt. Er sollte jetzt hier sein, um uns auf dieser Reise zu begleiten, sogar um unser Führer zu sein, und wir können ihn nicht finden. Wo ist er, und warum ist er nicht hier?«

»Hast du irgend etwas bei dir, Macumazana, was Dogitah gehört hat?«

»Nein,« antwortete ich, »das heißt doch«, und ich kramte einen Bleistiftstumpf aus meiner Tasche, den mir Bruder John einmal gegeben hatte. Mavovo nahm ihn, und nachdem er ihn aufmerksam betrachtet hatte, wischte er mit seiner hornigen Hand ein Häufchen Asche von dem größten der kleinen Feuer herunter. Dieses Aschenhäufchen breitete er flach auf den Boden aus. Dann zog er mit dem Bleistift ein paar Linien hinein, die dem rohen Bild eines Menschen ähnelten. Hierauf betrachtete er sein Meisterwerk mit der Zufriedenheit eines Künstlers. Ein Windhauch blies die feine Asche hoch, so daß einige der Linien verwischt und andere verzerrt oder vergrößert wurden.

Dann saß Mavovo mit geschlossenen Augen still da. Er öffnete sie wieder, betrachtete die Asche und das, was von der Zeichnung übriggeblieben war:

»Es ist alles klar, mein Vater«, sagte er in einem Tone größter Selbstverständlichkeit. »Der weiße Mann Dogitah ist nicht tot. Er lebt, aber er ist krank. Er hat etwas an einem Bein, so daß er nicht gehen kann. Er liegt in einer Hütte, wie sie die Kaffern machen; nur hat diese Hütte ringsherum eine Veranda, und es hängen Bilder an den Wänden. Die Hütte ist weit entfernt von hier; ich weiß allerdings nicht, wo sie ist. Dogitah ist im Begriffe zu genesen. Er wird in jenem Lande, in das wir gehen wollen, in einer Stunde der höchsten Gefahr zu uns stoßen. Das ist alles, und die Gebühr ist eine halbe Krone.«

Ich gab ihm die halbe Krone und sagte:

»Also mein Freund Mavovo, ich glaube an dich als einen Krieger und Jäger, aber was das Zaubern betrifft, halte ich dich für einen Hokuspokusmacher. Ich bin so fest überzeugt davon, daß ich bereit bin, dir das doppelläufige Gewehr, das du letzthin so bewundert hast, zum Geschenk zu machen, falls wirklich der Dogitah in jenem fernen Lande und gerade in einer Stunde der Not auftauchen sollte.«

»Ah,« sagte Mavovo, »ihr weißen Leute dünkt euch sehr klug und bildet euch ein, alles zu wissen. Aber vor lauter neuer Weisheit habt ihr die alte vergessen. Jetzt kannst du nur höhnen und sagen, ›Mavovo, der Tapfere in der Schlacht, der große Jäger, der treue Diener wird zum Lügner, wenn er auf die verbrannte Feder bläst oder wenn er liest, was der Wind auf die gekräuselte Asche geschrieben hat‹.«

»Ich sage nicht, daß du ein Lügner bist, Mavovo; ich sage nur, daß du dich von deiner eigenen Einbildung täuschen läßt. Es ist nicht möglich, daß Menschen wissen können, was den Menschen nun einmal verborgen ist.«

»Ist es wirklich so, Macumazana? Aber wenn dir morgen einer von dem Schiff, mit dem wir fahren wollen, eine Botschaft schickt, du sollst schnell hinkommen, da etwas auf dem Schiff nicht in Ordnung ist, dann denke an deine und an meine Worte. Gut, mein Vater, weil du denkst, ich bin ein Betrüger, werde ich niemals wieder die Feder für dich blasen oder das, was der Wind auf die Asche schreibt, lesen, weder für dich, noch für irgend jemand, der dein Brot ißt.«

Dann stand er auf, gab mir mit der erhobenen rechten Hand den Zulugruß, sammelte seinen kleinen Haufen Silbergeld und seine Medizin in einen Sack zusammen und marschierte ab, seiner Schlafhütte zu.

Als wir ums Haus herumgingen, stießen wir auf den lahmen Jack, einen meiner alten Griqua-Diener.

»Inkoosi,« sagte er, »der weiße Herr Wazela gebot mir, dir zu sagen, daß er und Sam, der Koch, heute nacht auf dem Schiff schlafen, um auf die Sachen zu achten. Sam ist gerade jetzt gekommen und hat Wazela geholt Er sagt, wir werden morgen alles weitere sehen.«

5. Kapitel

Hassan

Früh am nächsten Morgen wurde ich durch ein Pochen an der Tür geweckt. Jack steckte den Kopf herein und teilte mir mit, daß Sam, der Koch, mich zu sprechen wünsche. Ich wunderte mich; er war schon gestern abend an Bord des Schiffes gegangen.

Als er eintrat, sah ich, daß sein Anzug naß war. Ich fragte ihn, ob es regne, oder ob er gar betrunken gewesen und draußen im taufeuchten Grase geschlafen hätte.

»Nein, Herr Quatermain«, antwortete er. »Der Morgen ist außerordentlich schön, und ebenso wie der arme Hottentotte Hans habe ich ein Gelübde geleistet, keine geistigen Getränke zu mir zu nehmen.«

»Dann, was zum Teufel ist los?« unterbrach ich den schönen Strom seiner Rede.

»Mein Herr, an Bord des Schiffes ist etwas los« (sofort fiel mir Mavovos Prophezeiung ein, und ich sah den Sprecher erwartungsvoll an). »Ich habe die Nacht in Gesellschaft Herrn Somers' auf seinen besonderen Wunsch hin dort verbracht. Heute Morgen nun, noch vor der Dämmerung, begann der portugiesische Kapitän, der wohl dachte, daß jedermann schliefe, mit einigen seiner Araber leise den Anker emporzuwinden und Segel zu setzen. Aber Herr Somers und ich waren vollständig wach, wir kamen aus der Kabine heraus, und Herr Somers setzte sich mit einem Revolver in der Hand auf die Ankerwinde und erklärte dem Kapitän – doch, Herr Quatermain, erlassen Sie mir bitte, die etwas rauhen und anstößigen Worte zu wiederholen, die er dem Kapitän an den Kopf warf.«

»Ja, ich erlasse es dir, und was geschah dann?«

»Dann, mein Herr, entstand sehr viel Lärm und ein großes Durcheinander. Der Portugiese und die Araber bedrohten Herrn Somers; aber er, mein Herr, blieb weiter auf der Ankerwinde sitzen, so unerschütterlich wie ein Felsen in strömendem Wasser. Was weiter geschah, mein Herr, kann ich nicht sagen, denn ich muß, während ich die Szene beobachtete, einen Stoß bekommen haben. Plötzlich lag ich im Wasser. Da ich glücklicherweise ein guter Schwimmer bin, erreichte ich den Strand und bin sogleich hierher gelaufen, um Sie zu benachrichtigen.«

»Und haben Sie noch jemand anders benachrichtigt, Sie Idiot?« fragte ich.

»Ja, mein Herr. Als ich zu Ihrem Hause lief, begegnete ich einem Offizier von der Hafenpolizei, den ich sofort von dem Vorgefallenen in Kenntnis setzte und dem ich nahelegte, einmal eine Inspektion jenes Schiffes vorzunehmen.«

Unterdessen war ich in Hemd und Hose gefahren und rief Mavovo und die andern. Sie waren sofort fertig; ihre Bekleidung bestand ja nur aus einer Moocka und einer Decke.

»Mavovo,« begann ich, »auf dem Schiff ist etwas los – –«

»Oh, Baba,« unterbrach er mich mit einem kurzen Grinsen, »es ist recht seltsam, aber letzte Nacht träumte mir, daß ich dir gesagt hätte –«

»Deine Träume sollen verdammt sein,« sagte ich, »rufe deine Leute zusammen und geh mit ihnen hinunter zum – nein, das ist verkehrt, es würde Mord und Totschlag geben, entweder ist jetzt alles schon vorüber, oder alles ist in Ordnung. Bringe also die Jäger zusammen und wartet; ich komme mit euch. Das Gepäck kann später geholt werden.«

In weniger als einer Stunde waren wir unten am Strande.

Die Maria – so hieß der Schoner – war ein unansehnlicher, kleiner Trog. Als erstes sah ich, als wir an Bord geklettert waren, Stephan mit einem großen Revolver in der Hand auf der Ankerwinde sitzen. Dicht neben ihm stand der schuftige Portugiese Delgado, augenscheinlich in sehr schlechter Stimmung, und umgeben von einer Anzahl nicht weniger schuftig aussehender arabischer Matrosen in schmutzigweißen Gewändern. Außerdem bemerkte ich an Bord den Hafenkapitän, einen bekannten und hochangesehenen Beamten. Er war von einigen Polizisten begleitet und saß rauchend hinter der Kabine und hielt die Augen auf Stephan und den Portugiesen gerichtet.

»Ich bin froh, Sie zu sehen, Quatermain,« sagte er, »hier ist irgend etwas los, aber ich bin auch gerade erst angekommen und verstehe nichtportugiesisch, und jener Herr dort auf der Ankerwinde will um keinen Preis der Welt herunterkommen, um mir Erklärungen zu geben.«

»Was gibt's, Stephan?« fragte ich, nachdem ich dem Hafenkapitän die Hand geschüttelt hatte.

»Was es gibt?« antwortete Somers. »Der Kerl hier«, dabei zeigte er auf Delgado, »wollte sich heute früh mit unserem Gepäck an Bord, von mir und Sammy ganz zu schweigen, auf die See hinausstehlen. Höchstwahrscheinlich hätte er uns draußen über Bord geworfen. Zum Glück belauschte aber Sammy, der portugiesisch versteht, seinen hübschen kleinen Plan, und ich verlegte ihm, wie Sie sehen, den Weg.«

Delgado wurde nun nach seinem Vorhaben gefragt und gab natürlich eine ganz andere Darstellung der Sache. Er hatte nur ein wenig näher an Land verholen wollen, um dort auf uns zu warten. Selbstverständlich log er und wußte auch, daß wir ihn durchschaut hatten. Aber da ihm nichts zu beweisen war, und wir jetzt stark genug waren, um auf unser Eigentum und auf uns selbst achtzugeben, sah ich keinen Grund, die Angelegenheit weiter zu verfolgen. So hörte ich denn Delgados Erklärung mit einem zweideutigen Lächeln an und lud alle Anwesenden zu einem Morgentrunk ein.

Nach diesem Vorfalle verlief alles andere glatt. Ich schickte einige Leute an Land, unsere letzten Sachen zu holen, und am Abend segelten wir ab.

Nach fünf Tagen warfen wir vor der Insel Kilwa Anker. Delgado, mit dem wir unterwegs wenig zu tun gehabt hatten, hißte ein ulkiges Flaggensignal, worauf ein Boot aus dem Hafen heraus auf uns zuschoß, bemannt mit einer Bande schwarzer Gurgelabschneider, die von einem älteren Halbblut, einem braunschwarzen, pockennarbigen Kerl angeführt wurden. Das war der Hafenmeister Bey Hassan-Ben-Mohammed, wie ihn Delgado vorstellte. Daß Herr Hassan-Ben-Mohammed von unserer Anwesenheit auf dem Schiffe und im besonderen von unserer Absicht, in Kilwa zu landen, keineswegs entzückt war, bemerkte ich vom ersten Augenblick an. Nach einer hastigen, halblauten Unterredung mit Delgado kam er auf mich zu und sprach mich auf Arabisch an. Ich verstand nicht ein Wort. Glücklicherweise beherrschte Sam diese Sprache hinreichend, und so nahm ich ihn als Dolmetscher, da ich Delgado nicht traute.

»Was sagt er, Sammy?« fragte ich.

Er begann in den rauhen Kehllauten des Arabischen mit Hassan zu sprechen und sagte dann:

»Mein Herr, er macht Ihnen viel Komplimente. Er sagt, daß er von seinem Freunde gehört hat, welch ein großer Mann Sie sind.«

»Ach nee!« rief ich aus. »Nach seinem Mienenspiel hätte ich das niemals gedacht. Danken Sie ihm für seine freundlichen Bemerkungen, und sagen Sie ihm, daß wir hier landen und auf einen Jagdzug ins Innere gehen wollen.«

Sammy gehorchte, und die Unterhaltung spann sich ungefähr folgendermaßen fort:

»Mit aller Ergebenheit bitte ich« (d. h. Hassan), »du mögest hier nicht landen, großer Herr. Diese Gegend hier ist kein Aufenthaltsort für solch edle Herren, es gibt hier nichts zu essen, und nicht ein einziges Stück Wild ist hier seit vielen Jahren gesehen worden. Die Stämme im Innern sind Wilde von der schlimmsten Sorte, die der Hunger sogar schon zu Kannibalen gemacht hat. Ich wünsche nicht, daß dein Blut auf mein Haupt komme, ich flehe dich deshalb an, mit diesem Schiff weiter nach Delagoabai zu gehen, wo du ein gutes Hotel finden wirst, oder auch nach irgendeinem anderen Platze, den du wählen mögest.«

Allan Quatermain: »Darf ich dich fragen, edler Herr, welches deine Stellung in Kilwa ist, daß du dich für unsere Sicherheit verantwortlich fühlst?«

Hassan: »Hochverehrter Lord, ich bin hier ein Kaufmann, bin von portugiesischer Nationalität, aber meine Mutter war eine Araberin von hoher Geburt, und ich bin unter Arabern erzogen worden. Alle die Stämme dieser Gegend schauen auf mich als auf ihren Führer und verehrten Vater.«

Allan Quatermain: »Dann, edler Hassan, wirst du auch imstande sein, uns durch die Gebiete deiner lieben Kinder zu begleiten, ohne daß uns ein Leid geschieht; denn du siehst, wir sind friedliche Jäger, die ebenfalls niemandem etwas zu Leide tun.«

Jetzt folgte eine lange Unterredung zwischen Hassan und Delgado, während ich inzwischen Mavovo beauftragte, die Zulus an Deck und unter die Waffen zu rufen.

Hassan: »Hochverehrter Lord, ich kann dir nicht erlauben, zu landen.«

Allan Quatermain: »Edler Sohn des Propheten, ich beabsichtige morgen früh mit meinen Freunden, meiner Gefolgschaft, meinen Eseln und meinen Gütern hier zu landen. Wenn ich das mit deiner Erlaubnis tun kann, werde ich glücklich sein. Wenn ich diese Erlaubnis nicht bekomme, dann –« und ich warf einen Blick auf die grimmigen Gesichter der Zulus, die sich hinter mir sammelten.

Hassan: »Hochverehrter Lord, mein Herz würde sich grämen, wenn ich gezwungen wäre, Gewalt anzuwenden. Aber erlaube mir, deine Aufmerksamkeit darauf zu lenken, daß ich in meinem friedlichen Dorfe dort über hundert schwerbewaffnete Leute habe, während du, wie ich sehe, hier keine zwanzig hast.«

Allan Quatermain nach einigem Nachdenken und ein paar mit Stephan gewechselten Worten: »Kannst du mir nicht sagen, edler Herr, ob du von deinem friedlichen Dorfe aus schon das Kriegsschiff ›Krokodil‹ gesichtet hast; ich meine jenen Dampfer, der damit beauftragt ist, die Dhaus der nichtswürdigen Sklavenhändler zu jagen. Ein Brief, den ich von dem Kapitän bekommen habe, sagt mir, daß sich das Schiff seit gestern in diesen Gewässern aufhält, vielleicht aber hat es sich um einen Tag verzögert.«

Würde ich dem ausgezeichneten Hassan eine Bombe vor die Füße geworfen haben, die Wirkung hätte auch nicht größer sein können. Er wurde blaß, nein, nicht nur blaß, er wurde graugelb im Gesicht und rief aus:

»Englisches Kriegsschiff! Krokodil! Ich dachte, es wäre nach Aden gedampft und würde nicht vor vier Monaten in diese Gewässer zurückkehren?«

Allan Quatermain: »Du bist falsch unterrichtet worden, edler Hassan. Soll ich dir den Brief vorlesen?« Ich nahm ein Papier aus der Tasche. »Vielleicht wird dich dieses Schreiben interessieren; denn mein Freund, der Kapitän, erwähnt dich in diesem Briefe. Er schreibt –«

Hassan winkte mit der Hand ab. »Es ist genug; ich sehe, verehrter Lord, daß du ein Mann bist, der nicht leicht von einer einmal gefaßten Absicht abzubringen ist. Im Namen Gottes, des Allbarmherzigen, so lande denn, und jede Gastfreundschaft, die ich bieten kann, steht dir zu Diensten.«

Allan Quatermain: »Aha! Ich wußte ja, verehrter Bey Hassan, daß du nur scherztest, als du sagtest, wir möchten nicht hier, sondern irgendwo anders landen. Wir nehmen dein Anerbieten mit Dank an und werden heute abend deine Gäste sein, und wenn der Kapitän Delgado, bevor er aussegelt, zufälligerweise das Kriegsschiff sehen sollte, wird er vielleicht so gut sein, uns ein Signal mit einer Rakete zu geben.«

»Aber gewiß, sicherlich!« fiel Delgado ein, der bis zu diesem Moment getan hatte, als verstünde er kein Wort englisch.

Als wir abstießen, rief ich Delgado noch zu:

»Lebe wohl, Kapitän! Also, wenn du das Kriegsschiff siehst, so vergiß nicht –«

In diesem Moment brach Delgado auf portugiesisch, arabisch und englisch in einen solchen Strom von Flüchen, Verwünschungen und schmutzigen Redensarten aus, daß ich fast glaube, er hat das Ende meines Satzes nicht mehr gehört. Als wir auf den Strand zuruderten, sah ich Hans, der neben mir unter dem Bauch eines Esels hockte, wie ein Hund Seiten und Boden der alten Barke beschnüffeln. Ich fragte ihn, was er treibe.

»Komischer Geruch in diesem Boot, Baas,« flüsterte er auf holländisch zurück, »es stinkt nach Kaffern, gerade wie das Schiff, die Maria, auch. Ich glaube, dieses Boot wird benutzt, um Sklaven zu befördern.«

»Sei still,« wisperte ich zurück, »und beschnüffle nicht mehr die Planken.« Ich war aber vollkommen überzeugt, daß Hans recht hatte und daß wir ein Nest von Sklavenhändlern aufgestöbert hatten, deren Anführer wahrscheinlich der noble Hassan war.

Wir ruderten hinter die Insel, auf der die Ruinen eines alten portugiesischen Forts und einige langgestreckte, grasbedeckte Hütten zu sehen waren. Hier wurden wahrscheinlich die Sklaven versteckt gehalten, ehe sie an Bord der Sklavenschiffe kamen. Hassan fing meinen nachdenklich auf diesen Hütten ruhenden Blick auf und beeilte sich, mir durch Sammy zu erklären, daß es Lagerhäuser wären, in denen er Fische und Häute trockne und Waren aufhäufe.

»Wie interessant!« antwortete ich. »Wir unten im Süden trocknen Häute in der Sonne.«

Nachdem wir noch einen engen Kanal gekreuzt hatten, landeten wir an einem rohgezimmerten Steg, von wo aus uns Hassan nicht ins Dorf, sondern etwa hundert Schritte vom Strande entfernt zu einem nett aussehenden, aber etwas verfallenen Hause führte. Irgend etwas an diesem Hause sagte mir, daß es nicht von Sklaven erbaut war; sein ganzes Aussehen, die Veranda und der Garten davor bewiesen Geschmack und Zivilisation. Augenscheinlich hatten gebildete Leute es bauen lassen und hatten auch hier gewohnt. Ich blickte umher und gewahrte unter einer Gruppe vernachlässigter Orangenbäume und aufschießender Kokospalmen die Ruinen einer Kirche.

»Sage dem Herrn,« bemerkte Hassan zu Sammy, »daß diese Gebäude eine Missionsstation der Christen gewesen sind, die sie aber schon vor über zwanzig Jahren verlassen haben. Als ich hierher kam, fand ich die Stätte leer.«

Dann stiegen wir zum Hause hinauf und waren während der nächsten Stunden damit beschäftigt, unser Gepäck im Garten aufzustapeln und unmittelbar daneben zwei Zelte für die Jäger aufzuschlagen. Die Räume, in denen Somers und ich es uns bequem machten, waren bemerkenswert. Der eine war augenscheinlich ein Wohnzimmer gewesen, wie ich aus zerbrochenen Möbelstücken schloß, die noch herumlagen. Sie schienen amerikanischen Ursprungs zu sein. Der andere Raum, in dem Stephan hauste, war einst ein Schlafzimmer; denn es stand noch immer eine eiserne Bettstelle darin. An der Wand hing ein Büchergestell, und auf ihm lagen vermorscht und wurmstichig einige Überreste von Büchern. Eins dieser Bücher, dessen Maroquin-Ledereinband von den weißen Ameisen aus unbekannten Gründen nicht zerstört worden war, trug den Titel »Kebles Christliches Jahr«. Auf dem Titelblatt stand mit verblaßter Tinte geschrieben: »Meiner lieben Elisabeth zu ihrem Geburtstage von ihrem Gaten.« Ich nahm mir die Freiheit, das Buch in meine Tasche zu stecken. Außerdem hing an der Wand das kleine Aquarellbild einer hübschen jungen Frau mit blondem Haar und blauen Augen. In der Ecke des Bildes standen von derselben Hand wie in jenem Buche die Worte »Elisabeth im Alter von zwanzig Jahren« geschrieben. Das Bild annektierte ich gleichfalls – in dem Gedanken, daß es vielleicht einmal als Beweisstück dienen könnte.

»Das sieht beinahe so aus, als ob die Eigentümer dieses Platzes in außerordentlicher Eile fortgezogen wären, Quatermain«, sagte Stephan.

»So ist es, mein Junge, oder vielleicht sind sie überhaupt nicht fortgezogen; vielleicht sind sie noch immer hier.«

»Ermordet?«

Ich nickte und sagte: »Ich möchte fast glauben, daß unser ehrenwerter Freund Hassan einiges von dieser Geschichte erzählen könnte. Da das Abendbrot noch nicht fertig ist, wollen wir doch einmal hinübergehen und die Trümmer der Kirche besichtigen.«

Wir schritten durch den Hain von Palmen und Orangenbäumen den kleinen Hügel hinauf, auf dem die Kirche gestanden hatte. Sie war aus Korallenfelsen erbaut, und ein Blick zeigte uns, daß sie durch Feuer zerstört worden war. Die rauchgeschwärzten Mauern sprachen eine deutliche Sprache. Neben der Kirche lag ein Friedhof. Wir konnten allerdings keine Spur von Gräbern mehr feststellen. Jedoch erhob sich in der einen Ecke, nahe dem Tore, roh aufgeführt, ein kleiner Hügel.

»Wenn wir hier nachgraben würden,« sagte ich, »dürften wir wahrscheinlich auf die Knochen von den Leuten stoßen, die einmal diesen Platz bewohnten. Was würden Sie daraus schließen, Stephan?«

»Weiter nichts, als daß sie wahrscheinlich umgebracht worden sind.«

»Sie sollten lernen, Schlüsse zu ziehen, es ist eine nützliche Kunst, besonders in Afrika. Der Hügel sagt mir, daß die Tat nicht von Eingeborenen begangen worden ist. Die würden sich niemals die Mühe machen, Tote zu begraben. Araber dagegen würden es tun, insbesondere, wenn ein Portugiesenbastard, der sich selbst einen Christen nannte, unter ihnen gewesen ist. Aber was hier auch geschehen sein mag, es muß schon lange her sein«, sagte ich und zeigte auf einen Hartholzbaum, der auf dem Hügel wuchs und der kaum weniger als fünfundzwanzig Jahre alt sein konnte.

Ins Haus zurückgekehrt, fanden wir unsere Abendmahlzeit auf dem Tische. Hassan hatte uns eingeladen, bei ihm zu essen. Aus naheliegenden Gründen jedoch hatte ich vorgezogen, unser Essen von Sammy zubereiten zu lassen und Hassan zu uns zu bitten. Er erschien, machte tausend Komplimente, trotzdem ich ihm Haß und Mißtrauen auf dem Gesicht ablesen konnte, und wir fielen über das Ziegenlamm her, das wir ihm abgekauft hatten; denn ich wünschte von diesem Burschen keine Geschenke anzunehmen. Unser Getränk war Vierkant-Schnaps mit Wasser gemischt, das Hans selbst aus dem Bach geschöpft hatte; andernfalls hätte es von den edlen Arabern vergiftet sein können.

Anfangs lehnte es Hassan ab, geistige Getränke zu berühren. Aber mit dem Fortschritt der Mahlzeit steckte er aus Höflichkeit gegen uns einen Pflock zurück, und ich schenkte ihm einen gehörigen Schluck ein. Der Appetit kommt mit dem Essen, und dasselbe scheint mit dem Trinken der Fall zu sein, wenigstens war es bei Hassan so. Wahrscheinlich dachte er, daß das Quantum, das er trank, bei der Riesenschuld seiner Sünden schon keine Rolle mehr spiele. Nach dem dritten Glas wurde er lebhaft und mitteilsam. Ich ergriff die Gelegenheit, schickte nach Sammy und ließ unserem Gast durch ihn sagen, daß wir gern zwanzig Träger für unsere Lasten mieten möchten. Er erklärte, daß in einem Umkreis von hundert Meilen nicht ein Bein von einem Träger zu finden wäre, worauf ich ihm ein

weiteres Glas einschenkte. Das Ergebnis war, daß wir dann ein Abkommen trafen, nach welchem er sich verpflichtete, uns zwanzig gute Leute zu stellen, die bei uns zu bleiben hätten, so lange wir sie benötigten.

Dann versuchte ich, ihn über die Zerstörung der Missions-Station auszuhorchen; aber über diesen Punkt hielt er, obgleich er halb betrunken war, bemerkenswert dicht. Alles, was ich aus ihm herausbrachte, war, daß er gehört hätte, vor etwa zwanzig Jahren wäre ein als sehr wild, räuberisch und grausam verschrieener Stamm, die Mazitu, aus dem Innern zur Küste vorgestoßen und hätte die Bewohner der Station getötet, mit Ausnahme eines weißen Mannes und seiner Frau, die nach dem Innern geflohen und niemals wieder gesehen worden seien.

»Und wie viele Menschen wurden in jenem Hügel nahe der Kirche begraben?« fragte ich schnell.

»Wer hat dir gesagt, daß dort jemand begraben liegt?« antwortete er und fuhr auf; aber schnell gefaßt setzte er hinzu: »Ich weiß nicht, was du meinst, ich habe niemals gehört, daß dort jemand begraben ist. Schlaft wohl, hochverehrte Herren! Ich muß gehen und nach dem Verladen meiner Güter auf die ›Maria‹ sehen.« Dann erhob er sich, grüßte und ging, oder vielmehr er schwankte hinaus.

»So ist also die ›Maria‹ doch noch nicht abgesegelt«, sagte ich und pfiff in die Dunkelheit hinaus. Sofort kam Hans hereingekrochen.

»Hans,« sagte ich, »ich höre ein Geräusch dort drüben auf der Insel, schleiche einmal an den Strand hinunter und spioniere aus, was dort drüben eigentlich vorgeht. Wenn du vorsichtig bist, wird dich keiner bemerken.«

»Nein, Baas,« antwortete er grinsend, »ich glaube auch nicht, daß irgend jemand Hans sehen wird, wenn er vorsichtig ist, besonders nicht bei Nacht.« Und geräuschlos, wie er gekommen war, schlüpfte er wieder in die Dunkelheit hinaus.

Dann ging ich zu Mavovo und hieß ihn gute Wacht halten und sich vergewissern, daß jeder seiner Leute alarmbereit sei. Es wäre möglich, daß diese Sklavenhändler bei Nacht über uns herfielen. Dann sollten sie alle auf die Veranda heraufkommen, aber keiner dürfe einen Schuß abfeuern, bevor ich es nicht befahl.

Dann legten wir uns in unseren Kleidern, die Gewehre im Arm, nieder.

Das nächste, woran ich mich erinnere, war, daß mich jemand sanft an der Schulter rüttelte. Ich dachte, es wäre Stephan, der sich bereit erklärt hatte, den ersten Teil der Nacht zu wachen und mich um Mitternacht zu wecken. Er war in der Tat wach, wie ich sofort an der Glut seiner Pfeife sah.

»Baas,« wisperte Hansens Stimme, »ich habe alles herausgefunden. Sie beladen die ›Maria‹ mit Sklaven, sie bringen sie in großen Booten von der Insel.«

»So,« antwortete ich, »aber wie bist du hier hereingekommen? Schlafen denn die Jäger draußen alle?«

Er kicherte. »Nein, sie schlafen nicht; sie spähen mit ihren Augen und hören mit ihren zahlreichen Ohren, und doch ist der alte Hans durch sie hindurchgegangen; sogar der Baas Somers hat ihn nicht gehört.«

Ich ging durch die Türöffnung auf die Veranda hinaus. Beim Lichte der Feuer, die die Jäger angezündet hatten, konnte ich Mavovo sehen. Er war vollständig wach, hatte sein Gewehr auf den Knien liegen, und hinter ihm standen aufrecht zwei Wachen. Ich rief ihn an und zeigte auf Hans.

»Seht einmal her, was für gute Wächter ihr seid, wenn einer euch sogar über die Köpfe steigen und in meinen Schlafraum kommen kann, ohne daß ihr davon etwas merkt!« Mavovo starrte den Hottentotten an, dann befühlte er seine Kleider und seine Schuhe, um festzustellen, ob sie vom Tau der Nacht feucht wären.

»Ow!« rief er gereizt aus, »ich sagte, daß nichts, was auf Beinen geht, an dich herankommen sollte, Macumazana, aber diese gelbe Schlange hier ist auf dem Bauch zwischen uns hindurchgekrochen, sieh dir nur den frischen Schlamm an, der auf seiner Weste sitzt.«

»Aber Schlangen können beißen und töten«, antwortete Hans kichernd. »Ihr Zulus denkt, daß ihr sehr tapfer seid, und ihr brüstet euch und schwingt eure Speere und Schlachtbeile, aber ein armer Hottentottenhund ist mehr wert als ein ganzes Impi (Zuluregiment) von euch. Schau her, Mavovo!« Und er öffnete seine Hand, in der eine hörnerne Schnupftabakdose lag, wie sie die Zulus in ihren aufgeschlitzten Ohrläppchen zu tragen pflegen. »Wem gehört die?«

»Es ist die meine,« sagte Mavovo, »und du hast sie mir gestohlen.«

»Ja,« prahlte Hans, »es ist die deine. Ich habe sie dir aus dem Ohr gezogen, als ich in der Dunkelheit an dir vorbeikam. Erinnerst du dich, du dachtest, ein Moskito habe dich gestochen?«

»Das stimmt,« grollte Mavovo, »doch wenn mich wieder einmal etwas am Ohre sticht, dann schlage ich zu, aber nicht mit der Hand, sondern mit dem Schlachtbeil.«

Wir gingen wieder zu Bett und schliefen den Schlaf der Gerechten.

Als ich am nächsten Morgen aufwachte, war Stephan schon aufgestanden und weggegangen. Er kam erst zurück, als ich schon die Hälfte meines Frühstücks herunter hatte.

»Wo in aller Welt sind Sie denn herumgestrolcht?« fragte ich, und bemerkte, daß sein Anzug zerrissen und mit Fetzen nassen Mooses bedeckt war.

»Auf der höchsten der Kokospalmen hier, Quatermain. Sah gerade einen Araber mit Hilfe eines Seiles auf eine hinaufklettern und langte mir einen anderen Araber heran, der mir den Trick zeigte. Es ist gar nicht schwer, so gefährlich es auch aussieht.«

»Ja, aber was in Teufels Namen suchten Sie –« begann ich.

»Oh!« fiel er ein, »meine alte Leidenschaft. Ich sah durch das Feldglas so etwas wie eine Orchidee, ganz oben in der Krone; also stieg ich hinauf. Es war übrigens natürlich keine Orchidee, sondern nur ein Bündel gelber Staubgefäße, aber etwas hatte ich doch für meine Mühe. Als ich nämlich oben saß und mich von der Kletterei ausruhte, sah ich langsam die ›Maria‹ hinter der Insel hervorkommen, und draußen auf See gewahrte ich einen Rauchstrich und stellte schließlich fest, daß dieser höchstwahrscheinlich von einem Kriegsschiff herrührte, das langsam die Küste heraufdampfte. Dann stieg etwas Nebel hoch, und ich verlor das Schiff außer Sicht.«

»Das war natürlich die ›Krokodil‹! Es würde sich gut treffen, wenn das Kriegsschiff und die ›Maria‹ einander begegneten und der Kapitän sich einmal die Ladung jenes ehrenwerten Schiffes näher betrachtete, nicht wahr, Somers?«

»Ich glaube nicht daran, Quatermain; denn wenn nicht eines der beiden Schiffe seinen Kurs ändert, werden sie einander nicht begegnen, trotzdem ich es von Herzen wünschte.«

Die nächsten zehn Minuten lang frühstückten wir schweigend; denn Stephan hatte einen guten Appetit und war hungrig nach seiner morgendlichen Kletterei.

Gerade als wir fertig waren, erschien Hassan. Wir begrüßten ihn sehr höflich, und er ließ mich brüsk durch Sammy fragen, wann wir uns fortzuscheren beabsichtigten; denn solche christlichen Hunde entehrten sein Haus.

Ich antwortete, sobald die zwanzig Träger, die er uns versprochen hatte, zur Stelle sein würden, früher nicht.

»Du lügst,« donnerte er, »ich habe dir niemals Träger versprochen, ich habe gar keine.«

»Willst du damit sagen, daß du sie heute nacht mitsamt den anderen Sklaven in der ›Maria‹ fortgebracht hast?« fragte ich süß lächelnd.

Lieber Leser, hast du schon jemals Aussehen und Bewegungen eines Katers von bestem Alter, aber reizbarem Temperament beobachtet, wenn ein kleiner Hund seinen Weg kreuzt? Wenn ja, dann hast du eine gute Vorstellung von der Wirkung, die meine harmlose Bemerkung bei Hassan auslöste. Der Kerl sah aus, als wollte er vor Wut platzen; er sprang hin und her, seine blutunterlaufenen Augen schienen aus dem Kopfe zu quellen, er verfluchte uns mit grauenhaften Flüchen, seine Hand griff an das große Messer, das er im Gürtel trug, und zum Schluß tat er, was auch der Kater tut, er spuckte. –

Stephan stand dicht neben mir und sah kühl wie eine saure Gurke und sehr amüsiert aus, und da er zufällig Hassan ein klein wenig näher stand als ich, empfing er den größten Teil des Regens, der aus des Arabers Munde quoll. In der nächsten Sekunde aber flog er wie ein Tiger auf den Mischling und landete auf dessen Nase einen ganz ausgezeichneten Schlag. Hassan stolperte zurück und zog sein Messer, aber ein Linkshänder, den er gleich darauf ins Auge bekam, veranlaßte ihn, es fallen zu lassen und sich selbst daneben zu legen. Ich trat sofort auf das Messer. Da es zu einer Einmischung zu spät war, ließ ich die Dinge ihren Lauf gehen und hielt nur die Zulus zurück, die auf den Lärm hin hereinsprangen und über Hassan herfallen wollten.

Hassan stand auf und trat, wie ich zu seiner Ehre sagen muß, an wie ein Mann, den Kopf zum Stoß gesenkt. Sein mächtiger Schädel erwischte Stephan – er war von den beiden der leichtere – auf der Brust und warf ihn hintenüber. Doch bevor der Araber den Vorteil ausnutzen konnte, war Stephan wieder auf den Beinen. Dann folgten ein paar herrliche Runden. Hassan kämpfte mit Kopf und Fäusten und Füßen, Stephan mit den Fäusten allein. Er duckte sich unter den Hieben seines Gegners und gab ihm, immer nur bei passender Gelegenheit, heraus, aber dann saßen seine Hiebe desto sicherer. Bald machte sich seine Kühle und Ruhe bemerkbar. Noch einmal wurde er durch ei-

nen Schlag unter die Kinnlade über den Haufen geworfen, aber in der nächsten Sekunde schickte er den Araber mit einem Doppelsaltomortale durch das Zimmer. Hassan kam wieder hoch, spuckte ein paar Zähne aus, und eine neue Taktik ausprobierend, packte er Stephan um die Hüften. Sie schwankten hin und her, der Araber versuchte dem Engländer die Knie in den Leib zu stoßen und ihn zu beißen, aber der Schmerz erinnerte ihn an die Abwesenheit seiner Vorderzähne. Noch einmal brachte er ihn beinahe zu Boden – beinahe, aber nicht ganz; denn der Kragen, an dem er ihn gepackt hatte, zerriß, und im gleichen Augenblick rutschte Hassan der Turban über die Augen und blendete ihn.

Da packte ihn Stephan mit dem linken Arm um die Hüften, und mit der rechten Faust bearbeitete er sein Gesicht, bis Hassan in sitzender Stellung auf dem Boden ankam und zum Zeichen, daß er sich ergebe, die Hand aufhob.

»Bitte um Entschuldigung!« schrie Stephan und raffte eine Handvoll Schlamm auf, »oder ich stopfe dir das in deine dreckige Kehle.«

Hassan schien zu verstehen; jedenfalls verbeugte er sich, bis seine Stirn fast den Boden berührte, und bat in aller Form um Entschuldigung.

»Schön, das ist erledigt,« sagte ich munter zu ihm, »wie steht es nun mit den Trägern?«

»Ich habe keine Träger«, antwortete er.

»Du schmutziger Lügner,« rief ich aus, »einer meiner Leute ist unten in deinem Dorfe gewesen und sagt mir, daß es voll von Leuten steckt.«

»Dann geh und hol' sie dir selber«, antwortete er tückisch, denn er wußte recht gut, daß der Platz schwer befestigt war.

Jetzt war ich in der Klemme. Es war sicherlich recht schön und gut, einem Sklavenhändler die Dresche zu geben, die er verdiente; aber wenn er uns aus Rache mit seinen Arabern überfiel, war es aus mit uns. Hassan schien meine Verlegenheit zu bemerken und sagte:

»Ich bin geschlagen worden wie ein Hund, aber Gott ist allbarmherzig und gerecht, er wird mich rächen.«

Die Worte waren noch keine Sekunde gesprochen, als von der See draußen ein kurzes, dumpfes Rollen, wie von einem Kanonenschuß, hereindrang. Im nächsten Moment kam auch schon ein Araber vom Strande heraufgaloppiert und schrie:

»Wo ist der Bey Hassan?«

»Hier«, sagte ich und zeigte auf ihn. Der Araber starrte ihn an, bis ihm fast die Augen herauskugelten, dann winselte er furchtsam:

»Kapitän, ein englisches Kriegsschiff jagt die ›Maria‹!« Bum, klang es zum zweiten Male herein.

Hassan sagte nichts, aber sein Unterkiefer sank herab, und ich sah, daß er bei der Rauferei drei Zähne verloren hatte.

»Das ist die ›Krokodil‹«, sagte ich lässig und gab Sammy einen Wink, es ins Arabische zu übersetzen. Während er übersetzte, zog ich aus meiner Innentasche einen Union-Jack heraus. Ich hatte ihn eingesteckt, als ich hörte, daß das Schiff in Sicht war.

»Stephan,« fuhr ich fort, »würden Sie, wenn Sie wieder zu Atem gekommen sind, nicht noch einmal auf die Palme da draußen klettern und mit dieser Flagge der ›Krokodil‹ signalisieren?«

»Bei Sankt Georg, das ist eine gute Idee«, sagte Stephan, dessen joviales, aber etwas angeschwollenes Gesicht verzweifelte Anstrengungen machte, sich in freundliche Falten zu legen. »Hans, bringe mir mal einen langen Stock und ein Stück Leine.«

Aber Hassan hielt es durchaus nicht für eine gute Idee. »Hochgeborener Lord,« keuchte er, »du sollst die Träger haben. Ich will gehen und sie holen.«

»Nein, das wirst du nicht,« sagte ich, »du wirst als Geisel hierbleiben; schicke jenen Mann dort.«

Hassan kreischte ihm mit erstaunlicher Schnelligkeit einige Befehle ins Ohr, und der Bote schoß davon.

Er war noch unterwegs, als ein anderer Bote ankam, der ebenfalls mit offenem Munde die äußere Verfassung seines Oberhauptes bestaunte.

»Bey, – wenn du der Bey bist,« sagte er unschlüssig, denn jetzt hatte das sympathische Gesicht Hassans zu schwellen und in allen Regenbogenfarben zu schillern angefangen, »wir haben mit dem Fernrohr gesehen, daß das Kriegsschiff ein Boot nach der ›Maria‹ geschickt hat.«

»Gott ist groß!« murmelte der geschlagene Hassan, »und Delgado ist von seiner Mutter Brust an ein Dieb und ein Verräter, und er wird die Wahrheit sagen. Die weißen Söhne des Scheitans werden hier landen. Alles ist zu Ende, es bleibt nur die Flucht. Sage den Leuten, sie sollen in den Busch laufen und die Sklaven – ich meine ihre Diener – mitnehmen. Ich werde sie begleiten.«

»Nein, das wirst du nicht,« unterbrach ich ihn, »wenigstens jetzt nicht. Du kommst mit uns.«

Hassan dachte nach, dann fragte er:

»Hochgeborener, ehrenwerter Lord Quatermain,« (ich erinnere mich dieses Titels, weil es der feinste ist, den ich jemals in meinem Leben bekommen habe), »wenn ich dich mit zwanzig Trägern ausrüste und dich einige Tage lang auf deiner Reise begleite, willst du mir dann versprechen, deinen Landsleuten draußen auf dem Schiffe nicht zu signalisieren und sie nicht herbeizurufen?«

»Was denken Sie?« fragte ich Stephan.

»Oh! Ich würde zustimmen. Der Lumpenhund hier hat seine Senge weg, und wir sollten machen, daß wir fortkommen. Wenn die ›Krokodil‹ hier erst Leute und Offiziere landet, ist es mit unserer Expedition vorbei. Dann werden sie uns todsicher als Zeugen mit nach Sansibar vor den Sklavengerichtshof schleppen. Selbst wenn wir uns dieser Vergnügungsreise dadurch entziehen, daß wir ebenfalls in den Busch davonlaufen, würde dabei nichts gewonnen sein; denn die anderen sind längst entwischt, und die ›Krokodil‹ würde nur noch den verdroschenen Hassan hier bekommen, und ob den dann der Galgen frißt, ist noch gar nicht ausgemacht. Völkerrecht, fremde Staatsangehörigkeit, kein direkter Beweis, – nun, Sie wissen schon.«

»Geben Sie mir ein paar Minuten Frist zum Überlegen«, antwortete ich.

Während ich also überlegte, geschah verschiedenes. Zwanzig Eingeborene wurden auf unser Haus zugeführt, ohne Zweifel die versprochenen Träger; ferner sah ich die ganze Bewohnerschaft des Dorfes in hellen Scharen in den Busch hinaufrennen; drittens kam ein weiterer Bote an mit der Meldung, daß die »Maria« weitersegle, wahrscheinlich mit Leuten des Kriegsschiffes bemannt, und daß dieses selbst beidrehe, augenscheinlich um das Sklavenschiff zu begleiten. Es bestand demnach offenbar nicht die Absicht, hier, auf einem wenigstens dem Namen nach portugiesischen Boden zu landen; also mußte ich jetzt rasch handeln.

Nun, das Ende war, daß ich wie ein rechter Narr Stephans Rat annahm. Ich tat nichts. Das ist zwar das leichteste, führt aber gewöhnlich ins Unheil. Zehn Minuten später änderte ich meine Meinung; da war es aber schon zu spät; die »Krokodil« war außer Signalweite. Meine Meinungsänderung entsprang einer Unterhaltung mit Hans.

»Baas,« sagte der Schlaukopf, »ich glaube, du hast einen Fehler gemacht. Du vergißt, daß diese gelben Teufel in weißen Roben, die jetzt ausgerissen sind, bald zurückkehren und dir auflauern werden, wenn du von der Reise zurückkommst, aber wenn das Kriegsschiff ihre Stadt und ihre Sklavenhäuser zusammengeschossen hätte, wären sie vielleicht irgendwo anders hingegangen. Jedoch«, setzte er wie in einem neuen Gedanken befangen hinzu und warf einen wohlwollenden Blick auf Hassan, »wir haben ihren Kapitän, und selbstverständlich wirst du ihn hängen! Oder wenn du es nicht tun willst, laß mich es machen. Ich kann sehr gut Leute hängen; als ich noch jung war, habe ich dem Henker in Kapstadt immer geholfen.«

»Bist du noch nicht fort?« sagte ich und warf ihn hinaus. Nichtsdestoweniger wußte ich, daß er nur zu sehr recht hatte.

6. Kapitel

Die Sklavenstraße

Die zwanzig Träger waren also da. Fünf oder sechs mit Gewehren bewaffnete Araber hatten sie hergeführt.

Nachdem uns die Leute übergeben worden waren, begannen die Araber mit Hassan eine aufgeregte Unterhaltung. Da Sammy nicht zur Hand war, verstand ich kein Wort. Allem Anschein nach sprachen sie über Hassans Befreiung. Schließlich schienen sie aber ihre diesbezüglichen Pläne aufgegeben zu haben. Sie rannten davon, und – eigentlich war ich auf so etwas gefaßt – einer drehte sich, ehe er hinter einem Hause verschwand, um und feuerte auf mich. Der Kerl war aber, wie die meisten Araber, ein miserabler Schütze. Trotzdem ärgerte mich dieser Mordversuch so, daß ich den Burschen nicht ohne einen Denkzettel entwischen lassen wollte. Ich hatte gerade das kleine Gewehr bei der Hand, riß es hoch und schickte ihm, als er mit rudernd ausgebreiteten Armen der Hausecke zulief, eine Kugel durch das Ellenbogengelenk. Ich hätte ihn ebensogut totschießen können; doch das wollte ich nicht. Durch das Bein mochte ich ihn ebenfalls nicht schießen. Wir hätten ihn dann entweder mitschleppen und pflegen oder hier zurück und elend umkommen lassen müssen.

»So,« sagte ich zu den Zulus, als ich konstatiert hatte, daß die Kugel saß, »dieser niederträchtige Mensch wird niemals wieder auf einen anderen schießen.«

»Ganz hübsch, Macumazana, ganz hübsch,« sagte Mavovo, »aber da du so gut zielen kannst, warum hast du nicht seinen Kopf als Ziel gewählt, die Kugel war halb verschwendet.«

Die armen Teufel von Träger waren Sklaven, die nicht über See verkauft werden sollten, sondern bisher Hassans Plantagen bearbeitet hatten. Glücklicherweise stellte es sich heraus, daß zwei von ihnen zu dem Stamme der Mazitu gehörten, die, wie ich erinnern will, nahe Verwandte der Zulus sind. Ihre Vorfahren waren vor Generationen schon nordwärts gewandert. Ich konnte den Dialekt dieser Leute hier verstehen, wenn auch anfangs nur mit einigen Schwierigkeiten.

Ich fragte die Mazitus, ob sie den Weg nach ihrem Heimatland zurückfinden würden. Sie bejahten dies. Allerdings sei es eine weite Reise. Einen ganzen Monat würden sie sicherlich unterwegs sein. Ich versprach ihnen die Freiheit und eine gute Belohnung, wenn sie uns in jene Gebiete führen würden, und setzte hinzu, daß auch die anderen auf ihre Freilassung rechnen könnten, wenn sie uns gute Dienste leisteten.

Schließlich waren auch die letzten Vorbereitungen zum Aufbruch getroffen. Was sollten wir mit Hassan anfangen? Die Zulus und ebenso Hans wollten ihn einfach totschlagen, wie Sammy ihm in seinem besten Arabisch auseinandersetzte. Da auf einmal zeigte dieser mordlustige Schuft, welch ein Feigling er im tiefsten Herzen war. Er warf sich auf die Knie nieder, weinte und beschwor uns im Namen des allbarmherzigen Allah, bis ihm Mavovo mit seinem Kerry einen Schlag auf den Kopf gab, worauf er still wurde. Der gutmütige Stephan war dafür, ihn laufen zu lassen. Nach einigem Nachdenken jedoch entschied ich, daß wir besser daran täten, ihn zunächst als Geisel mitzunehmen für den Fall, daß die Araber uns angriffen. Anfangs weigerte sich Hassan, als aber einer der Zulus schweigend den Speer auf einen rückwärtigen Teil seines Körpers hinhielt und sanft zu drücken begann, kam er in Bewegung.

Schließlich waren wir also so weit. Ich ging mit den beiden Führern voraus. Dann kamen die Träger; es folgten die eine Hälfte der Jäger, dann, von Hans und Sammy angetrieben, die vier Esel, schließlich Hassan und die andere Hälfte der Jäger, außer Mavovo, der mit Stephan die Nachhut bildete. Selbstverständlich waren unsere Gewehre geladen, und wir waren auf alles gefaßt. Unser Pfad lief einige hundert Meter weit am Strande entlang und wandte sich dann, Hassans Dorf durchquerend, dem Innern zu. Wir standen bald an einer kleinen Felsenklippe. Sie war höchstens drei Meter hoch, und hinter ihr trennte ein tiefer, vierzig Meter breiter Kanal die Insel von dem Festland. Jetzt begannen die Schwierigkeiten mit den Eseln. Einer von ihnen warf seine Ladung ab, und der andere begann auszuschlagen und schien die Absicht zu haben, sich mit seiner kostbaren Ladung in die See zu stürzen. Die Nachhut rannte herbei und fing ihn ein. Aber auf einmal gab es einen mächtigen Klatsch. »Jetzt liegt das Vieh drin«, dachte ich – bis mir ein Schreckensruf sagte, daß nicht der Esel, sondern Hassan über die Klippe hinweg ins Wasser gesprungen war. Er hatte die Gelegenheit wahrgenommen und hatte sich, da er ein guter Schwimmer war, rücklings ins Wasser fallen lassen, gerade als die durch die Esel angerichtete Verwirrung am größten war. Er tauchte sofort unter, kam ungefähr fünfzehn Meter vom Strande entfernt für einen Moment herauf und tauchte sofort wieder. Ich hätte ihn leicht mit einem Schuß durch den Kopf erledigen können, aber es widerstrebte mir, einen Mann, der um sein Leben schwamm, wie ein Flußpferd oder ein Krokodil zu erschießen. Ich rief auch den anderen zu, ihn in Ruhe zu lassen.

Als unser ehemaliger Gastgeber die Insel erreicht hatte, tauchten zwischen den Korallenfelsen Araber auf und halfen ihm aus dem Wasser. Ein Versuch, Hassan wieder in unsere Gewalt zu bekommen, hätte einen Angriff auf die Insel mit ihrer ganzen Garnison von Arabern bedeutet. Das war aber angesichts des Stärkeverhältnisses ausgeschlossen. Also gab ich Befehle, weiterzumarschieren.

Wir umgingen das Dorf; durchmarschieren wollte ich nicht, um einen etwaigen Hinterhalt zu vermeiden. Es war ein ziemlich großer, mit einem starken Zaun umgebener Ort. Gegen die See zu war er durch einen flachen Hügelrücken gedeckt. In der Mitte des Dorfes stand ein großes, orientalisch aussehendes Gebäude; wahrscheinlich hatte hier Hassan mit seinem Harem gelebt. Wir waren kaum ein paar hundert Schritte hinter dem Dorf, als ich zu meinem Erstaunen plötzlich Flammen aus dem Palmblattdach dieses Hauses emporlodern sah. Ich konnte mir nicht vorstellen, wie das Feuer entstanden war. Aber als ich ein oder zwei Tage später in Hansens Ohren ein paar große und wunderschöne goldene Ohrringe und an seinem Handgelenk ein goldenes Armband bemerkte, und als ich ferner herausfand, daß er und einer der Jäger erfreulich reich-

lich mit goldenen englischen Pfundstücken versehen waren, kamen mir allerhand Gedanken. Nach und nach kam auch die Wahrheit heraus. Er und der Jäger, ein abenteuerlicher Geselle, waren ungesehen durch den Zaun in das Dorf geschlüpft, hatten aus jenem Hause Geld und Schmucksachen gestohlen und das Gebäude dann angesteckt.

Durch weite, wunderschön angelegte und instandgehaltene Gärten und Palmpflanzungen kamen wir schließlich in ein sanft ansteigendes, buschbedecktes Ödland. Hier war das Fortkommen schwierig, denn ein Gewirr von Schlingpflanzen hemmte unsere Schritte. Wir waren froh, als wir gegen Sonnenuntergang endlich einen Landrücken erreichten, von dem aus offenes Tafelland sich weithin bis zum Horizont erstreckte.

Wir fanden an einem Bach einen passenden Lagerplatz. Da sehr schönes Wetter war, wurden keine Zelte errichtet. Nachts allerdings bedauerte ich, daß wir uns nicht weiter vom Wasser gelagert hatten; denn die Moskitoplage auf diesem, durch den Bach etwas versumpften Landstriche war furchtbar. Über den frisch von England gekommenen armen Stephan fielen die Untiere mit besonderer Wut her. Obendrein waren wir gezwungen, abwechselnd zu wachen. Wir mußten mit einem Überfall der Sklavenhändler rechnen. Es war auch nicht ausgeschlossen, daß unsere Träger wegliefen und vielleicht noch dazu unsere Waren mitnahmen. Ich hatte ihnen vor dem Schlafengehen allerdings erklärt, daß auf jeden, der bei Nacht davonliefe, ohne weiteres geschossen werden würde; andernfalls aber, wenn sie mit uns gingen, hätten sie gute Behandlung und eine Belohnung zu erwarten. Sie ließen durch die zwei Mazitu antworten, daß sie absolut keine Neigung verspürten, wieder in die Hände von Hassan zu fallen.

Als ich bei Sonnenaufgang das Lager überblickte, fiel mir im dünnen Morgennebel ein kleines weißes Ding ins Auge. Ich hielt es anfangs für einen Vogel, der ungefähr fünfzig Meter vom Lager entfernt auf einem Stock saß. Ich ging hin. Und es war nicht ein Vogel, sondern ein zusammengefaltetes Stück Papier, das in einem gespaltenen Bambusstab steckte. Eingeborene pflegen auf diese Art ihre Briefe zu befördern. Ich öffnete das Papier, und mit größter Schwierigkeit, denn der Inhalt war in schlechtem Portugiesisch abgefaßt und noch schlechter geschrieben, entzifferte ich:

»Englische Teufel, – denkt nicht, daß ihr mir entkommen seid. Ich weiß, wohin ihr geht, und wenn ihr auf der Reise am Leben bleibt, so werdet ihr dennoch am Ende derselben durch meine Hand sterben. Ich sage euch, daß ich unter meinem Kommando dreihundert tapfere Männer habe, die mit Flinten bewaffnet sind und Allah anbeten und nach dem Blute von Christenhunden, wie ihr seid, lechzen. Mit diesen werde ich euch folgen, und wenn ihr lebendig in meine Hände fallt, dann sollt ihr lernen, was es heißt, durch Feuer zu sterben oder auf Ameisenhaufen gebunden zu werden. Laßt uns dann sehen, ob euer englisches Kriegsschiff euch helfen wird oder euer falscher Gott. Unglück gehe mit euch, weißhäutige Räuber, die ihr ehrliche Menschen bestehlt.«

Diese erfreuliche Epistel war nicht unterzeichnet; aber ihr anonymer Verfasser war nicht schwer zu erraten. Ich zeigte Stephan den Liebesbrief, und er geriet darüber in eine solche Wut, daß er beim Herumfuchteln mit der Ammoniakflasche, die er zur Behandlung seiner Moskitostiche hervorgeholt hatte, sich etwas von dem Zeug ins Auge spritzte. Er linderte den höllischen Schmerz durch viertelstundenlanges Baden, und als er wieder sehen konnte, setzte er sich hin und verfaßte folgende Antwort:

> *»Mörder, unter Menschen bekannt als Hassan-Ben-Mohammed, – wir haben schwere Schuld auf uns geladen, indem wir Dich nicht aufhingen, als Du in unseren Händen warst. Wolf, der Du Dich vom Blute Unschuldiger nährst, Dein Verbrechen werden wir Dir nicht wieder vergeben. Der Tod ist Dir nahe und, wie wir glauben, durch unsere Hand. Komm mit all Deinen Schurken heran, wann Du willst. Je mehr es sind, desto größer ist unsere Freude, denn wir befreien die Welt lieber von vielen Schuften als von wenigen. Bis auf Wiedersehen!*

> *Allan Quatermain.*
> *Stephan Somers.«*

»Ganz nett, wenn auch nicht gerade christlich«, sagte ich, als ich sein Machwerk überlas.

»Ja,« sagte Stephan, »allerdings ein bißchen bombastisch in der Tonart. Wenn aber der Herr Hassan wirklich mit dreihundert bewaffneten Leuten ankommt, – was dann, – hä?«

»Dann, mein Junge,« antwortete ich, »werden wir sie auf diese oder jene Art verdreschen. Ich habe nicht gerade häufig einen Einfall, aber eben jetzt habe ich einen, und der läuft darauf hinaus, daß Herr Hassan nicht mehr lange diesen Planeten zieren wird, und daß wir uns mit der Art, wie er ihn verlassen wird, sehr direkt zu befassen haben werden. Warten Sie ab, bis Sie erst einmal eine Sklavenkarawane gesehen haben;

dann werden Sie meine Gefühle verstehen. Außerdem kenne ich diese Bande. Jene kleine Prophezeiung in unserem Antwortschreiben wird ihm auf die Nerven fallen. Hans, geh und stecke diesen Brief in den Stock hier. Der Postmann wird bald erscheinen und ihn abholen.«

Es fügte sich auch, daß wir schon in den nächsten Tagen eine Sklavenkarawane sehen sollten, eine der Handelsunternehmungen des ehrenwerten Hassan.

Wir waren gut vorwärtsgekommen und hatten einen westlichen Kurs mit ein wenig nordwestlichem Einschlag durch ein schönes und gesundes Land genommen. Vor gar nicht langer Zeit schien hier eine dichte Bevölkerung gewohnt zu haben. Denn wir passierten die Ruinen einer ganzen Menge von Dörfern oder beinahe kleinen Städten mit großen Marktplätzen. Diese waren jetzt niedergebrannt, verfallen und verlassen oder höchstens von ein paar alten Elendsgestalten bewohnt, die ihren Lebensunterhalt in den verwilderten Gärten fanden. Sie erzählten eigentlich immer dieselbe Geschichte. Die Araber hatten erst aus irgendeinem Grunde die Stämme gegeneinander gehetzt, dann schlugen sie sich zu den Stärkeren und fielen mit ihnen zusammen über die Schwächeren her. Die alten Leute wurden getötet, die jungen Männer, die Frauen und Kinder – mit Ausnahme der Säuglinge, die man sofort abschlachtete – wurden fortgetrieben und als Sklaven verkauft. Aus den Angaben der Leute ersahen wir, daß die Sklavenjagden vor ungefähr zwanzig Jahren begonnen hatten. Um diese Zeit waren Hassan-Ben-Mohammed und seine Spießgesellen in Kilwa erschienen und hatten die Missionare vertrieben, die dort ihre Station hatten.

Anfangs war das Handwerk außerordentlich leicht und einträglich gewesen, denn das Menschenmaterial war in Massen da und nahe bei der Hand; nach und nach aber wurden die nächstgelegenen Landstriche entvölkert. Ungezählte Menschen waren bei den Jagden getötet worden, und viele starben unterwegs durch Erschöpfung und Mißhandlung; der Rest wurde auf Schiffe gebracht und in unbekannte Länder verschickt. So sahen sich die Sklavenjäger gezwungen, immer weiter landeinwärts zu gehen, und in letzter Zeit hatten sie ihre Streifzüge schon bis zu den Grenzen von Mazituland ausgedehnt. Und jetzt sollten sie sogar beabsichtigen, das ganze Mazituvolk zu überfallen, und im Vertrauen auf ihre Gewehre hofften die Araber, auch mit diesen vielen Tausenden fertig zu werden und damit eine fast unerschöpfliche Vorratskammer von menschlicher Handelsware zu erschließen.

Am achten Tage unseres Marsches kreuzten wir frische Fährten einer Sklavenkarawane. Sie war der Küste zumarschiert, hatte aber aus irgendeinem Grunde kehrtgemacht. Vielleicht waren ihre Führer vor uns gewarnt worden. Oder sie hatten gehört, daß eine andere Karawane im Anmarsch war, und sich entschlossen, auf diese zu warten, um so die Bedeckung zu verstärken.

Die Spur dieser armen Menschen war leicht zu verfolgen. Zunächst fanden wir den Körper eines Jungen von ungefähr zehn Jahren. Später verscheuchten wir Geier von den Überresten zweier junger Männer; einer von ihnen war erschossen, der andere war durch einen Schlag mit dem Beile getötet worden. Ihre Körper waren notdürftig mit Gras verhüllt, ich weiß nicht, aus welchem Grunde. Eine oder zwei Meilen weiter hörten wir ein Kind weinen und fanden es auch schließlich, als wir seinem Geschrei nachgingen. Es war ein kleines Mädchen von ungefähr vier Jahren, das einmal niedlich gewesen sein mochte, jetzt aber nur noch ein lebendes Skelett war. Als es uns sah, kroch es auf allen Vieren davon wie ein Affe. Stephan folgte ihm, während ich, durch den Anblick erschüttert, zurücklief, um aus unseren Vorräten eine Dose mit kondensierter Milch zu holen. Gleich darauf hörte ich Stephan erschrocken nach mir rufen. Fast widerwillig, denn ich wußte, daß er etwas Schreckliches gefunden haben mußte, kam ich ihm durch die Büsche nach. An den Stamm eines Baumes gebunden fand ich eine junge Frau, offenbar die Mutter des Kindes; denn es hatte ihre Knie umklammert. Sie rührte sich nicht und gab auch keine Antwort, als ich sie anrief.

Gott sei Dank lebte sie aber noch. Wir schnitten sie ab, und die Zulujäger, die herzensgute Menschen sind, solange sie sich nicht auf dem Kriegspfade befinden, trugen sie ins Lager. Mit vieler Mühe erhielten wir beide, Mutter und Kind, am Leben.

An einem der nächsten Tage hatten wir zeitig unser Lager aufgeschlagen. Die Frau und das Kind waren so schwach, daß sie nicht weitergehen konnten, und wir hatten keine Leute, sie zu tragen. Außerdem hatten wir einen idealen Lagerplatz gefunden. Es war, wie gewöhnlich, ein verlassenes Dorf, das ein Bach mit frischem, gutem Wasser durchströmte. Hier besetzten wir einige abgesondert liegende, mit einem Dornenzaun umgebene Hütten. Während Sammy für die gerettete Frau einen Topf voll Fleischbrühe kochte und Stephan

und ich ihm pfeiferauchend zusahen, schlüpfte Hans durch das niedergebrochene Tor der Dornenmauer und meldete, daß die Araber in zwei Abteilungen und mit vielen Sklaven anmarschierten.

Wir liefen hinaus und sahen gerade zwei Karawanen ankommen und auf dem früheren Marktplatz sich lagern. Die eine war tatsächlich jene, deren Spur wir gefolgt waren. Sie schien aus ungefähr zweihundertfünfzig Sklaven und gegen vierzig Treibern zu bestehen. Diese waren sämtlich mit Gewehren bewaffnet und, ihrer Kleidung nach zu schließen, Araber oder arabische Mischlinge. Die zweite Karawane, die aus einer anderen Richtung herangekommen sein mußte, hatte nicht mehr als höchstens hundert Sklaven bei sich und wurde von zwanzig bis dreißig Arabern geführt.

»So,« sagte ich, »jetzt wollen wir erst unser Abendbrot essen, dann wollen wir jenen Herren einen Besuch abstatten, nur um ihnen zu zeigen, daß wir uns nicht fürchten. Hans, hole die Flagge, und stecke sie auf die Spitze jenes Baumes, damit sie sehen, zu welchem Lande wir gehören.«

Der Union Jack stieg hoch, und sofort konnten wir durch unsere Gläser feststellen, daß die Sklavenjäger aufgeregt durcheinanderrannten, und daß auch die armen Sklaven sich umdrehten und auf das Stückchen bunten Tuches starrten und miteinander darüber sprachen. Wahrscheinlich hatten einzelne unter ihnen schon einmal einen Union Jack in der Hand eines englischen Reisenden gesehen, oder sie hatten davon gehört, daß er für die Sklaven Freiheit bedeutete. Oder sie konnten auch die Bemerkungen der Araber verstanden haben. Auf jeden Fall starrten sie alle auf die Flagge, bis die Araber mit klatschenden Hieben ihrer Nilpferdpeitschen die freudige Unterhaltung der Armen erstickten.

Anfangs schien es, als wollten sie das Lager abbrechen und weitermarschieren; doch dann gaben sie das Vorhaben auf, vielleicht weil die Sklaven zu erschöpft waren und weil sie auch vor Einbruch der Nacht kein anderes Wasser erreichen konnten. Sie blieben also und begannen Lagerfeuer anzuzünden. Sie trafen auch Vorsichtsmaßregeln gegen einen etwaigen Angriff, indem sie Wachen ausstellten und die Sklaven zwangen, einen Dornenzaun um das Lager herum aufzuführen.

»Nun,« sagte Stephan, als wir mit unserer Mahlzeit fertig waren, »sind Sie bereit zu dem Besuch?«

»Nein,« antwortete ich, »ich habe es mir anders überlegt. Ich glaube, wir tun besser, uns möglichst still zu verhalten. Die Araber werden schon die ganze Geschichte von unserem Zusammentreffen mit ihrem würdigen Meister Hassan kennen; denn er hat ihnen ohne Zweifel Botschaft davon geschickt. Deshalb könnte es sein, daß sie einfach auf uns schießen, wenn wir ihnen nahekommen. Oder sie könnten uns auch herzlich willkommen heißen und uns dann Gift in den Kaffee tun oder uns plötzlich die Hälse abschneiden. Unser Lager könnte zwar besser gelegen sein, aber immerhin ist es nicht ohne Schwierigkeiten zu überrennen. Ich bin also der Meinung, wir verhalten uns lieber still und warten hier einmal die Entwicklung der Dinge ab.«

Stephan brummte etwas von »übervorsichtig sein«, aber ich kehrte mich nicht daran. Und dann ließ ich Hans holen und sagte ihm, er solle sich nach Einbruch der Dunkelheit mit einem der Mazitu – beide wollte ich nicht riskieren, denn sie waren unsere Führer – und einem anderen Eingeborenen, einem verwegenen Burschen, der alle Dialekte dieser Gegend kannte, ins Sklavenlager hinunterschleichen. Dort sollte er die Unterhaltung erlauschen, wenn möglich, sich unter die Sklaven mischen und ihnen erklären, daß wir ihre Freunde wären. Hans nickte. Das war ein Auftrag nach seinem Herzen.

Stephan und ich trafen gleichzeitig unsere Vorbereitungen. Wir verstärkten den Dornenwall, schichteten Holz für große Wachfeuer auf und verteilten die einzelnen Wachen.

Die Nacht sank herab. Hans und seine Gefährten stahlen sich geräuschlos wie Schlangen davon. Ringsum herrschte tiefe Stille. Dann und wann wurde sie von einem melancholischen, kurz abbrechenden Gesang im Sklavenlager unterbrochen. »La-lu La-lua!« ging es und erstarb sofort wieder. Dann folgten Schmerzensschreie und Gewimmer, als die Araber einige der Unglücklichen verprügelten, einmal fiel auch ein Schuß.

Eine lange Zeit war es still. Dann plötzlich stand Hans vor mir, wie aus dem Boden gezaubert, und hinter ihm die dunklen Gestalten des Mazitu und des anderen Mannes.

»Erzähle!« sagte ich.

»Baas, höre. Die Araber wissen alles von dir, auch wieviel Leute du hast. Hassan hat ihnen Befehl geschickt, dich zu töten. Es ist gut, daß du nicht hingegangen bist, um sie zu besuchen; denn sie würden dich sicherlich ermordet haben. Wir sind ganz nahe an sie herangekrochen und haben ihre Unterhaltung angehört. Sie wollen uns morgen früh bei Tagesanbruch

überfallen, wenn wir nicht vorher abziehen. Doch das würden sie erfahren; denn sie lassen uns bewachen.«

»Und wenn wir abziehen, was dann?« fragte ich.

»Dann, Baas, werden sie uns überfallen, wenn wir aufbrechen oder kurz nachdem wir aufgebrochen sind.«

»So, so; noch etwas, Hans?«

»Noch eins, Baas. Diese zwei Männer haben die Messer, die du ihnen gegeben hast, Zweien der Tapfersten unter den Sklaven geborgt, damit sie die Stricke der Sklavenjoche und ihrer Handfesseln zerschneiden können. Dann sollen sie die Messer weitergeben, damit ihre Brüder dasselbe tun. Aber vielleicht werden die Araber es herausfinden, und dann müssen der Mazitu und der andere Mann ihre Messer verlieren. Vielleicht gibst du ihnen andere. Das ist alles. Hat der Baas vielleicht ein bißchen Tabak?«

»Nun, Stephan,« sagte ich, als Hans gegangen war, »es stehen uns jetzt zwei Wege offen. Entweder können wir diesen Herren sofort entwischen. Wir müßten dann jene Frau und das Kind ihrem Schicksal überlassen. Oder wir können hier warten, bis wir angegriffen werden.«

»Ich reiße nicht aus«, sagte Stephan. »Außerdem würde es feige sein, jene armen Kreaturen im Stich zu lassen. Und schließlich würde es für uns, glaube ich, das Unangenehmste sein, wenn wir auf dem Marsch überfallen werden.«

»Dann wollen Sie wohl warten, bis wir angegriffen werden?«

»Gibt es nicht noch eine dritte Möglichkeit, Quatermain? Nämlich die: selbst anzugreifen?«

»Daran dachte ich auch schon. Wir wollen nach Mavovo senden.«

Er kam, und ich setzte ihm den Stand der Dinge auseinander.

»Es ist die Sitte meines Volkes, lieber anzugreifen als sich angreifen zu lassen, und doch, mein Vater, in diesem Falle spricht mein Herz dagegen. Hans«, er nannte ihn Inhlatu, ein Zuluwort, das »gefleckte Schlange« bedeutet, des Hottentotten Kaffernname, »sagt, daß dort fast sechzig von diesen gelben Hunden sind, alle mit Gewehren bewaffnet, wogegen wir nur fünfzehn Bewaffnete haben. Auf die Sklaven können wir uns ja nicht verlassen. Auch haben sie eine durch eine starke Dornenmauer geschützte Stellung. Sie werden nur schwer von uns zu überraschen sein. Hier dagegen befinden wir uns in einer starken Stellung und können nicht überrascht werden. Doch das letzte Wort liegt bei dir, Macumazana, und nicht bei mir, deinem Jäger. Sprich du, der du in Kriegen alt geworden bist, und ich werde gehorchen.«

»Du hast gut gesprochen«, antwortete ich. »Und außerdem fällt mir noch etwas ein. Wenn wir angreifen, werden diese arabischen Bestien sich hinter den Sklaven aufstellen, und wir würden durch unser Feuer eine Menge von ihnen töten. Stephan, ich glaube, wir warten hier die Entwicklung der Dinge ab.«

»Gut, Quatermain. Nur hoffe ich, daß Mavovo nicht darin recht behält, daß diese Schufte etwa ihre Meinung ändern und davonlaufen.«

»Junger Mann, Sie werden außerordentlich blutdürstig – für einen Orchideenzüchter«, bemerkte ich und sah ihn gedankenvoll an. »Ich für meinen Teil hoffe, daß Mavovo gerade damit recht behält; denn ich muß Ihnen sagen, wenn er sich geirrt hat, kann es eine faule Geschichte werden.«

»Ich bin immer ein friedlicher Mensch gewesen, bis jetzt wenigstens«, antwortete Stephan. »Aber der Anblick dieser unglücklichen Sklaven mit ihren gespaltenen Schädeln und der Frau, die an einen Baum gebunden war, um elend umzukommen –«

»Veranlaßt Sie, das Amt des allmächtigen Gottes zu übernehmen«, sagte ich. »Nun, es ist nur ein natürlicher Impuls und unter diesen Umständen vielleicht einer, der Gott gefällt. Aber, da wir jetzt einig sind, wollen wir uns an die Arbeit machen, damit die arabischen Herren ihr Frühstück fertig finden, wenn sie zu uns auf Besuch kommen.«

7. Kapitel

Der Sturmangriff der Sklaven

Wir taten alles, um uns so gut als möglich in Verteidigungszustand zu setzen. Nachdem wir den Dornenwall, die Boma, verstärkt und verschiedene Feuer außerhalb desselben angezündet hatten, teilte ich den Jägern ihre Plätze zu und prüfte nochmals ihre Gewehre und ihre Munition. Dann drängte ich Stephan, sich auszuruhen. Ich wünschte, daß er frisch in sein erstes Gefecht ginge.

Sobald er die Augen geschlossen hatte, setzte ich mich auf eine Kiste nieder, um nachzudenken. Die Lage war nichts weniger als rosig.

Eine schlimme Sache war die ungünstige Lage unserer Boma. Ringsum standen eine ganze Anzahl Bäume, hinter denen die Angreifer gute Deckung fanden. Noch mehr fürchtete ich einen mit dickem Gras und Dornenbüschen bewachsenen Hügel, der sich hinter uns etwa einhundertfünfzig Meter hoch erhob. Wenn die Araber imstande waren, diese Bodenwelle zu besetzen, konnten sie von oben direkt in das Lager schießen. Oder sie konnten uns, wenn der Wind für sie günstig war, einfach ausräuchern oder unter dem Schutze der Rauchwolken zumindest ihren Angriff herantragen. Gott sei Dank waren alle diese meine Befürchtungen unbegründet, weil ganz etwas anderes geschah.

Bei einem Angriff während der Nacht oder noch vor Morgengrauen habe ich immer die Stunde, bevor der Himmel sich zu lichten beginnt, als die unerträglichste empfunden. In dieser Stunde ist die Spannkraft des menschlichen Körpers recht gering. Noch war es ganz dunkel, da kroch Hans heran; ich sah im Licht des Wachfeuers sein gelbes, faltiges Gesicht

»Ich rieche die Dämmerung«, sagte er und verschwand wieder.

Mavovo erschien. Seine massiven Umrisse wuchsen vor den Flammen auf.

»Macumazana, die Nacht ist vorbei,« sagte er, »wenn der Feind überhaupt kommt, muß er gleich hier sein.«

Er hob die Hand zum Salut, glitt wieder in die Dunkelheit zurück, und gleich darauf hörte ich das leise Aneinanderklirren von Speerblättern und das Schnappen von Gewehrhähnen. Ich ging zu Stephan und weckte ihn. Er richtete sich gähnend auf, murmelte irgend etwas über Treibhäuser; dann erinnerte er sich und sagte:

»Kommen die verdammten Araber endlich? Ich freue mich auf die Rauferei; unterhaltsam, alter Junge, nicht wahr?«

»Sie sind ein unterhaltsamer Dummkopf!« antwortete ich ärgerlich und ging fort.

In den nächsten fünf Minuten war jedermann im Lager auf den Beinen, trotzdem Fußtritte nötig waren, um die meisten der Träger aus ihrem Schlummer hochzubringen. Diese armen Menschen waren ja so an die Gegenwart des Todes gewöhnt, daß er sie nicht mehr in ihrem Schlummer stören konnte. Trotzdem bemerkte ich, daß sie leise und aufgeregt miteinander flüsterten.

»Wenn du irgendein Zeichen von Verräterei bei ihnen siehst, mußt du sie töten«, sagte ich zu Mavovo, der in seiner ernsten, schweigsamen Art dazu nur nickte.

Nur die befreite Sklavin und ihr Kind ließen wir in der Ecke des Lagers weiterschlafen. Was hätte es für einen Zweck gehabt, sie zu beunruhigen?

Sammy, dem nichts weniger als behaglich zumute zu sein schien, brachte zwei Blechtassen Kaffee für Stephan und mich.

In diesem Augenblick brach ein furchtbarer Lärm in dem bis dahin völlig stillen Lager der Sklavenjäger aus. Gerade spiegelte sich das erste Licht des erwachenden Tages auf den Läufen unserer Gewehre.

»Achtung, da,« schrie ich und goß den Rest meines Kaffees hinunter, »jetzt geht es los.«

Der Lärm wurde lauter und lauter, bis die ganze Atmosphäre mit einem Gemisch von Flüchen, Heulen und Schreien angefüllt schien. Auf einmal drang auch der Knall von Gewehrschüssen dazwischen, Todesschreie und das Tappen vieler laufender Füße. Das Tageslicht nahm rasch zu, wie es den Tropen eigentümlich ist. Nach drei Minuten sahen wir durch den leichten Morgennebel Trupps schwarzer Menschen über die Steppe auf unser Lager zu hasten und laufen. Ich erkannte schon von weitem, daß einige von ihnen Holzblöcke nachschleiften, die mit Stricken und Ketten an ihren Füßen befestigt waren. Andere krochen auf allen Vieren entlang. Wieder andere schleppten Kinder an der Hand, und alle schrien und brüllten durcheinander, was ihre Stimmen nur hergeben wollten. Sie kamen in atemlosem Laufe heran, ein furchtbar anzusehender Haufen von Menschen, viele von ihnen noch mit dem hölzernen Sklavenjoch auf dem Nacken, und hinter ihnen her kamen die Araber, die unaufhörlich auf die Fliehenden feuerten. Unsere Lage war ohne Zweifel höchst bedenklich; denn wenn die verzweifelten Flüchtlinge in unser Lager einbrachen, würden sie uns, ohne feindliche Absicht natürlich, einfach über den Haufen rennen. Und daß wir nicht wieder aufständen, dafür würden die verfolgenden Araber schon sorgen.

»Hans,« schrie ich, »nimm schnell die Leute, die in der letzten Nacht bei dir waren, und versuche diese Sklaven hinter das Lager zu treiben! Aber schnell! Ganz schnell, ehe sie uns breitgetrampelt haben!«

Hans sprang sofort auf, und ich sah ihn dann mit den zwei anderen der anwogenden Masse entgegenlaufen, ein Hemd oder irgend etwas anderes Weißes mit der Hand schwenkend, um ihre Aufmerksamkeit auf sich zu lenken. Die Flucht der Unglücklichen kam zum Stehen. Sie hatten die Läufe unserer Gewehre gesehen; sie hoben die Arme hoch, einige knieten nieder oder warfen sich nieder, und ein einziger Schrei: »Gnade! Rettet uns!« stieg zum Himmel auf.

Es war ein Glück, daß sie unsere Waffen gesehen und ihnen die Furcht vor diesen Halt geboten hatte; denn es wäre Hans und seinen Kameraden kaum gelungen, die um Leben und Freiheit rennenden Unglücklichen aufzuhalten. Dann sah ich das flatternde weiße Hemd seitwärts schwenken, auf einen Pfad zu, der an unserer Boma vorbei in das mit Busch und hohem Gras bestandene Land führte. Hinter der weißen Flagge her rannte der Haufen der Sklaven, wie eine Schafherde hinter dem Leithammel. Für sie schien Hansens Hemd so etwas wie »der weiße Helm von Navarra« zu sein.

Diese Gefahr war also vorüber. Einige der Sklaven waren unter den Kugeln gefallen oder von ihren eigenen Gefährten niedergerannt worden. Noch immer feuerten die Araber in die fliehende Masse. Eine Frau, die unter dem Gewicht des Sklavenjoches zusammengebrochen war, kroch auf Händen und Knien vorwärts. Ein Araber schoß auf sie. Aber ich zielte auch und – nun, ich bin auf diese Art von schnellen Schüssen eingefuchst. Er sprang einen halben Meter in die Luft und fiel zurück. Ich hatte ihn glatt durch den Kopf geschossen.

Die Jäger stießen ein tiefes, grunzendes »Ow!« als Zeichen des Beifalls aus, während Stephan in einer Art Ekstase ausrief:

»Ein himmlischer Schuß!«

»Nicht schlecht, aber ich hätte doch nicht schießen sollen,« antwortete ich, »denn bis jetzt haben sie uns nicht angegriffen. Es bedeutet eine Art von Kriegserklärung an sie, und« – im selben Augenblick riß ich Stephan an der Schulter nieder – »da haben Sie die Antwort! Nieder, ihr alle! Schießt auf sie!«

Das Feuer der Araber hatte sich sofort auf unser Lager gerichtet, und damit begann der Kampf. Die Araber nahmen zunächst einen Anlauf mit dem üblichen Allahgeschrei. Wenn sie auch beherzte Burschen waren, so verging ihnen doch die Lust, das Experiment ein zweites Mal zu wiederholen. Stephan hatte nämlich das Glück oder das Geschick, mit den beiden Schüssen seines doppelläufigen Gewehrs zwei von ihnen umzulegen. Ich selbst verfeuerte das ganze Magazin meines Gewehrs, und zwar nicht ohne Resultat, und auch die Jäger machten zwei oder drei kampfunfähig.

Nach dieser Kostprobe gingen die Araber in Deckung. Ein Teil sprang hinter einzelne Bäume, und wie ich es befürchtet hatte, versteckten andere sich in dem Schilf- und Binsendickicht am Flußufer. Von dort aus belästigten sie uns auf recht fühlbare Weise; denn unter ihnen gab es ein paar ganz anständige Schützen. Hätten wir nicht die Vorsichtsmaßregel ergriffen, unsere Dornenmauer durch einen dicken Wall von Erde zu verstärken, so hätten wir empfindliche Verluste erlitten. Immerhin wurde einer unserer Jäger getötet; die Kugel fuhr erst durch die Schießscharte, die er sich in dem Wall gemacht hatte, und dann ihm durch den Hals. Auch die unglücklichen Träger hatten unter dem Feuer der Araber schwer zu leiden. Zwei von ihnen wurden getötet, vier schwer und einige weitere leicht verwundet. Ich veranlaßte sie, sich vor den Dornen und vor unseren Gewehren flach auf den Boden niederzulegen, so daß wir über ihre Körper hinwegfeuern konnten.

Es wurde uns bald klar, daß die Zahl der Araber größer war, als wir vermutet hatten. Mindestens fünfzig feuerten von allen möglichen Seiten her auf uns. Dazu kam, daß sie, wenn auch ganz langsam, Boden gewannen. Ihr Ziel war unverkennbar die Bodenerhöhung hinter dem Lager. Natürlich erwischten wir einige, als sie von Deckung zu Deckung sprangen, aber diese Art von Schießen war mindestens so schwierig wie die Jagd auf zwischen Steinblöcken hüpfende Kaninchen. Ich kann nur sagen, daß ich allein Erfolge dabei erzielte; denn hier kam mir mein schnelles Auge und meine lange Erfahrung zustatten.

Binnen einer Stunde war die Situation für uns so bedenklich geworden, daß wir einen gemeinsamen Kriegsrat abhielten. Ich machte meinen Gefährten klar, daß bei unserer geringen Anzahl ein Angriff auf die verstreuten, gut gedeckten Schützen ein vollständig hoffnungsloses Unternehmen wäre; ebenso aussichtslos aber wäre es, die Boma auch nur bis zur Nacht halten zu wollen. Sobald die Araber erst den Hügel hinter uns erklommen hätten, könne es nur eine Frage von einer Viertelstunde sein, bis der letzte von uns getötet sei.

»Ich glaube, es bleibt nur noch eins übrig«, sagte ich in einer Gefechtspause, in der die Araber entweder ebenfalls Kriegsrat hielten oder vielleicht auf Muni-

tionsnachschub warteten. »Wir müssen das Lager und alles darin aufgeben und uns auf den Hügel zurückziehen. Da die Angreifer jetzt müde und wir alle gute Läufer sind, mag es sein, daß wir wenigstens das nackte Leben retten.«

»Und was wird mit den Verwundeten«, fragte Stephan, »und mit der Sklavin und ihrem Kind?«

»Das weiß ich allerdings nicht«, antwortete ich und sah zu Boden.

In Wirklichkeit wußte ich es natürlich nur zu gut, aber hier erwuchs wieder einmal die alte Frage: sollten um einiger Menschen willen, an denen wir kein tieferes Interesse nahmen und die wir auch mit unserem Hierbleiben nicht retten konnten, wir alle zugrunde gehen?

Mit ein paar Worten setzte ich Mavovo unsere Lage auseinander und fragte ihn um Rat.

»Wir müssen flüchten«, antwortete er. »Trotzdem ich das Ausreißen nicht liebe, ist das Leben doch allerhand wert, und der, der lebt, kann vielleicht eines Tages seine Schulden bezahlen.«

»Aber die Verwundeten, Mavovo, die nicht selber laufen und die wir nicht tragen können?«

»Ich werde sie töten, Macumazana, wie es Kriegsbrauch bei uns Zulus ist, oder falls sie es vorziehen, können wir sie auch den Arabern überlassen.« –

Ich muß gestehen, daß ich Mavovos Plan innerlich zustimmte. Plötzlich aber geschah etwas ganz Unerwartetes.

Seitdem, kurz nach Sonnenaufgang, Hans die Sklaven mit seiner Hemdfahne in den Busch hinter dem Lager geführt hatte, hatten wir von ihm und seinem Trupp nichts mehr gesehen und gehört. Jetzt auf einmal erschien er wieder. Wieder schwenkte er das weiße Hemd, und hinter ihm quoll das Heer nackter Männer, etwa zweihundert an der Zahl, aus Busch und Gras hervor. Sie schwangen Stücke zerbrochener Sklavenjoche in den Händen und Steine und Baumäste und stießen ein furchtbares Gebrüll aus. Ich starrte sprachlos vor Erstaunen auf Mavovo. Er lachte und sagte:

»Ah! die gefleckte Schlange« (das bezog sich auf Hans) »ist groß! Sie ist sogar imstande gewesen, in die Herzen von Sklaven Mut zu bringen. Verstehst du nicht, mein Vater, daß die jetzt einen Sturmangriff auf die Araber machen, ja, und sie werden sie niederreißen, wie wilde Hunde ein Büffelkalb niederreißen!«

Als die Araber diesen schwarzen Menschenstrom auf sich losbrausen sahen, fingen sie an, wie Rasende zu schießen; sie töteten natürlich einige der Sklaven, verrieten durch die Schüsse aber auch ihre Stellungen. Auf jeden einzelnen von ihnen stürzten sich jetzt fünf oder sechs oder noch mehr Schwarze; er wurde niedergerissen, sie zerschmetterten ihm mit Steinen und Holzstücken den Kopf und trampelten mit ihren nackten Füßen auf den blutigen Resten herum. In fünf Minuten waren zwei Drittel der Araber tot; der Rest, von denen auch wir mit unseren Gewehren noch unsern Zoll erhoben, raste in wilder Flucht nach allen Windrichtungen davon.

So wurde uns das Leben durch diejenigen gerettet, die wir selbst zu retten bemüht waren. Und dieses eine Mal wurde in jenen dunklen Teilen Afrikas – in jener Zeit waren sie wirklich noch dunkel – der Gerechtigkeit Genüge getan. Wäre Hans nicht gewesen, er und seine Fähigkeit, in diesen geknechteten Schwarzen den Geist der Empörung zu erwecken, hätten wir alle miteinander noch vor Einbruch der Nacht höchstwahrscheinlich den Hyänen als Mahlzeit gedient, denn ich glaube nicht, daß uns die Flucht auf den Hügel hinauf geglückt wäre. Und selbst wenn sie geglückt wäre, was wäre dann aus uns in diesem wilden Lande, umgeben von Feinden und mit nur wenigen Schuß Munition in der Tasche, geworden?

»Ah! Baas,« sagte der Hottentotte eine Weile danach und funkelte mich mit seinen schwarzen Perlenaugen an, »also hast du schließlich doch gut daran getan, mich mit dir zu nehmen! Der alte Hans ist ein Trunkenbold, ja, oder wenigstens ist er einer gewesen, und der alte Hans spielt, ja, und vielleicht wird der alte Hans in die Hölle kommen, aber bis dahin kann der alte Hans pfiffig sein, wie er schon eines Tages es war, damals vor der Attacke bei Marais Fontain und damals auf dem Hügel des Gemetzels bei Dingaans Kraal, und wie er es wieder heute morgen war, dort zwischen den Büschen! Und jetzt, Baas, habe ich ein so eigentümliches Gefühl in meinem Bauch, es hat heute kein Frühstück gegeben, und die Sonne war sehr heiß, ich glaube, daß ein einziger kleiner Schluck Schnaps – ich weiß, ich weiß, ich versprach, nicht mehr zu trinken, aber wenn du ihn mir gibst, ist es ja deine Sünde, nicht meine.«

Nun, ich gab ihm den Schluck, sogar einen ausgiebigen, trotzdem es gegen meine Grundsätze war, und schloß die Flasche dann wieder sorgfältig ein. Ich schüttelte auch dem alten Burschen die Hand und dankte ihm, was ihn sehr zu freuen schien; denn er brummte so etwas wie, daß es nichts gewesen wäre. Wenn ich getötet worden wäre, würde es auch sein Tod gewesen sein, und so liefe es eigentlich darauf hinaus, daß er an sich und nicht an mich gedacht hätte. Dabei kugelten ihm zwei dicke Tränen über seine Knopfnase herunter. Doch diese konnten ebensogut den scharfen Schnaps zur Ursache gehabt haben.

Dann gingen wir daran, das Mittagsmahl zuzubereiten.

Sobald wir gegessen hatten, hielten wir Rat, was mit den Sklaven geschehen solle. Sie saßen draußen vor dem Dornenwall. Viele hatten Verletzungen in dem Kampfe davongetragen, und alle starrten sie uns mit runden Augen an. Dann auf einmal begannen sie wie mit einer Stimme nach Essen zu schreien.

»Wie sollen wir jetzt mehrere hundert Menschen abfüttern?« fragte Stephan.

»Die Sklavenhändler müssen es ja auch zuwege gebracht haben,« antwortete ich, »wir wollen einmal gehen und drüben in dem Lager nachsehen.«

Wir gingen, von unserer hungrigen Horde gefolgt, hinüber, und neben einer Menge brauchbarer Sachen fanden wir zu unserer Freude auch einen großen Vorrat an Reis, Mais und Hirse, zum Teil schon in gestampftem Zustande, vor. Davon wurde, zusammen mit ein wenig Salz, ein genügender Teil verausgabt, und bald waren die Kochtöpfe voll Brei. Und wie diese armen Kreaturen aßen! Trotzdem es nötig gewesen wäre, die Vorräte einzuteilen, konnten wir es nicht übers Herz bringen, sie abzuhalten, sich zum ersten Male seit langen Wochen wieder richtig sattzuessen. Als sie schließlich zufrieden auf ihre Bäuche klopften, hielt ich ihnen eine Rede, dankte ihnen für ihre Tapferkeit, sagte ihnen, daß sie frei wären, und fragte sie, was sie nun tun wollten.

Über diesen Punkt schienen sie alle nur einer Meinung zu sein. Sie wollten uns, ihre Retter und Beschützer, begleiten. Wir stimmten zu und verteilten die Decken und andere Vorräte der Araber unter sie. Vor die Säcke mit den Nahrungsmitteln allerdings stellten wir eine Wache.

Als wir wieder zu unserer Boma kamen, wurde gerade der Zulujäger, der durch den Kopfschuß getötet worden war, begraben. Seine Gefährten hatten außerhalb des Dornenzauns ein tiefes Loch gegraben, und in diesem wurde er in sitzender Stellung aufgebahrt. Das Gesicht war Zululand zugekehrt, und zwei Kürbisflaschen, die ihm gehört hatten, wurden ihm zur Rechten und zur Linken niedergestellt Auch eine Decke und seine zwei Wurfspeere bekam er mit ins Grab. Die Decke wurde vorher zerrissen und die Blätter von den Speeren abgebrochen. Dann warfen sie schweigend Erde auf ihn und füllten den oberen Teil des Grabes mit großen Steinen aus, um die Hyänen daran zu hindern, den Leichnam auszugraben. Als es so weit war, zogen sie einer nach dem anderen an dem Grabe vorüber. Jeder blieb einen Augenblick stehen, rief den Namen des Toten, nannte seinen eigenen und sagte: »Fahr wohl!« Mavovo, der zuletzt kam, hielt eine kleine Rede und sagte dem Toten: Namba Kachle, d. h. »Gehe beruhigt ins Land der Geister«, und er setzte hinzu, daß er gestorben wäre, wie ein Mann sterben soll. Er bat ihn auch, wenn er als Geist zurückkehre, ihnen nur Gutes zu bringen; andernfalls würde er, Mavovo, wenn er später einmal ein Geist wäre, mit ihm über diesen Punkt reden. Zum Schluß erinnerte er ihn daran, daß seine, Mavovos, Schlange ja vorausgesagt hatte, daß er sterben würde, eine Tatsache, die der Tote jetzt wohl zur Kenntnis genommen hätte, und daß er sich also nicht darüber beklagen könnte, für seinen Schilling keinen Gegenwert bekommen zu haben.

»Ja,« rief einer der Jäger mit einem Unterton von Besorgnis in der Stimme aus, »aber deine Schlange hat dir sechs von uns genannt, o Doktor!«

»Das hat sie getan,« entgegnete Mavovo und zog einen Hornlöffel voll Schnupftabak in sein Nasenloch, »und unser Bruder hier ist der erste der sechs gewesen. Habe keine Angst, die anderen fünf werden sich bald zu ihm gesellen, wenn ihre Zeit gekommen ist; denn meine Schlange spricht immer die Wahrheit.«

»Ich bin froh, daß ich an Mavovo keinen Schilling bezahlt habe,« sagte Stephan, als wir ins Lager zurückgekehrt waren, »aber sagen Sie, warum haben die Zulus dem Toten seine Kalebassen und Speere ins Grab mitgegeben?«

»Damit er sie als Geist auf seiner Wanderung gebrauchen kann,« antwortete ich, »denn obgleich sie sich nicht ganz klar darüber sind, glauben auch diese Zulus wie fast alle Völker der Erde an das Weiterleben der Seele nach dem Tode.«

8. Kapitel

Der Zauberspiegel

Ich schlief in der folgenden Nacht nicht gut. Jetzt, nachdem die Gefahr vorüber war, merkte ich, daß sie mich Nerven gekostet hatte.

Doch am meisten störte mich der furchtbare Skandal, der aus dem Sklavenlager herüberdrang. Viele Stämme des tropischen Afrika haben sozusagen die Gewohnheiten von Nachtgeschöpfen angenommen, und bei feierlichen Gelegenheiten macht sich diese Neigung ganz besonders bemerkbar.

Als wir am folgenden Morgen endlich aufbrachen, stand die Sonne hoch über uns. Es war eine ganze Menge zu tun gewesen. Flinten und Munition der toten Araber hatten aufgesammelt werden müssen; das Elfenbein, von dem sie ein ansehnliches Quantum mit sich führten, war vergraben worden. Die Lasten mußten neu eingeteilt werden. Außerdem mußten Tragbahren für die Verwundeten hergestellt werden. Als wir die Sklaven abzählten, fanden wir, daß ein großer Teil von ihnen bei Nacht ausgerissen war. Trotzdem war noch eine Horde von über zweihundert Menschen übrig; ein beträchtlicher Teil davon waren Frauen und Kinder, die scheinbar die Absicht hatten, uns bis ans Ende der Welt zu folgen Mit diesem unerquicklichen Schwanz hinter uns setzten wir uns schließlich in Marsch.

Unsere eigentlichen Abenteuer begannen erst in Mazituland. Eines Abends nach dreitägigem Marsch durch ein schwieriges Buschland, in dem Löwen eine Sklavin wegschleppten, einen der Esel töteten und einen anderen so schwer verletzten, daß er erschossen werden mußte, erreichten wir ein weit ausgedehntes Steppenhochland, das meinem Höhenmesser nach etwa fünfhundertfünfzig Meter über dem Meeresspiegel lag.

»Wie heißt dieses Land?« fragte ich die beiden Mazituführer; es waren die Leute, die ich von Hassan erhalten hatte.

»Das ist das Land unseres Volkes, Häuptling,« antworteten sie, »auf der einen Seite wird es von dieser Buschwildnis, auf der anderen von dem großen See begrenzt. Dort leben die Pongozauberer.«

»Aber ich sehe doch nichts von euren Leuten oder ihren Kralen«, sagte ich. »Nur Gras sehe ich und wilde Tiere.«

»Unsere Leute werden kommen«, erwiderten sie, wie mir schien, ziemlich aufgeregt. »Sicherlich werden wir eben jetzt von Kundschaftern aus dem Gras oder einem Loch heraus beobachtet.«

»Den Teufel werden sie das tun«, sagte ich.

Eines Morgens, kurz vor Morgengrauen, weckte mich Hans, der niemals länger oder tiefer schlief als ein Hund, mit der bedenklichen Mitteilung, daß er ein Geräusch höre, gerade so, als ob Hunderte von Männern im Marschtritt vorbeizögen.

»Wo?« fragte ich, nachdem ich ohne Erfolg gelauscht hatte, – herumzuschauen war nutzlos, denn die Nacht war dunkel wie ein Kohlensack.

Er legte sein Ohr auf den Boden und sagte:

»Da!«

Jetzt preßte auch ich das Ohr auf den Boden, aber trotzdem meine Sinne ziemlich scharf sind, konnte ich nichts hören.

Dann schickte ich zu den Wachen, aber auch diese hatten nichts wahrgenommen. Schließlich gab ich die Sache auf und ging wieder schlafen.

Es erwies sich jedoch, daß Hans ganz recht gehabt hatte; in solchen Dingen hatte er fast stets recht, denn seine Sinne waren so scharf wie die eines wilden Tieres. Bei Tagesgrauen wurde ich wieder aufgeweckt. Diesmal durch Mavovo, der mir meldete, daß wir von einem Regiment oder von einer ganzen Anzahl von Regimentern umzingelt seien. Ich stand auf und spähte durch den Nebel. Wahrhaftig, da standen, unbeweglich und drohend, zahllose Reihen bewaffneter Männer, und das Licht glänzte schwach auf den Blättern ihrer Speere.

»Was ist zu machen, Macumazana?« fragte Mavovo.

»Ich denke, wir frühstücken zunächst«, antwortete ich. »Wenn wir umgebracht werden, kann das ebensogut nach dem Frühstück wie vorher geschehen.« Dann rief ich dem schlotternden Sammy zu, Kaffee zu machen, weckte Stephan und setzte ihm die Situation auseinander.

»Ausgezeichnet!« antwortete er. »Ohne Zweifel sind es die Mazitu, und wir haben sie viel leichter aufgefunden als wir erwarteten. Sonst muß man den Leuten in diesem verdammt großen Lande immer endlos nachrennen, bis man sie findet.«

»Das ist gar kein so übler Standpunkt«, antwortete ich. »Aber würden Sie so freundlich sein und durch das Lager gehen und jedem einzelnen klarmachen, daß

unter keinen Umständen jemand ohne Befehl einen Schuß abfeuern darf! Warten Sie, nehmen Sie sämtlichen Sklaven die Gewehre weg, denn der Himmel mag wissen, was sie damit tun, wenn ihnen die Furcht die Besinnung nimmt.«

Stephan nickte und machte sich mit drei oder vier der Jäger an die Ausführung seines Auftrages. Während er fort war, traf ich nach einer Unterredung mit Mavovo ein paar kleine Vorbereitungen persönlicher Natur, die ich hier nicht näher beschreiben will. Sie waren dazu bestimmt, uns instandzusetzen, unser Leben so teuer als möglich zu verkaufen, wenn es zum schlimmsten kam. Man soll immer versuchen, auf die Wilden Afrikas Eindruck zu machen, schon um zukünftiger Reisenden willen.

Stephan und die Jäger kamen mit fast sämtlichen Gewehren zurück und berichteten, daß die Sklaven vor Furcht fast kopflos wären, und daß sie wahrscheinlich auf und davon gehen würden.

»Mögen sie gehen,« sagte ich, »sie würden uns bei einem Kampfe doch nichts nützen und nur Verwirrung stiften. Rufen Sie die Zulus, die auf Wache stehen, sofort her.«

Er nickte, und ein paar Minuten später hörte ich – denn der Nebel, der noch auf den Büschen lag, war zu dicht, als daß ich etwas hätte erkennen können – ein wirres Durcheinander von Stimmen und den Lärm fliehender Menschen. Die Sklaven mitsamt unseren Trägern waren ausgebrochen. Sie hatten dabei sogar die Verwundeten mitgenommen. Gerade als die uns umzingelnden Krieger den Kreis um uns schließen wollten, war der ganze Haufen zwischen den beiden Enden durchgeschlüpft und Hals über Kopf in das Buschland hineingestürzt, das wir abends vorher passiert hatten.

Jetzt waren wir also noch eine Gesellschaft von siebzehn Mann, nämlich elf Zulujäger, zwei Weiße, Hans und Sammy, und zwei Mazitu, die es vorgezogen hatten, bei uns zu bleiben. Als das Tageslicht heller wurde und der Nebel hochstieg, betrachtete ich die langsam anrückenden wilden Kriegerscharen der Mazitu, gab mir jedoch den Anschein, als ob ich keine besondere Notiz von ihnen nähme.

Sie rückten in tiefem Schweigen und ganz langsam näher. Ich bemerkte übrigens keine einzige Feuerwaffe.

»Ja,« sagte ich zu Stephan, »wenn wir schießen und ein paar von diesen Burschen umlegen, könnte es sein, daß sie vor Schreck die Flucht ergreifen; vielleicht laufen sie aber auch nicht davon, oder wenn sie laufen, kommen sie zurück.«

»Nun, was sie auch immer tun,« bemerkte er, »wir würden daraufhin in ihrem Lande kaum besonders herzlich willkommen geheißen werden. Also denke ich, wir unternehmen besser gar nichts, bis wir dazu gezwungen werden.«

Der Kaffee und ein bißchen Wildbret wurden auf unserem kleinen Lagertisch vor dem Zelte aufgetischt, und wir begannen zu essen. Die Zulujäger aßen aus einem Topf ebenfalls ihren Maisbrei, den sie in der vorhergehenden Nacht gekocht hatten. Jeder von ihnen hatte sein geladenes Gewehr auf den Knien. Unsere Tätigkeit schien die Mazitu im höchsten Grade zu interessieren. Sie kamen noch näher, bis auf etwa dreißig Meter, heran und standen dann unbeweglich wie Ölgötzen und starrten uns mit ihren großen, runden Augen an.

Schließlich fiel mir die Situation auf die Nerven. Ich rief einen der beiden Mazitu, die wir Tom und Jerry genannt hatten, und gab ihm eine Blechtasse mit Kaffee.

»Bringe das dem Hauptmann dort mit meinen besten Wünschen und frage ihn, ob er mit uns trinken will«, sagte ich, indem ich auf ihren General, einen großen, einäugigen alten Kerl deutete.

Jerry, ein beherzter Bursche, gehorchte. Er ging mit dem dampfenden Kaffee vorwärts und hielt ihn dem alten Herrn unter die Nase. Er schien seinen Namen zu kennen, denn ich hörte ihn sagen:

»Oh, Babemba, die weißen Herren, Macumazana und Wazela, fragen dich, ob du ihren heiligen Trank mit ihnen teilen willst?«

»Ihren heiligen Trank?!« rief der alte Bursche aus und prallte einen Schritt zurück. »Mann, es ist Mwavi! (Rotwasser.) Wollen diese weißen Zauberer mich mit Mwavi vergiften?«

Hier muß ich erklären, daß Mwavi oder Mkasa aus der inneren Rinde einer bestimmten Mimosenart, manchmal auch aus der Wurzel einer Strychnosart, destilliert und Personen, die eines Verbrechens angeklagt sind, von den Zauberdoktoren eingegeben wird.

»Dies ist kein Mwavi, o Babemba,« sagte Jerry, »es ist der heilige Likör, der den weißen Herren die Kraft gibt, mit ihren wunderbaren Feuerrohren einen Mann auf tausend Schritt Entfernung zu töten. Sieh her, ich werde ein bißchen davon trinken.«

Er tat es, trotzdem das heiße Getränk ihm die Zunge verbrannt haben muß.

Darauf schnüffelte der alte Babemba an dem Kaffee herum und fand zunächst den Geruch lieblich. Dann rief er einen Mann herbei, den ich nach seinem Aufputz für einen Zauberer hielt, veranlaßte ihn, etwas zu trinken und beobachtete die Wirkung: sie war derartig, daß der Doktor die ganze Blechtasse auszutrinken versuchte. Babemba riß sie ihm ärgerlich aus der Hand und trank nun selbst, und da ich die Tasse halb mit Zucker angefüllt hatte, fand er die Mischung gut.

»Es ist in der Tat ein heiliger Trank,« sagte er und leckte sich die Lippen, »habt ihr noch mehr davon?«

»Die weißen Herren haben mehr«, sagte Jerry. »Sie laden dich ein, mit ihnen zu essen.«

Babemba steckte seinen Finger in die Tasse, erwischte Zucker, schleckte den Finger ab und dachte nach.

»Es geht alles gut«, flüsterte ich Stephan zu. »Ich glaube nicht, daß er uns töten wird, nachdem er unseren Kaffee angenommen hat, und was noch wertvoller ist, ich glaube, er wird zum Frühstück kommen.«

»Das könnte eine Falle sein«, sagte Babemba jetzt, der begonnen hatte, den flüssigen Zucker aufzulecken.

»Nein,« antwortete Jerry und nahm den Mund voll, »trotzdem sie euch alle miteinander ganz leicht töten könnten, tun die weißen Herren niemand ein Leid, mit dem sie ihren heiligen Trank geteilt haben, das heißt, wenn nicht jemand versucht, ihnen ein Leid zu tun.«

»Kannst du mir nicht noch ein bißchen von dem heiligen Trank herbringen?« fragte Babemba und gab der Tasse mit der Zunge die letzte Politur.

»Nein,« sagte Jerry, »wenn du welchen haben willst, mußt du schon selbst hingehen. Fürchte nichts. Würde ich, einer von deinem eigenen Volke, dich verraten?«

»Es ist wahr,« rief Babemba aus, »deiner Sprache und deinem Gesicht nach bist du ein Mazitu, wie kamst du – nun gut, darüber werden wir später reden. Ich bin sehr durstig. Ich werde kommen. Soldaten, setzt euch nieder, und paßt auf, und wenn mir ein Leid geschieht, rächt es und bringt dem König Meldung.«

Ich hatte unterdessen Hans und Sammy einen Wink gegeben, eine der Kisten zu öffnen und einen ziemlich großen Spiegel auszupacken. Diesen Spiegel putzte ich hastig blank und stellte ihn auf den Tisch.

Der alte Babemba kam ziemlich vorsichtig heran. Sein einziges Auge rollte über uns und alles, was uns umgab, hinweg. Als er ganz nahe war, fiel sein Blick auf den Spiegel. Er stutzte, er starrte ihn an, er zog sich ein paar Schritte zurück, er blieb stehen, und von Neugierde förmlich magnetisch angezogen kam er wieder näher und hielt dicht vor dem Spiegel.

»Was gibt es?« rief sein Adjutant herüber.

»Hier gibt es eine große Zauberei«, antwortete er. »Ich kann hier sehen, wie ich auf mich selbst zugehe. Es ist kein Zweifel, daß ich es bin, denn auch bei dem anderen fehlt ein Auge.«

»Geh vorwärts, Babemba,« schrie der Doktor herüber, »und gib acht, was geschieht. Halte deinen Speer fertig, und wenn dein Zauber-Ich versucht, dir ein Leid zu tun, so töte es.«

Im innersten Herzen gestärkt, hob Babemba den Speer, ließ ihn aber sofort und mit großer Hast wieder fallen.

»Das ist verkehrt, du Narr von einem Doktor«, schrie er zurück. »Mein anderes Ich hebt auch einen Speer, und außerdem seid ihr alle, die ihr hinter mir sein solltet, jetzt vor mir. Wie kommt das? Der heilige Trank hat mich betrunken gemacht, ich bin bezaubert. Rettet mich!«

Ich sah, daß der Spaß zu weit gegangen war, denn die Soldaten begannen bereits ihre Bogen zu spannen. Zufälligerweise trat in diesem Moment uns gerade gegenüber die Sonne aus den Wolken.

»Oh, Babemba,« sagte ich mit ernster Stimme, »es ist wahr, daß dieser Zauberschild, den wir als Geschenk für dich mitgebracht haben, dir ein anderes Ich gibt. Von nun an werden deine Mühen halbiert sein, und deine Freuden werden verdoppelt sein, denn wenn du in diesen Schild siehst, wirst du nicht einer sein, sondern zwei. Es hat aber auch noch andere Vorzüge – schau einmal her«, dabei hob ich den Spiegel, hielt ihn schräg und lenkte das reflektierte Sonnenlicht in die Augen der Soldaten vor uns. Binnen zwei Minuten waren alle außer Sichtweite.

»Wundervoll,« rief der alte Babemba aus, »und kann ich das auch lernen, weißer Herr?«

»Sicherlich«, antwortete ich. »Komm und versuche es. Hier halte ihn, während ich den Zauberspruch sage.« Ich murmelte etwas Hokuspokus vor mich hin und lenkte das Licht dann noch einmal auf ein paar Mazitu, die sich wieder genähert hatten.

»Da! Sieh!« grunzte er. »Du hast ihre Augen getroffen. Du bist ein Meister der Zauberei. Sie laufen. Sie rennen weg!« Und sie rannten wirklich weg.

»Ist dort drüben jemand, den du nicht leiden kannst?«

»Ja, eine ganze Menge«, antwortete Babemba mit Begeisterung. »Hauptsächlich jener Zauberdoktor, der fast den ganzen heiligen Trank weggeschlürft hat.«

»Sehr gut; nach und nach werde ich dir zeigen, wie du mit diesem Zauber ein Loch in ihn brennen kannst. Nein, nicht jetzt, nicht jetzt. Für eine Weile ist dieser Verhöhner der Sonne tot. Sieh,« dabei drehte ich den Spiegel herum, »jetzt kannst du nichts mehr sehen, nicht wahr?«

Ich warf ein Tischtuch darüber. Um ihn auf andere Gedanken zu bringen, bot ich ihm noch eine Tasse des heiligen Trankes und einen Stuhl zum Niedersetzen an.

Der alte Bursche setzte sich bedächtig auf den Faltstuhl nieder, stieß den in einer Eisenspitze endenden Schaft seines Speeres zwischen seinen Knien in den Boden und packte mit beiden Händen eine Tasse.

»General Babemba,« fragte ich nun, »sage mir, warum kommst du mit fünfhundert bewaffneten Männern hierher?«

»Um dich zu töten, weißer Herr. Oh, wie heiß ist dieser heilige Trank, aber doch angenehm.«

»Und warum willst du uns töten? Sei so gut und sage mir die Wahrheit oder ich werde sie in dem Zauberschild lesen, der das Innere eines Menschen ebenso wiedergibt wie das Äußere.« Dabei hob ich das Tischtuch hoch und starrte ernsthaft in den Spiegel.

»Wenn du meine Gedanken in deinem Zauberschild sehen kannst, weißer Herr, warum soll ich mich dann damit plagen, sie dir zu sagen?« fragte der alte Babemba nicht ohne Diplomatie und kaute mit vollem Munde an einem Biskuit. »Doch da das glänzende Ding da lügen könnte, will ich sie dir sagen. Bausi, der König unseres Volkes, hat mich ausgesandt, dich zu töten. Denn es sind ihm Nachrichten überbracht worden, daß ihr große Sklavenhändler seid.«

Jetzt starrte ich noch viel intensiver in den Spiegel und antwortete kühl:

»Dieser Zauberspiegel erzählt mir eine ganz andere Geschichte. Er sagt, daß dein König Bausi, für den wir übrigens eine Menge Dinge als Geschenke mitgebracht haben, dir befohlen hat, uns mit allen Ehren zu ihm zu führen, damit wir alles mit ihm besprechen können.«

Der Schuß saß. Babemba wurde verwirrt.

»Es ist wahr,« stammelte er, »daß – ich meine, daß es der König mir überlassen hat. Ich werde den Zauberdoktor fragen.«

So wurde Jerry nach Imbozwi geschickt. Er kam augenblicklich. Es war ein schuftig aussehender Kerl von unbestimmtem Alter, bucklig, runzlig und schieläugig. Er trug den gewöhnlichen Zauberdoktoraufputz mit Schlangenhäuten, Fischgräten, Pavianzähnen und kleinen Säckchen, gefüllt mit klappernden Steinen und Medizinen. Um seine Schönheit zu erhöhen, hatte er sich einen breiten Streifen ockerfarbiger Erde über Stirn, Nase, Lippen und Kinn gemalt, der in einem runden Klecks am Halsansatz endete. Sein wolliges Haar, in das er einen schmalen schwarzen Ring geflochten hatte, war fettgetränkt und blau gepudert Seine Frisur bildete eine Art Horn, das mitten auf dem Kopfe in die Höhe ragte. Alles zusammengenommen sah er also genau so aus wie der Teufel. Und wie sich später herausstellte, war er auch, was Charakter und Gemüt betraf, ein Teufel.

Babemba setzte ihm den Fall auseinander, und zwar ziemlich stockend, denn augenscheinlich schien er sich vor diesem alten Zauberer zu fürchten. Der hörte in völligem Schweigen zu. Als Babemba sagte, daß es ungerecht und töricht wäre, solche großen Zauberer ohne ausdrücklichen Befehl des Königs zu töten, tat Imbozwi zum ersten mal den Mund auf, indem er fragte, wieso Babemba dazu käme, uns Zauberer zu nennen.

Der Alte schilderte ihm darauf die Wunder des glänzenden Schildes, auf dem man Bilder sähe.

»Puh!« sagte Imbozwi, »zeigt ruhiges Wasser oder poliertes Eisen nicht auch Bilder?«

»Aber dieser Schild macht Feuer«, sagte Babemba. »Die weißen Herren sagen, er kann einen Mann verbrennen.«

»Dann soll er mich verbrennen,« versetzte Imbozwi prompt, »und ich will glauben, daß diese weißen Männer Zauberer und wert sind, am Leben zu bleiben, und nicht gewöhnliche Sklavenhändler, die wir schon zur Genüge kennen.«

»Verbrennt ihn, weiße Herren, und zeigt ihm, daß ich recht habe«, rief Babemba empört aus, und darauf begannen sie sich mächtig zu zanken. Offenbar waren sie Rivalen.

Die Sonne war heiß genug, um Herrn Imbozwi eine Probe unserer Zauberei zu geben. Da ich mir nicht

ganz sicher war, ob ein gewöhnlicher Spiegel genügend Hitze zum Versengen ausstrahlen würde, zog ich eine sehr starke Lupe aus der Tasche, die ich manchmal dazu gebrauchte, um beim Feueranmachen Streichhölzer zu sparen; dann nahm ich beide Gegenstände in die Hand und fand alsbald die richtige Stellung. Babemba und der Zauberdoktor waren einander derart in die Haare geraten, daß keiner auf mich achtete. Jetzt richtete ich den Brennpunkt auf Imbozwis geöltes Haarhorn. Ich wollte ihm ein Loch hineinbrennen. Aber unglücklicherweise hatte dieses Horn einen Kern von einer Art Kampferholz. Jedenfalls flammte nach ungefähr dreißig Sekunden das Teufelshorn auf wie eine Pechfackel.

»Ow!« riefen die zusehenden Kaffern aus. »Bei meiner Tante!« schrie Stephan. »Oh, schaut, schaut!« grölte Babemba im Tone hellsten Entzückens. »Jetzt wirst du glauben, du ausgespuckte Fischgräte von einem Mann, daß es noch größere Zauberer auf der Welt gibt, als du einer bist!«

»Was soll das heißen, du Sohn einer Hündin, daß du hier einen Narren aus mir machen willst?« kreischte der wütende Imbozwi, der allein noch immer nichts gemerkt hatte.

Aber noch während er sprach, kam ihm ein Verdacht. Er griff nach seinem Teufelshorn und zog die Hand aufheulend zurück. Dann sprang er auf und fing an, wie ein Irrsinniger herumzutanzen. Hierdurch wurde das Feuer auf seinem Kopfe natürlich zu einem nur noch lustigeren Brennen ermuntert. Die Zulus heulten und applaudierten; auch der alte Babemba klatschte in die Hände, und Stephan brach in einen seiner idiotischen Lachanfälle aus, der ihn fast erstickte. Mir selbst aber wurde die Sache bedenklich. Dicht am Zelt stand ein großer hölzerner Topf mit Wasser, aus dem gewöhnlich der Kaffeekessel gefüllt wurde. Ich packte ihn und rannte zu dem brennenden Imbozwi hin.

»Rette mich, weißer Herr,« heulte er, »du bist der größte aller Zauberer, und ich bin dein Sklave.«

Ich schnitt ihm das Wort ab, indem ich ihm den Topf über den Kopf stülpte, so daß er darin verschwand wie eine Kerze in einem Auslöscher.

»Es ist weg«, sagte er erstaunt, nachdem er seinen Skalp betastet hatte.

»Ja,« antwortete ich, »ganz weg. Der Zauberspiegel arbeitet sehr gut, nicht wahr?«

»Nun setze mir das Horn wieder auf, weißer Herr!« forderte er.

»Das hängt davon ab, wie du dich beträgst«, erwiderte ich.

Ohne ein einziges Wort weiter zu verlieren, drehte er sich auf den Hacken um und ging zu den Soldaten zurück, die ihn mit den reinsten Lachsalven empfingen. Offenbar war Imbozwi nicht gerade beliebt, und sein Mißgeschick freute sie.

Der alte Babemba war ebenfalls äußerst vergnügt. Er konnte unsere Zauberkunst nicht genug preisen und begann sofort, Vorbereitungen zu treffen, um uns in die Hauptstadt zu führen, die Bezar hieß. Die einzige Person, die unsere schwarze Kunst nicht bewunderte, war Imbozwi. Ich sah an dem Ausdruck seiner Augen, daß er uns bitterlich haßte, und ich bedachte zu spät, daß es vielleicht töricht gewesen war, das Kunststück mit dem Brennglas gerade an ihm auszuprobieren.

»Mein Vater,« sagte Mavovo ein wenig später zu mir, »es wäre besser gewesen, wenn du jene Schlange totgebrannt hättest, denn dann würdest du auch ihr Gift mitverbrannt haben. Ich bin selbst ein Zauberdoktor, und ich kann dir sagen, daß es nichts gibt, was unsere saubere Zunft so sehr haßt und niemals vergißt, als ausgelacht zu werden. Du hast einen Narren aus ihm gemacht vor all seinem Volk, und das wird er dir nie vergessen.«

9. Kapitel

Bausi, der König

Gegen Mittag traten wir den Marsch nach Bezarstadt, in der König Bausi residierte, an; wir sollten die Stadt am Abend des nächsten Tages erreichen. Einige Stunden lang marschierte das Regiment der Mazitu vor uns, oder besser gesagt, wir marschierten in seiner Mitte, doch als wir uns bei Babemba über den Lärm und den furchtbaren Staub beschwerten, ließ er es mit geradezu rührender Bereitwilligkeit sofort ein Stück vor uns her marschieren. Allerdings verlangte er vorher unser Ehrenwort. Wir mußten ihm »bei unserer Mutter« – der heiligste Eid, den die afrikanischen Stämme kennen – schwören, daß wir keinen Versuch zu entfliehen machen würden.

Wir setzten also unsere Reise auf leidlich bequeme Weise fort. Nahrungsmittel gab es in Hülle und Fülle.

Ersatz für die davongelaufenen Träger bekamen wir von Babemba. Von ihm zogen wir auch allerlei Erkundigungen über das Land und seine Bewohner ein. Die Mazitu waren ein großes Volk, das im Kriegsfalle fünf- bis siebentausend speerbewaffnete Krieger aufbringen konnte. Ihrer Überlieferung nach stammten sie aus dem Süden und waren von gleichem Blute wie die Zulu. Tatsächlich ähnelten viele ihrer Gebräuche, von der Sprache ganz abgesehen, denen der Zulu sehr stark. Ihre militärische Organisation war jedoch nicht so ausgebildet, und auch in manch anderer Hinsicht kamen sie mir als eine tieferstehende Ethnie vor. Nur in einer Eigenschaft waren sie ihren Vorvätern überlegen, nämlich hinsichtlich des Hausbaues. Die Häuser waren, wie wir beim Passieren vieler Dörfer feststellten, unvergleichlich besser gebaut als die niedrigen Kaffernbienenkörbe der Zulu, und sie hatten Türen, durch die man aufrecht hineingehen konnte.

Am Abend des zweiten Marschtages, nachdem wir noch ein schönes, wohlbewässertes und fruchtbares Hochland passiert hatten, erreichten wir die Stadt Bezar. Sie war auf einer Hochebene erbaut und von niedrigen Hügeln und einem Gürtel von Mais-, Hirse- und Erdnußfeldern umgeben, die gerade vor der Ernte standen. Die Stadt selbst war durch hohe, unersteigbare Palisaden geschützt. Dichte Anpflanzungen von Kaktusfeigen verstärkten diese noch auf beiden Seiten.

Wir betraten die Stadt durch das Südtor, ein starkes, aus Holzblöcken errichtetes Bauwerk, und marschierten, gerade als die Sonne unterging, zum Fremdenhaus. Alle Straßen waren von Einwohnern besetzt. Die Fremdenhäuser lagen im Soldatenviertel, nicht weit vom Hause des Königs. Durch einen besonderen Zaun waren sie gegen die anderen Häuser abgegrenzt.

Unsere Sachen und die Gewehre wurden in einer der Hütten aufgestapelt und dann ein Mazitu als Wache davorgestellt. Die Esel wurden unweit unserer Häuser an einen Zaun gebunden. Außerhalb des Zaunes hielt ein anderer bewaffneter Mazitu Wache.

»Sind wir Gefangene?« fragte ich Babemba.

»Der König wacht über seine Gäste«, antwortete er ausweichend. »Haben die weißen Herren irgendeine Botschaft für den König, der mir befohlen hat, heute abend zu ihm zu kommen?«

»Ja,« antwortete ich, »sage dem König, daß wir Brüder von jenem Wanderer sind, der vor mehr als einem Jahre ein Geschwür aus seinem Körper geschnitten hat. Wir haben uns mit ihm verabredet, uns hier zu treffen. Ich meine den weißen Mann mit dem langen Bart, den ihr Schwarzen Dogitah nennt.«

Babemba starrte uns überrascht an. »Ihr seid Brüder von Dogitah? Wie kommt es dann, daß ihr bis jetzt niemals seinen Namen genannt habt, und wann will er euch hier treffen? Du mußt wissen, daß Dogitah ein großer Mann bei uns ist, denn mit ihm allein unter allen Menschen hat der König Blutsbrüderschaft gemacht. Was der König unter den Mazitu ist, ist auch Dogitah.«

»Wir erwähnten ihn bis jetzt nicht, weil wir nicht über alle Dinge zu gleicher Zeit reden, Babemba. Wann uns Dogitah treffen will, weiß ich nicht genau; ich weiß nur, daß er nach hier kommt.«

»Ja, Lord Macumazana, aber wann, wann? Das ist's, was der König wissen will, und das ist's, was du ihm sagen mußt, Lord,« setzte er mit unterdrückter Stimme hinzu, »du bist in Gefahr, du hast Feinde unter uns, schon deshalb, weil es gegen das Gesetz ist, daß weiße Menschen dieses Land betreten. Wenn ihr euer Leben retten wollt, so gebe ich euch den Rat sagt morgen dem König, wann Dogitah, der Mann, den er liebt, hier ankommen wird, um für euch zu bürgen. Und seht zu, daß er recht bald kommt, und daß er sicherlich an dem Tage kommt, den ihr nennt. Sonst könnte es geschehen, daß, falls er überhaupt kommt, er euch dann nicht mehr am Leben finden würde. Ich, euer Freund, sage euch das, und alles übrige liegt bei euch.«

Ohne ein Wort weiter erhob er sich, schlüpfte durch das Tor der Hütte und draußen durch das des Zaunes. Die Wache trat beiseite, um ihn passieren zu lassen. Ich fuhr von dem Stuhle auf, auf dem ich gesessen hatte, und fing in wilder Wut an, im Raume herumzutanzen.

»Haben Sie verstanden, was dieser infernalische alte Dummkopf mir gesagt hat?« rief ich Stephan zu. »Er sagt, wir müßten morgen imstande sein, genau anzugeben, wann jener andere infernalische alte Dummkopf, Bruder John, in Bezarstadt ankommt. Wenn wir das aber nicht sagen können, dann bekommen wir in Kürze die Hälse abgeschnitten, wozu anscheinend schon Vorbereitungen getroffen sind.«

Dann setzten wir uns wieder nieder und starrten einander ratlos an. In diesem Augenblick kam Hans in die Hütte hereingekrochen und kauerte sich vor uns nieder. Er hätte ebensogut aufrecht hereinkommen können, denn es gab eine Tür. Aber er zog es vor, auf Händen und Knien zu kriechen; warum, weiß ich nicht.

»Ich habe draußen gelauscht,« sagte er, »das ist hier sehr leicht, denn diese Hütte ist schlecht gebaut und hat viele Löcher, durch die alle Worte, die darin gesprochen werden, hinausdringen. Ich habe alles gehört, und ich habe das meiste von deinem Gespräch mit jenem einäugigen Wilden und dem Baas Stephan verstanden.«

»Ja, und was ist damit?«

»Baas, Mavovo ist ein großer Doktor; die Leute glauben, daß seine Schlange die stärkste in ganz Zululand ist, ausgenommen die seines Meisters Zikali. – Er hat dir schon gesagt, daß Dogitah irgendwo mit einem kranken Fuße darniederliegt, und daß er hierher kommen wird; er kann dir natürlich auch sagen, wann er kommt. Ich wollte ihn schon fragen, aber er sagt, seine Schlange wolle nicht für einen so häßlichen Hottentotten, wie ich einer bin, arbeiten, und er hat mich fortgejagt. So mußt du ihn fragen, Baas, und vielleicht wird er vergessen, daß du einmal über seine Zauberkunst gelacht hast, und daß er geschworen hat, dir sie niemals wieder zu zeigen.«

»Oh! Du verblendeter Heide,« antwortete ich, »wie soll ich denn wissen, ob Mavovos Geschichte von Dogitah nicht überhaupt Unsinn gewesen ist?«

Hans starrte mich fassungslos vor Erstaunen an.

»Mavovos Geschichte Unsinn! Mavovos Schlange eine Lügnerin! Oh, Baas, siehst du, das kommt davon, wenn man zu sehr christlich ist. Nun, deinem Vater, dem Prediger, sei gedankt, daß ich auch ein Christ bin, aber ich bin nicht so sehr Christ, daß ich nicht gute Zauberei von schlechter unterscheiden könnte. Mavovos Schlange eine Lügnerin! Und das, nachdem wir gerade jenen Jäger begraben haben, dessen Namen, hm, die Feder in Durban verriet!« Er drehte sich herum und kroch wieder hinaus, wie er hereingekrochen war.

»Das ist ja eine schöne Geschichte«, stöhnte ich, als er fort war. »Ich, ein weißer Mann, der trotz manchem Unerklärlichen genau weiß, daß die ganze Kaffernzauberei Blödsinn ist, ich soll einen Wilden bitten, mir etwas zu sagen, was er ja nicht wissen kann, das heißt er kann es nicht wissen, wenn wir gebildeten Weißen überhaupt nicht alles am verkehrten Ende angepackt haben. Es ist demütigend, es ist unchristlich, und ich lasse mich hängen, wenn ich es tue!«

»Nun, ich glaube, Sie werden auch gehängt werden oder so etwas Ähnliches, ob Sie es nun tun oder nicht,« antwortete Stephan mit seinem süßesten Lächeln, »aber sagen Sie mal, Kamerad, wieso wissen

Sie überhaupt, daß das alles Unsinn ist? Man hat uns in der Schule genug von Wundern erzählt, die kein Unsinn gewesen sein sollen, und wenn Wunder jemals existiert haben, warum sollen sie nicht noch heute existieren? Aber ich weiß, was Sie meinen, und es hat keinen Zweck, darüber zu disputieren. Doch wenn Sie zu stolz dazu sind, ich bin es nicht! Ich werde das steinerne Herz Mavovos zu erweichen versuchen – wir sind so etwas wie Spießgesellen miteinander, wissen Sie –, und ich hoffe, ihn schon herumzukriegen.« Damit ging er davon.

Ich sandte dem König eine Botschaft, in der ich ihm die Bitte ausdrückte, ihm morgen mit ein paar Geschenken unsere Aufwartung machen zu dürfen. Dann suchte ich Sammy, um ihm den Auftrag zu geben, ein Schaf zu schlachten und zurechtzumachen. Nach einigem Suchen fand ich ihn, oder besser, ich hörte ihn hinter einem Binsenzaun, der zwei Hütten voneinander trennte. Er betätigte sich als Dolmetscher zwischen Stephan und Mavovo.

»Dieser Zulumann erklärt, Herr Somers,« sagte er, »daß er vollkommen versteht, was Sie ihm auseinandergesetzt haben, und daß große Wahrscheinlichkeit dafür besteht, daß wir alle miteinander von diesem wilden Bausi abgeschlachtet werden, wenn wir ihm nicht sagen können, wann der weiße Mann Dogitah, den er liebt, hier ankommt. Er fügt hinzu, er könne mit Hilfe seiner Zauberei erfahren, wann dieses Ereignis eintreten wird (was, zu Ihrer privaten Information, Herr Somers, natürlich nur eine mächtige Lüge dieses unwissenden Heiden hier ist). Er setzt außerdem hinzu, daß er sich keinen Heller darum schert – sein genauer Ausdruck, Herr Somers, ist ›kein Korn an einem Maiskolben‹ –, ob er oder irgend jemand anders hier umgebracht wird. Also in Kürze, Herr Somers, dieser Mensch erklärt, er müsse es abschlagen, die Kreatur, die er seine Schlange nennt, zu befragen, wann jener weiße Mann namens Dogitah hier ankommt. Und zwar müsse er es deshalb abschlagen, weil Herr Quatermain einmal über seine Prophezeiung gelacht und er sich infolgedessen geschworen hätte, niemals wieder seine Zauberkraft für ihn zu betätigen, und daß er diesen seinen Schwur halte und lieber sterben als ihn brechen wolle. Das ist alles, Herr Somers, und ich glaube sagen zu können, es ist auch wirklich genug.«

»Ich habe verstanden«, antwortete Stephan; »sage dem Häuptling Mavovo (ich bemerkte, daß er das Wort Häuptling betonte), daß ich ihn vollkommen verstehe und daß ich ihm sehr dankbar dafür bin, mir den Grund seiner Ablehnung auseinandergesetzt zu haben.

Doch frage ihn, da die Sache so wichtig ist, ob er keinen anderen Weg weiß, um aus den Schwierigkeiten herauszukommen.«

Sammy übersetzte in Zulu, und wie ich bemerkte, ohne Weglassungen oder Zusätze.

»Es gibt nur einen Weg«, antwortete Mavovo, während er seinem Nasenloch unaufhörlich Prisen zuführte. »Nämlich den, daß Macumazana selbst mich bittet, die Schlange zu befragen.«

Ich trat durch die Türöffnung des Zaunes vor ihn hin.

»Mavovo,« sagte ich, »ich habe euer Gespräch angehört. Es tut mir leid, daß ich damals in Durban über dich gelacht habe. Ich verstehe nichts von dem, was du deine Zauberkraft nennst, es liegt jenseits der Grenze meines Verstandes, und ich weiß nicht, ob es wahr oder falsch ist. Aber ich würde dir dankbar sein, wenn du deine Kraft gebrauchen würdest, um herauszufinden, ob Dogitah hierher kommt und wann er kommt. Nun tue, was du verantworten kannst; ich habe gesprochen.«

»Und ich habe gehört, Macumazana, mein Vater. Heute nacht werde ich meine Schlange anrufen; ob sie mir antworten wird und was sie antworten wird, kann ich allerdings nicht sagen.«

Nun, er rief an jenem Abend seine Schlange an, mit all den feierlichen Zeremonien, die damit verbunden waren, und Stephan sagte mir nachher, dieses mystische Reptil hätte erklärt, Dogitah würde bei Sonnenuntergang des dritten Tages, von heute an gerechnet, in Bezarstadt eintreffen. Die Prophezeiung war am Freitag ausgesprochen worden. Also konnten wir frühestens Montag abend erkennen, ob an dieser Weissagung etwas Wahres war.

»Gut«, sagte ich kurz. »Bitte, sprechen wir nicht mehr über diesen grenzenlosen Blödsinn, denn ich will schlafen gehen.«

Am nächsten Morgen packten wir unsere Kisten aus und suchten eine ganze Menge netter Geschenke für König Bausi zusammen. Ich hoffte, auf diese Art sein königliches Herz zu besänftigen.

Man kann sich unseren Schrecken vorstellen, als etwa eine Stunde später – wir machten uns gerade zu der erhofften Audienz zurecht – unter dem Tor nicht Tom und Jerry erschienen, sondern eine lange Reihe von Mazitukriegern. Jeder von ihnen trug einen der Gegenstände, die wir dem König geschickt hatten, auf dem Kopfe. Einer nach dem anderen setzten sie die Sachen vor uns auf den Lehmboden der Veranda nieder. Dann sagte ihr Anführer mit tiefem Ernst:

»Bausi, der große Schwarze, hat keine Verwendung für die Geschenke der weißen Männer.«

Die Leute gingen ohne ein weiteres Wort davon, und gleich darauf kam Babemba in Begleitung von ungefähr fünfzig Soldaten.

»Der König wartet auf euch, weiße Herren,« sagte er in einem Ton von sehr gezwungener Fröhlichkeit, »und ich bin gekommen, euch zu ihm zu führen.«

»Warum hat er unsere Geschenke nicht angenommen?« fragte ich und zeigte auf die Dinge vor mir.

»Oh! das ist wegen Imbozwis Geschichte mit dem magischen Spiegel. Er sagt, er wolle keine Geschenke, die ihm das Haar wegbrennen. Aber kommt, kommt, er wird es euch selbst erklären. Wenn man den Elefanten warten läßt, wird er ärgerlich und trompetet.«

»So, trompetet er?« sagte ich. »Und wieviel von uns sollen denn kommen?«

»Alle, alle, weißer Herr, er will euch alle sehen.«

»Es bleibt kein anderer Ausweg, wir marschieren also alle miteinander«, wandte ich mich zu meinen Gefährten. Wir waren selbstverständlich alle bewaffnet und wurden von den Soldaten sofort in die Mitte genommen. Um dem Aufzug eine ungewöhnliche Note zu geben, veranlaßte ich Hans, mit der Musikdose auf dem Kopf vorauszugehen und die süßen Töne der Melodie »Heimat, süße Heimat« herunterzuleiern.

Der auffällige Zug verfehlte denn auch seine Wirkung nicht. Sogar die schweigsamen, ernsten Mazitu, durch deren enggedrängte Schar wir hindurchgeführt wurden, schienen begeistert zu sein. »Heimat, süße Heimat« kam ihnen entschieden himmlisch vor.

»Wo sind Tom und Jerry?« fragte ich Babemba.

»Ich weiß nicht,« antwortete er, »ich glaube, sie haben Urlaub bekommen, um ihre Freunde aufzusuchen.« Imbozwi hat unsere Entlastungszeugen aus dem Wege geräumt, dachte ich bei mir, sagte aber nichts weiter darüber.

Dann erreichten wir das Tor der Königsburg. Hier hielt der Zug, und zu meiner Enttäuschung verlangten die Soldaten unsere Waffen. Ich protestierte vergeblich. Sie sagten, es wäre gegen das Gesetz des Landes, wenn irgend jemand vor dem König bewaffnet erschiene, und sei es auch nur mit einem Spazierstock.

Nachdem wir uns also wohl oder übel unserer Waffen entledigt hatten, legten die Mazitukrieger ihre Speere und Bogen am Tore des Krals auf einen Haufen zusammen, und der Zug setzte sich wieder in Bewegung. Stephan ließ den Union-Jack flattern, und aus der Musikdose erschollen ermunternde Töne. Es ging auf ein großes Eingeborenenhaus zu, vor dem einige breitblättrige Bäume standen. Unweit der Türe dieses Hauses saß auf einem Stuhl ein fetter, verärgert aussehender Mann. Er war nackt bis auf einen Schurz aus Katzenfellen und eine Kette aus großen, blauen Perlen, die er um den Hals trug.

»Bausi, der König«, flüsterte Babemba.

An seiner Seite hockte eine kleine, bucklige Gestalt, in der ich unschwer unseren Freund Imbozwi wiedererkannte, trotzdem er seinen versengten Skalp mit Zinnoberfarbe bestäubt und seine Knopfnase mit einer purpurnen Perle geschmückt hatte. Hinter den beiden standen schweigsam die Minister. Auf irgendein Zeichen hin fielen die Soldaten, Babemba inbegriffen, auf Hände und Knie nieder und näherten sich kriechend dem König. Man schien von uns dasselbe zu erwarten. Doch hier konnten wir nicht mithalten, in dem Gefühl, daß wenn wir erst einmal gekrochen waren, wir dann immer kriechen müßten.

Wir gingen also aufrecht näher, doch mit ganz kurzen Schritten, und sahen uns zuletzt seiner Majestät Bausi, »dem schönen, schwarzen König der Mazitu«, gegenüber.

10. Kapitel

Das Urteil

Wir starrten Bausi an, und Bausi starrte uns an.

»Ich bin der schwarze Elefant Bausi«, rief er schließlich aus. »Ich trompete! Ich trompete! Ich trompete!« (Es schien dies die herkömmliche Formel zu sein, mit der ein Mazitukönig eine Unterhaltung mit Fremden eröffnete.)

Nach einer entsprechenden Pause antwortete ich:

»Wir sind die weißen Löwen Macumazana und Wazela. Wir brüllen! Wir brüllen! Wir brüllen!«

»Ich kann auch trampeln«, sagte Bausi.

»Und wir können beißen«, sagte ich, trotzdem mir nicht ganz klar war, wie wir, nur mit einem Union-Jack bewaffnet, ihm irgendwie gefährlich werden sollten.

»Was ist das für ein Ding?« fragte Bausi und zeigte auf die Flagge.

»Ein Zeichen, das die ganze Erde beschattet«, antwortete ich stolz. Und meine Bemerkung schien auf ihn Eindruck zu machen. Denn er befahl sofort einem Soldaten, ein Palmenblatt über ihn zu halten, damit die Flagge nicht auch ihn beschatte.

»Und was ist das?« fragte er wieder und zeigte auf die Musikdose. »Es ist nicht lebendig und macht doch ein Geräusch?«

»Es singt den Kriegsgesang unseres Volkes«, sagte ich. »Wir haben es dir als Geschenk geschickt, und du hast es zurückgegeben. Warum schickst du unsere Geschenke zurück, Bausi?«

Da wurde der Potentat auf einmal wütend.

»Warum kommt ihr hierher, weiße Männer,« fragte er, »unaufgefordert und gegen das Gesetz meines Landes? Nur ein einziger weißer Mann ist hier willkommen, mein Bruder Dogitah, der mich mit einem Messer von einer Krankheit heilte! Ich weiß, wer ihr seid. Ihr seid Menschenhändler. Ihr kommt hierher, um meine Leute zu stehlen und sie in Sklaverei zu verkaufen. Ihr werdet sterben, ihr werdet sterben. Was den Kasten betrifft, der einen Kriegsgesang singt, so will ich ihn nicht haben; er soll mich nicht bezaubern, wie euer Zauberspiegel meinen großen Doktor Imbozwi bezaubert und ihm das Haar abgebrannt hat.«

Hier sprang er trotz seiner Dicke mit bemerkenswerter Behendigkeit auf und warf die Musikdose von Hansens Kopf herunter. Sie fiel auf den Boden, machte noch ein Schnurren und einen Seufzer, dann verstummte sie.

»Das ist recht,« kreischte Imbozwi, »trample auf ihren Zauber, o großer Schwarzer, verbrenne sie, so wie sie mein Haar verbrannt haben.«

Jetzt war die Situation äußerst ernst geworden, denn Bausi sah sich schon um, als wollte er seinen Soldaten Befehl geben, mit uns ein Ende zu machen. So rief ich in Verzweiflung:

»O König, du hast einen gewissen weißen Mann erwähnt, Dogitah, einen Doktor der Doktoren, der dich einst mit einem Messer von einer Krankheit heilte, und du nennst ihn deinen Bruder, – nun, er ist auch unser Bruder, und auf seine Einladung hin sind wir hierher gekommen, um dich zu besuchen, und hier wird er uns treffen.«

»Wenn Dogitah euer Freund ist, dann seid auch ihr meine Freunde,« antwortete Bausi, »denn in diesem Lande regiert er gerade so wie ich. Sein Blut fließt in meinen Adern, wie mein Blut in den seinigen fließt. Aber ihr lügt, Dogitah ist nicht der Bruder von Sklavenhändlern, sein Herz ist gut und eures ist böse. Du sagst, er will euch hier treffen; wann will er euch denn hier treffen? Sage es mir, und wenn es bald ist, will ich meine Hand stillhalten und abwarten, was er mir über euch berichtet. Wenn er gut von euch spricht, sollt ihr nicht sterben.«

Ich zögerte und zermarterte noch mein Gehirn über eine Antwort, die für ihn annehmbar war und die uns selbst nicht verpflichtete, als zu meinem Erstaunen Mavovo vortrat und sich vor den König hinstellte.

»Wer bist du, Bursche?« rief Bausi aus.

»Ich bin ein Krieger, o König, wie meine Narben zeigen«, und er zeigte auf die Assegaiwunden auf seiner Brust und auf sein aufgeschlitztes Nasenloch. »Ich bin der Häuptling eines Volkes, von dem euer Volk abstammt, und mein Name ist Mavovo. Mavovo, der bereit ist, mit dir oder mit irgend jemand, den du mir nennst, zu kämpfen, und ihn oder dich selbst zu töten. Ist jemand hier, der getötet werden will?«

Es drängte sich keiner vor, denn der wilde, narbenbedeckte Zulu mit seiner breiten Brust sah nicht sehr vertrauenerweckend aus.

»Ich bin auch ein Doktor,« fuhr Mavovo fort, »einer der größten Doktoren, die die Tore der Vorsehung öffnen und das lesen können, was in dem Schoße der Zukunft verborgen ist. Deshalb will ich die Frage beantworten, die du dem Herrn Macumazana vorgelegt hast, dem großen und weisen Mann, dem ich diene, weil wir in vielen Schlachten miteinander gefochten haben. Der weiße Mann Dogitah, der dein Blutsbruder ist und dessen Wort unter den Mazitu so viel gilt wie dein eigenes, er wird bei Sonnenuntergang des zweiten Tages, von heute an, hier eintreffen. Ich habe gesprochen.«

Bausi sah mich fragend an.

»Ja«, sagte ich in dem Gefühl, daß ich irgend etwas sagen mußte und daß es gar nicht mehr darauf ankam, was ich sagte. »Dogitah wird von heute an in zwei Tagen, bis eine halbe Stunde nach Sonnenuntergang, hier ankommen.«

Irgendeine Laune in mir veranlaßte mich, diese halbe Stunde noch extra zuzugeben; sie rettete uns allen das Leben am übernächsten Tage.

Daraufhin besprach sich Bausi eine lange Weile mit Imbozwi und dem alten einäugigen General Babemba, und wir sahen zu und wußten, daß unser Schicksal von dem Ergebnis dieser Unterhaltung abhing. Zuletzt sprach er:

»Weiße Männer, Imbozwi, der große Doktor, sagt zwar, es wäre besser, euch sofort zu töten. Aber Babemba, mein General, denkt anders. Er bittet mich, meine Hand stillzuhalten. Nach seiner Meinung könnte es sein, daß ihr die Wahrheit sprächet und wirklich auf die Einladung meines Bruders Dogitah hergekommen seid. Da es nun wenig ausmacht, ob ihr jetzt oder später sterbt, ist mein Befehl, daß ihr von jetzt ab bis zum Sonnenuntergang des zweiten Tages als Gefangene festgehalten und dann herausgeführt und an Pfähle auf dem Marktplatz gebunden werden sollt. Wenn Dogitah bis zum Einbruch der Dunkelheit kommt und euch als seine Brüder anerkennt, ist alles gut; kommt er nicht oder anerkennt er euch nicht, dann sollt ihr durch Pfeilschüsse getötet werden, als Warnung für alle anderen Sklavenhändler, die Grenze von Mazituland nicht zu überschreiten.«

Ich hörte entsetzt dieses grausige Urteil und rief:

»Wir sind keine Sklavenhändler, König, wir sind sogar Befreier von Sklaven, wie Tom und Jerry, Männer deines eigenen Volkes, dir bezeugen können.«

»Ich habe gesprochen«, sagte er gleichgültig. »Führt sie hinweg und füttert sie gut und haltet sie sicher bis eine Stunde vor Sonnenuntergang des zweiten Tages von heute an.«

Damit erhob sich Bausi, und gefolgt von Imbozwi und seinen Räten, ging er in seine große Hütte. Wir selbst wurden unter einer doppelt starken Bedeckung abgeführt. Am Tore des Krals blieben wir stehen und fragten nach den Waffen. Wir bekamen keine Antwort; die Soldaten legten nur ihre Hände auf unsere Schultern und schoben uns vorwärts.

»Das ist eine schöne Geschichte«, flüsterte ich Stephan zu.

»Oh! es macht nichts aus«, antwortete er. »Wir haben noch eine ganze Menge Gewehre in den Hütten. Ich habe gehört, daß diese Mazitu eine schreckliche Angst vor Kugeln haben. Wir brauchen also nur einen Ausfall zu machen und unseren Weg durch sie freizu-

schießen, denn selbstverständlich werden sie davonlaufen, sobald wir zu feuern beginnen.«

Ich sah ihn nur an, hatte aber keine Lust, mit ihm über diesen Plan zu debattieren.

Wir erreichten unser Quartier. Mit seinem kriegerischen Plan beschäftigt, ging Stephan sofort in die andere Hütte, wo die Gewehre der Sklavenhändler mitsamt aller Munition aufgestapelt worden waren. Als er wiederkam, sah er ziemlich konsterniert aus, und ich fragte ihn nach der Ursache.

»Diese Strolche von Mazitu haben die Gewehre und die Munition gestohlen. Es ist nicht mehr genug Pulver da, um nur einen Knallfrosch zu machen.«

»Nun,« versetzte ich mit Galgenhumor, »wir werden noch genug Knallfrösche bekommen, ohne daß wir selbst uns darum zu kümmern brauchen. Warten Sie nur bis übermorgen!«

Unsere Lage war verzweifelt. Nach Ablauf der nächsten achtundvierzig Stunden sollten wir also mit Pfeilen totgeschossen werden, Es sei denn, daß ein unberechenbarer alter Herr, der auch schon längst tot sein konnte, ausgerechnet hier, in einer der abgelegensten und unbekanntesten Gegenden von Zentral-Ostafrika, zu einer bestimmten Stunde auftauchte.

Die erste Nacht verging. Die zweite ebenfalls, und dann brach der nächste Morgen, wahrscheinlich unser letzter, an. Er verging entsetzlich schnell. Es wurde drei Uhr, und Mavovo und seine Genossen opferten den Geistern ihrer Vorfahren ein Lamm.

Das war kaum vorbei, da erschien zu meiner Erleichterung Babemba. Er sah so vergnügt aus, daß ich mit einem förmlichen Satz in die Höhe fuhr, in der Erwartung, er bringe ganz vorzügliche Nachrichten mit. Vielleicht hatte der König uns begnadigt, oder vielleicht – gesegneter Gedanke – war Bruder John vor der Zeit eingetroffen.

Damit war es aber nichts. Alles, was er uns zu sagen hatte, war, daß er Läufer in der Richtung nach der Küste zu geschickt hatte. Und diese waren mit der Nachricht zurückgekehrt, daß auf eine Strecke von hundert Meilen von Dogitah nichts zu sehen sei. So mußte denn die für den Abend angesetzte Zeremonie unvermeidlich vor sich gehen, da der schwarze Elefant unter den Einflüsterungen Imbozwis inzwischen womöglich noch zorniger geworden war. Da es nun seine Aufgabe wäre, das Errichten der Pfähle, an die wir gebunden werden sollten, und das Ausheben unserer Gräber zu überwachen, wäre er nur gekommen, um uns noch einmal zu überzählen und sicher zu sein, daß er auch die richtige Anzahl hätte. Dann schwatzte er noch ein wenig herum, vergewisserte sich, wo er den Zauberspiegel finden würde, den ich ihm geschenkt hatte und den er immer als ein Andenken in Ehren halten wollte, nahm noch mit Mavovo eine Prise und verabschiedete sich mit der Bemerkung, daß er pünktlich erscheinen werde.

Bald kam Hans und meldete mir Babembas und seiner Soldaten Ankunft. Der arme alte Hottentotte schüttelte mir die Hand und wischte sich mit seinem zerlumpten Jackenzipfel über die Augen.

»Oh! Baas, dies ist unsere letzte Reise,« sagte er, »nun wirst du getötet, und alles ist nur meine Schuld, Baas, denn ich hätte einen Ausweg finden müssen, dafür hast du mich ja mitgenommen, und dafür wurde ich bezahlt. Aber ich kann nicht, mein Kopf wird so dumm, vielleicht weil ich alt werde. Ich habe dir etwas mitgebracht«, fuhr er fort und brachte ein Ding hervor, daß einem ganz gemeinen Pferdeapfel verflucht ähnlich sah. »Iß dieses jetzt, und du wirst nichts fühlen; es ist eine sichere, gute Medizin, die meines Großvaters Großvater von dem Geist seines Stammes bekommen hat. Du wirst so schön einschlafen, als wenn du sehr betrunken wärst, und dann wieder in dem warmen Feuer aufwachen, das immerfort brennt, ohne Holz und ohne zu erlöschen, in Ewigkeit, Amen.«

»Nein, Hans,« sagte ich, »ich ziehe es vor, mit offenen Augen zu sterben.«

»Ich würde es auch, wenn es einen Zweck hätte. Aber es hat keinen. Denn ich glaube nicht mehr an die Schlange jenes schwarzen Narren Mavovo. Wenn es eine gute Schlange gewesen wäre, würde sie ihm ja verboten haben, überhaupt nach Bezarstadt zu gehen. So will ich also eine von diesen Pillen essen und die andere dem Baas Stephan geben.« Dabei stopfte er sich das unappetitliche Ding in den Mund und würgte es mit Gewalt hinunter, wie ein junger Truthahn einen Maismehlkloß, der für seine Kehle zu groß ist. Dann rief Stephan nach mir, und ich verließ Hans, der eben noch einen meterlangen und gewichtigen Fluch auf Imbozwi vom Stapel ließ.

»Es ist Zeit aufzubrechen«, sagte Stephan. Jetzt endlich schien ihm die Situation an die Nerven zu gehen; er sah ein wenig blaß aus, und er zitterte und nickte zu dem alten Babemba hin, der drüben vor der Hütte stand und ein so munteres Lächeln auf den Lippen hatte, als wollte er einen Hochzeitszug begleiten.

»Ja, weißer Herr,« sagte er, »es ist Zeit, und ich habe mich beeilt, euch nicht warten zu lassen. Es wird ein großartiges Theater, denn der schwarze Elefant selbst wird euch die Ehre erweisen, anwesend zu sein und die ganze Bevölkerung von Bezarstadt und von vielen Meilen der nächsten Umgebung dazu.«

»Halts Maul, du alter Idiot,« sagte ich, »und höre mit deinem Grinsen auf. Wenn du ein Mann und nicht ein falscher Freund gewesen wärest, hättest du uns aus dieser Geschichte herausgeholfen, denn du weißt recht gut, daß wir keine Sklavenhändler, sondern deren erbitterste Feinde sind.«

»Oh, weißer Herr!« sagte Babemba mit ganz veränderter Stimme, »glaube mir, ich lache bloß, um dich bis zum Ende in guter Stimmung zu erhalten. Meine Lippen lächeln, aber mein Herz weint. Imbozwi hat gewahrsagt, Dogitah, des Königs Blutsbruder, wäre tot, und niemals wieder würde er nach Bezarstadt kommen. Ich habe mein Bestes getan. Aber wenn ich jemals eine Gelegenheit habe, den Imbozwi hereinzulegen, so will ich es tun. Ich fürchte freilich, ich habe sie nicht, denn es wird nicht lange dauern, bis er auch mich vergiftet . . . .«

»Ich wünschte auch, ich hätte eine Gelegenheit«, murmelte ich vor mich hin, und sogar in diesem ernsten Moment konnte ich keine christliche Gesinnung gegen Imbozwi aufbringen. Ich war jetzt von Babembas ehrlicher Gesinnung überzeugt. Also schüttelte ich ihm die Hand und gab ihm die Briefe, die ich geschrieben hatte, und bat ihn, sie an die Küste zu schicken. Dann traten wir unseren letzten Gang an.

Die Zulujäger saßen außerhalb der Umzäunung auf dem Boden, unterhielten sich und tauschten Prisen aus. Als sie mich kommen sahen, sprangen sie auf die Füße und gaben mir mit erhobener rechter Hand den Königssalut: »Inkoosi! Baba! Inkoosi! Macumazana!« Dann brachen sie auf ein Zeichen Mavovos in einen wilden Kriegsgesang aus, und das dauerte so lange, bis wir vor unseren Pfählen angekommen waren.

Stephan und ich gingen zusammen. Er trug noch immer den Union-Jack, den ihm auch keiner wegnahm. Ich nehme an, die Mazitu glaubten, es wäre sein Fetisch. Wir sprachen nicht viel miteinander, nur einmal sagte er:

»Nun, die Orchideenliebhaberei hat schon manchem zu einem schlimmen Ende verholfen. Ich möchte nur wissen, ob mein alter Herr meine Sammlung behalten wird oder ob er sie verkauft.«

Dann verstummte er, und da ich auch nicht wußte, was mit seiner Sammlung geschehen würde, gab ich keine Antwort.

Wir hatten nicht weit zu gehen; nachdem wir einige kleine Seitenstraßen durchschritten hatten, standen wir auf dem Marktplatz. Er war mit Tausenden von Menschen vollgestopft, die alle unserer Hinrichtung beiwohnen wollten.

Der ganze große Menschenhaufen empfing uns mit respektvollem Schweigen. Der Zulukriegsgesang schien sie mit Begeisterung, ja mit Bewunderung zu erfüllen. Nicht weit von dem Sitz des Königs waren auf ebenso vielen Hügeln fünfzehn stämmige Pfosten aufgerichtet. Eine große Anzahl Soldaten hielt den Platz vor den Pfosten von Menschen frei. Auf diesem Platz saßen Bausi, einige Räte und Weiber und unser Freund Imbozwi, der heute noch fürchterlicher bemalt war als gewöhnlich. Vor ihm standen in Reih und Glied fünfzig oder sechzig ausgesuchte Bogenschützen.

»König Bausi,« sagte ich, als ich an dem Potentaten vorbeigeführt wurde, »du bist ein Mörder, und der Himmel wird dich für dieses Verbrechen strafen. Wenn unser Blut vergossen wird, wirst auch du bald sterben und uns dort wiedertreffen, wo wir die Macht haben. Und dein Volk wird vernichtet werden.«

Meine Worte schienen den Mann in Schrecken zu versetzen, denn er antwortete: »Ich bin kein Mörder. Ich töte euch, weil ihr Menschenräuber seid. Außerdem bin nicht ich es, der das Urteil über euch gesprochen hat. Imbozwi hier ist es. Er hat mir alles über euch gesagt, und sein Geist sagt, ihr müßt sterben; es sei denn, mein Bruder Dogitah erscheint und rettet euch. Wenn Dogitah kommt, was er nicht kann, denn er ist tot, und wenn er für euch spricht, dann werde ich wissen, daß Imbozwi ein niederträchtiger Lügner ist. Dann muß er so sterben, wie ihr jetzt sterben sollt.«

»Ja, ja,« kreischte Imbozwi, »wenn Dogitah kommt, wie dieser falsche Zauberer prophezeit,« und er zeigte auf Mavovo, »dann werde ich bereit sein, an eurer Stelle zu sterben, weiße Sklavenhändler! Ja, ja, dann könnt ihr auf mich mit Pfeilen schießen!«

»König, merke dir diese Worte, und Leute, merkt ihr euch auch diese Worte, daß sie erfüllt werden, wenn Dogitah kommt«, sagte Mavovo mit seiner tiefen Stimme.

»Ich merke sie mir,« antwortete Bausi, »und ich schwöre bei meiner Mutter und für mein ganzes Volk

mit, sie sollen erfüllt werden – – wenn Dogitah kommt.«

»Gut«, rief Mavovo aus und marschierte stracks zu dem Pfahl, den man ihm angewiesen hatte.

Als er vorbeiging, flüsterte er Imbozwi etwas ins Ohr, das diesen Satansbraten zu erschrecken schien. Ich sah ihn auffahren und sich schütteln. Doch im nächsten Augenblick hatte er sich wieder gefaßt, und er schickte sich an, den Leuten zu helfen, die uns an die Pfähle banden.

Hans schien recht schläfrig, und kurz nachdem er gefesselt worden war, sah ich seinen Kopf auf die Brust herabsinken. Augenscheinlich begann seine Medizin zu wirken, und ich bedauerte fast, sie nicht auch genommen zu haben.

Als wir alle festgemacht waren, kam Imbozwi, um alles zu inspizieren. Er hatte ein Stück Kreide in der Hand und malte jedem von uns einen großen runden Fleck auf die Brust.

»Ah, weißer Mann!« sagte er, als er mir den Zielpunkt auf die Lederjacke malte, »du wirst nie wieder jemand mit deinem Zaubermittel das Haar abbrennen. Niemals mehr, denn sehr bald werde ich die Erde über dir festtrampeln, in jenem Loche dort, und deine Zaubergeräte werden mir gehören.«

Ich gab keine Antwort, ich wollte die letzte Spanne Zeit, die mir geblieben war, nicht an dieses Gewürm verschwenden. So ging er weiter zu Stephan und malte dem den Flecken auf. Der jedoch rief aus:

»Nimm deine dreckige Hand von mir weg«, und er hob das Bein und gab dem bemalten Zauberdoktor solch einen Tritt in den Magen, daß er kopfüber in einem der Löcher, die man für uns geschaufelt hatte, verschwand.

»Ow! Gut gemacht Wazela!« riefen die Zulus. »Hoffentlich ist er tot.«

»Das hoffe ich auch«, sagte Stephan. Die Menschenmenge drunten hatte in atemloser Erstarrung der Behandlung zugeschaut, die der geheiligten Person ihres obersten Zauberdoktors angetan worden war. Babemba grinste, und sogar der König Bausi schien es nicht ungern zu sehen.

Aber wir sollten von Imbozwi nicht so leicht erlöst werden, denn mit der Hilfe einiger Unterdoktoren kroch er aus dem Grabe heraus, schlammbedeckt und fluchend wie ein Türke.

11. Kapitel

Dogitahs Ankunft

Ein Gewitter zog herauf. Die Sonne ging gerade wie ein großes rotes Auge unter.

Es wurde dämmerig. Der König schaute umher, warf einen Blick nach dem Himmel, flüsterte Babemba etwas zu. Der nickte und kam auf unsere Pfosten zugeschlendert.

»Weißer Herr,« sagte er, »der Elefant wünscht zu wissen, ob du bereit bist, denn in Kürze wird das Licht sehr schlecht zum Schießen sein!«

»Nein,« antwortete ich entschieden, »nicht vor einer halben Stunde nach Sonnenuntergang, wie es abgemacht war.«

Babemba ging zum König hin und kam dann zu mir zurück.

»Weißer Herr, der König sagt, abgemacht ist abgemacht. Er will sein Wort halten. Nur sollst du ihn dann nicht tadeln, wenn die Schützen schlecht schießen, denn er konnte ja nicht wissen, daß die Nacht so plötzlich hereinbrechen würde.«

Es wurde dunkler und dunkler, zuletzt war es wie im Londoner Nebel. Ein- oder zweimal zuckten entfernte Blitze auf, denen nach einer Weile leises Donnergrollen folgte. Die Luft wurde drückend. Tiefes Schweigen lag über allem.

Dann hörte ich, wie Pfeile aus den Köchern genommen wurden, und gleich darauf ließ sich die quietschige Stimme Imbozwis vernehmen:

»Wartet ein wenig, die Wolken werden gleich vorüberziehen. Hinter ihnen kommt noch Licht, und es ist schöner, wenn sie die Pfeile ankommen sehen.«

Die Wolke zog noch höher hinauf; das grüne Licht verwandelte sich in ein feuriges Rot, das von der Sonne auf die schwarzen Massen der Wolken und von diesen wieder auf die Erde zurückgeworfen wurde.

Es war, als ob die ganze Landschaft ringsum in Flammen stünde, während der größte Teil des Himmels schwarz blieb. Ein Blitz flammte auf und zeigte die Gesichter und die lauernden Augen Tausender von Zuschauern.

Imbozwi stieß ein Zischen aus wie eine Schlange. Ich hörte eine Bogensehne schwirren und fast im gleichen Moment den leisen Schlag eines Pfeiles, der meinen Pfahl dicht über meinem Kopfe getroffen hatte. Ich schloß die Augen und bekam allerlei merkwürdige Dinge zu sehen, die ich schon seit Jahren vergessen gehabt hatte. Mein Gehirn schien in absonderlicher Verwirrung zu zerschmelzen. Das letzte, was ich sah, war in diesem schrecklichen roten Licht ein geisterhafter, unheimlicher Anblick. Eine große Gestalt auf einem weißen Ochsen fegte mit erheblicher Geschwindigkeit vom Südtor her über die offene Straße auf den Marktplatz zu.

Jetzt war ich ganz sicher, daß ich träumte. Denn diese Gestalt ähnelte vollkommen derjenigen Bruder Johns. Da war sein langer, schneeweißer Bart, da war sein Schmetterlingsnetz, mit dessen Griff er unaufhörlich auf den Ochsen eindrosch. Nur daß er über und über mit Girlanden von Blumen umwunden war, er wie auch die großen Hörner des Ochsen. Und an jeder Seite und vor und hinter ihm rannten Mädchen, ebenfalls mit Blumen bekränzt. Es war eben eine Vision, nichts sonst, und ich schloß die Augen und wartete auf den Pfeil.

»Schießt!« kreischte Imbozwi.

»Nein, schießt nicht!« rief Babemba. »Dogitah kommt!«

Ein Augenblick Stille. Ich hörte die Pfeile auf den Boden niederfallen – – – dann aber brach aus all den tausenden Kehlen ein Schrei:

»Dogitah! Dogitah kommt, um seine weißen Brüder zu retten!«

Ich muß gestehen, daß jetzt meine Nerven, die sonst recht gut sind, nachgaben. Ich war wohl mehrere Minuten bewußtlos.

Als ich aufwachte, stand in greifbarer Nähe von mir der alte Bruder John. Blumengirlanden hingen von ihm herab – ich bemerkte ärgerlich, daß es Orchideen waren –, eine von ihnen baumelte von seinem verblichenen Tropenhelm herunter und flatterte immerfort in sein linkes Auge. Er war wütend und kanzelte Bausi herunter, der buchstäblich vor ihm auf dem Bauch kroch, und ich war ebenso wütend und kanzelte Bausi ebenfalls herunter. Und Bruder John schrie mit gesträubtem, weißem Bart und schlug dabei ohne Unterlaß mit dem Stock seines Schmetterlingsnetzes dem König Bausi über den fetten Rücken:

»Du Hund, du wildes Tier, das ich vom Tode gerettet und Bruder genannt habe! Was wolltest du mit diesen weißen Männern machen, die in Wahrheit meine Brüder sind, und mit ihren Leuten? Wolltest du sie töten? Oh! Wenn das so ist, will ich meinen Eid vergessen, will ich das Band vergessen, das uns verbindet und – –«

»Nicht, bitte, nicht,« winselte Bausi, »das Ganze ist ein schrecklicher Irrtum; aber ich habe nicht daran Schuld. Schuld hat mein Zauberdoktor Imbozwi, denn ihm muß ich nach den alten Gesetzen unseres Landes in solchen Dingen gehorchen. Er hat mit seinem Geist gesprochen und erklärt, du wärest tot; er hat auch gesagt, diese weißen Herren wären die bösesten aller Menschen, Sklavenhändler mit fleckigem Herzen, die nur dazu hierhergekommen seien, um die Mazitu auszukundschaften und sie mit ihrem Zauber und ihren Gewehren zu verderben.«

»Dann hat er gelogen,« schrie Bruder John mit Donnerstimme, »und er wußte, daß er log.«

»Ja, ja, es ist bewiesen, daß er gelogen hat«, antwortete Bausi. »Bringt ihn mir her, ihn und alle jene, die ihm dienen.«

Jetzt begann bei dem Lichte des Mondes, der vom klaren Himmel herabschien, denn die Gewitterwolken hatten sich verzogen, ein wildes Suchen nach Imbozwi. Die Soldaten erwischten zunächst acht oder zehn seiner Genossen, alles bösartig aussehende Burschen, bemalt und aufgeputzt wie ihr Meister. Aber Imbozwi selbst konnten sie nicht finden.

Ich dachte schon, er wäre in der allgemeinen Verwirrung auf und davon gegangen, als er mit einem mal durch die starken Arme Babembas und seiner Soldaten aus einer Grube herausgefischt und vor das Angesicht Bausis geschleppt wurde.

»Bindet die weißen Herren und ihre Gefährten los, und laßt sie hierherkommen!« rief er.

Es geschah, und wir gingen zum König und zu Bruder John hin. Der elende Imbozwi und seine Helfershelfer hockten zusammengekrümmt auf dem Boden.

»Wer ist das?« sagte Bausi zu ihnen und zeigte auf Bruder John. »Ist es nicht der, den du für tot erklärt hast?« Imbozwi schien der Meinung zu sein, daß diese Frage keine Antwort benötigte.

»Du bist durch deinen eigenen Mund verdammt, Lügner, und das, was du selbst ausgesprochen hast, soll dir geschehen.« Und fast mit den Worten des Elias, der über die Priester des Baal gesiegt hatte, setzte

er hinzu: »Führt diese falschen Propheten hinweg! Laßt keinen von ihnen entrinnen! Seid ihr damit einverstanden, Leute?«

»Ja,« stieg ein Schrei aus der Menge auf, »führt sie hinweg!«

»Schien keine volkstümliche Persönlichkeit zu sein, dieser Imbozwi«, sagte Stephan nachdenklich. »Nun, jetzt wird er auf seinem eigenen Rost gebraten, und das geschieht dem Vieh ganz recht.«

»Wer ist nun der falsche Doktor?« höhnte Mavovo in die Stille, die jetzt folgte. »Wer wird jetzt ein Abendbrot von Pfeilspitzen halten, Maler weißer Flecken?« Und er zeigte auf den Kreidepunkt, den Imbozwi über sein Herz gemalt hatte.

Als der kleine, bucklige Schurke jetzt einsah, daß alles verloren war, packte er meine Beine und begann um Gnade zu flehen. So mitleiderregend war sein Flehen, daß mein Herz, das schon durch das Ereignis unserer wunderbaren Rettung weich gestimmt war, zu schmelzen begann. Ich drehte mich um, um den König zu bitten, sein Leben zu schonen. Aber Imbozwi legte meine Bewegung falsch aus. Denn unter Wilden bedeutet das Zukehren des Rückens Verweigern einer Bitte. Da schäumte in seinem bösartigen Herzen der Haß auf, er sprang auf die Füße, riß ein großes, gebogenes Messer unter seinem Aufputz hervor und stürzte mit dem Schrei: »So sollst du wenigstens mitkommen, weißer Hund!« wie eine wilde Katze auf mich los.

Zum Glück war Mavovo auf der Hut. Das ist ein gutes Zulusprichwort, das da sagt: »Ein Zauberer ist des andern Verderben.« Mit einem Sprung war er über ihm, gerade als das Messer mich berührte – es durchschnitt meine Kleider, ritzte aber nicht die Haut, ein glücklicher Umstand, denn es war wahrscheinlich vergiftet –, er packte Imbozwi mit eisernem Griff und schleuderte ihn auf den Boden, als ob er ein kleines Kind wäre. Damit war natürlich alles vorüber.

»Kommt mit,« sagte ich zu Stephan und Bruder John, »hier ist kein Platz für uns.«

Wir erreichten unsere Quartiere ohne jede weitere Belästigung. Vom Marktplatz drang jetzt ein so fürchterlicher Lärm herüber, daß wir in unsere Hütte schlüpften und die Tür hinter uns zuschlossen. Dann sagte Bruder John:

»Freund Allan Quatermain und Sie, junger Herr, dessen Namen ich nicht kenne, ich will Ihnen etwas sagen, was ich meines Wissens noch nicht erwähnt habe. Ich bin nämlich nicht nur Arzt, sondern auch

Priester der Amerikanischen Kirche. Und als Geistlicher bitte ich Sie um die Erlaubnis, für Ihre wunderbare Rettung vor einem grausigen Tode ein Dankgebet sprechen zu dürfen.«

Bruder John mag damals im Kopfe vielleicht nicht ganz richtig gewesen sein, auf jeden Fall war er ein höchstbefähigter und guter Mensch und ein ausgezeichneter Prediger dazu.

Späterhin, als die gellenden Jammerschreie und das Geheul auf dem Marktplatz verstummt waren, gingen wir hinaus und setzten uns unter das überragende Dach der Hütte. Zunächst machte ich Bruder John mit Stephan Somers bekannt.

»Und nun«, fuhr ich fort, »sagen Sie mir um's Himmelswillen, wo kommen Sie denn her, mit Blumen bedeckt wie ein römischer Priester beim Opfermahl und auf einem Bullen reitend wie die Dame Europa? Und was soll das heißen, daß Sie uns drunten in Durban solch einen Streich spielten, indem Sie davonliefen, ohne uns ein Wort zu hinterlassen? Und dabei hatten Sie uns doch versprochen, uns in diese verdammte Gegend zu führen?«

Bruder John strich seinen langen Bart und sah mich vorwurfsvoll an.

»Ich rate,« sagte er in seiner amerikanischen Ausdrucksweise, »daß da irgendwo ein Irrtum stecken muß. Vorerst möchte ich bemerken, daß ich Sie nicht ohne ein Wort verlassen habe. Ich habe ihrem alten Gärtner, dem lahmen Griqua, einen Brief gegeben, den er Ihnen bei Ihrer Ankunft wohl ausgehändigt hat.«

»Dann hat der Idiot ihn entweder verloren oder mich angelogen, wie es die Art der Griqua ist, oder er hat die ganze Geschichte vergessen.«

»Es scheint so. Ich hätte daran denken sollen, Allan. In jenem Briefe teilte ich Ihnen mit, daß ich Sie hier erwarten wollte, und daß ich wahrscheinlich schon sechs Wochen früher als Sie hier ankommen würde. Ich habe auch an Bausi Botschaft gesandt, daß Sie kämen. Aber die Nachricht scheint ihn nicht erreicht zu haben.«

»Aber warum haben Sie denn nicht einfach auf uns gewartet?«

»Allan, da Sie mich so geradeheraus fragen, will ich es Ihnen sagen. Ich wußte, daß Sie Ihren Weg über Kilwa nehmen wollten, und ich gerade wünschte Kilwa nicht wiederzusehen.« Er schwieg eine Weile, dann fuhr er fort: »Vor langer Zeit, vor genau dreiundzwanzig Jahren, bin ich mit meiner jungen Frau als Missio-

nar nach Kilwa gegangen. Ich habe dort eine Missionsstation und eine Kirche gebaut, und wir haben uns glücklich gefühlt und mit unserer Arbeit schöne Erfolge erzielt. Eines bösen Tages aber kam eine Bande Suaheli und Araber in Dhaus die Küste heruntergefahren, um eine Sklavenstation zu errichten. Ich setzte mich zur Wehr, und das Ende war, daß sie die meisten meiner Leute töteten und die andern in Sklaverei verschleppten. Bei jenem Angriff erhielt ich einen Schwerthieb auf den Kopf – sehen Sie, hier ist noch die Narbe«, dabei schob er sein weißes Haar auf die Seite und zeigte uns einen langen roten Strich, der im Mondschein deutlich zu sehen war.

»Ich brach unter dem Schlage bewußtlos zusammen. Es war gerade Sonnenuntergang. Als ich wieder zu mir kam, war es heller Tag. Alle waren fort, außer einer alten Negerin, die mich pflegte. Sie war halb irrsinnig vor Schmerz, denn ihr Mann und zwei Söhne waren erschlagen und ein anderer Sohn und ihre Tochter weggeschleppt worden. Ich fragte sie, wo meine junge Frau wäre. Auch sie sei fortgebracht worden, antwortete sie. Vor etwa acht bis zehn Stunden. Die Araber hätten drüben auf der See die Lichter eines Schiffes gesehen, das sie für ein englisches Kriegsschiff hielten, das an der Küste kreuzte. Daraufhin waren sie in größter Eile landeinwärts geflohen; mich hatten sie für tot gehalten, und alle Verwundeten hatten sie umgebracht. Die alte Frau hatte sich zwischen den Korallen des Strandes versteckt. Als die Araber weg waren, war sie zurückgeschlichen und hatte mich gefunden.

Ich fragte sie, wohin mein Weib gebracht worden war. Sie sagte, sie hätte von andern gehört, daß die Araber sie nach einem Orte bringen wollten, der ungefähr hundert Meilen landeinwärts lag. Dort hatten sie sich mit ihrem Anführer, einem Schuft von Halbaraber namens Hassan-Ben-Mohamed, verabredet. Dem wollten sie meine Frau zum Geschenk machen. Diesen elenden Burschen kannte ich schon. Er war früher einmal an den Blattern erkrankt, und meine Frau hatte ihn gepflegt. Diesmal war er bei dem Angriff nicht beteiligt gewesen, sondern er hatte sich, wahrscheinlich in Sklavenhändlergeschäften, im Innern aufgehalten.

Als ich diese schrecklichen Nachrichten erfuhr, fiel ich, vielleicht auch infolge des Blutverlustes, von neuem in Bewußtlosigkeit, aus der ich erst zwei Tage später an Bord eines holländischen Handelsschiffes erwachte, das nach Sansibar segelte. Fast sterbend wurde ich in Sansibar einem Geistlichen unserer Mission übergeben, in dessen Haus ich dann lange schwerkrank darniederlag.

Es vergingen sechs Monate, bis ich wieder meinen klaren Verstand erlangte. Endlich, nachdem ein geschickter englischer Marinearzt einen Knochensplitter herausgeholt hatte, heilte die Wunde in meinem Schädel, und ich gewann meine körperliche Rüstigkeit zurück. Ich war und bin amerikanischer Bürger, und in jenen Tagen hatten wir keinen Konsul in Sansibar und natürlich auch kein Kriegsschiff. Aber die Engländer stellten für mich Nachforschungen an. Sie konnten jedoch nur wenig oder nichts herausbekommen, denn das ganze Land um Kilwa herum war im Besitze der arabischen Sklavenhändler.«

Er machte wieder eine Pause, wie überwältigt von der Bitterkeit dieser Erinnerung.

»Haben Sie von Ihrer Frau niemals wieder etwas gehört?« fragte Stephan.

»Doch, Herr Somers; in Sansibar hörte ich von einem Sklaven, den unsere Mission gekauft und freigelassen hatte, daß er eine weiße Frau, auf die meine Beschreibung paßte, lebendig und augenscheinlich gesund gesehen hatte, und zwar an einem Orte, den ich bis heute nicht ausfindig machen konnte. Das einzige, was er mir zu sagen vermochte, war, daß er fünfzehn Tagemärsche weit von der Küste entfernt lag. Er sah sie in der Obhut einiger Schwarzen – zu welchem Stamme sie gehörten, wußte er nicht –, die sie mit der größten Ehrerbietung behandelten, obgleich sie nicht verstanden, was sie sagte.

Wenige Tage nachdem der Mann mir das alles erzählt hatte, wurde er von einer Lungenentzündung gepackt, die ihn, da er von der Sklavenarbeit arg mitgenommen war, schon nach einigen Tagen dahinraffte. Sie werden nun verstehen, warum ich nicht gerade erpicht darauf war, Kilwa wiederzusehen.«

»Ja,« sagte ich, »wir verstehen Sie, und wir verstehen jetzt auch noch manches andere, von dem wir späterhin sprechen wollen. Aber, um von etwas Neuem zu reden, woher kommen Sie jetzt, und wie kamen Sie gerade bis auf die Minute zurecht?«

»Ich befand mich gerade auf dem Wege hierher,« antwortete er, »als ich eine Verwundung am rechten Bein erhielt (hier sahen Stephan und ich einander bedeutungsvoll an), die mich zwang, sechs Wochen in einer Kaffernhütte stillzuliegen. Als es besser war, ritt ich dann auf Ochsen, die ich dazu dressiert hatte, weiter. Eine unbestimmte, unerklärliche Furcht veranlaßte mich, vorwärts zu eilen, so schnell ich nur konnte. Innerhalb der letzten vierundzwanzig Stunden habe ich nicht ein einziges Mal Rast gemacht um zu essen oder

zu schlafen. Als ich heute früh Mazituland erreichte, fand ich die Krale bis auf einige wenige Frauen und Mädchen leer. Sie erzählten mir, daß alle Männer zu einem großen Fest nach Bezarstadt gegangen wären, aber welcher Art dieses Fest war, wußten sie nicht, oder sie wollten es mir nicht sagen. So trabte ich denn weiter und kam noch gerade zur rechten Zeit. Es ist eine lange Geschichte, deren Einzelheiten ich Ihnen später einmal erzählen werde. Jetzt sind wir wohl alle zu müde. Was ist denn das für ein Lärm?«

Ich erkannte den Siegesgesang der Zulujäger. Im nächsten Augenblick waren sie da.

Die Jäger trugen etwas zwischen sich, was ich als Hansens Körper erkannte. Ich erschrak. Ich hielt ihn zuerst für tot, aber eine Untersuchung ergab, daß er sich nur in einem Zustande der Betäubung befand, wie sie etwa eine Laudanumvergiftung hervorruft. Bruder John ließ ihn in eine Decke hüllen und in die Nähe des Feuers legen.

Gleich darauf erschien Mavovo und setzte sich vor uns hin.

»Macumazana, mein Vater,« sagte er ruhig, »welche Worte hast du für mich?«

»Worte des Dankes, Mavovo. Wenn du nicht so schnell gewesen wärest, hätte mich dieser Imbozwi getötet.«

Mavovo bewegte die Hand, als ob diese kleine Angelegenheit nicht der Rede wert sei, dann sah er mir fest in die Augen und fragte weiter:

»Und welche anderen Worte, Macumazana? Über meine Schlange, meine ich.«

»Nur, daß du recht hattest und ich unrecht«, antwortete ich, und ich errötete vor Scham. »Alles ist geschehen, wie du es vorausgesagt hast, aber wodurch und warum, verstehe ich nicht.«

»Nein, mein Vater, weil ihr weißen Leute so eitel seid (»aufgeblasen« war sein Wort) und denkt, daß ihr allein alle Weisheit besitzt. Nun hast du etwas zugelernt, und ich bin zufrieden. Die falschen Doktoren sind alle tot, mein Vater, und ich glaube, daß Imbozwi –«

Ich winkte mit der Hand ab, da ich nicht wünschte, Einzelheiten zu hören. Mavovo erhob sich und ging mit zufriedenem Lächeln seinen Geschäften nach.

»Was meint er mit der Schlange?« fragte Bruder John neugierig. Ich erzählte ihm in Kürze, was vorgegangen war und fragte ihn, ob er eine Erklärung für diese Vorgänge hätte. Er schüttelte den Kopf.

»Das merkwürdigste Beispiel visionären Schauens bei Eingeborenen, das ich jemals erlebt habe«, antwortete er. »Erklärung! Es gibt da keine Erklärung außer der alten Weisheit, daß es mehr Dinge zwischen Himmel und Erde gibt, und so weiter – und daß Gott den einzelnen Menschen verschiedene Gaben verleiht.«

Dann aßen wir unser Abendbrot; ich glaube, es war dies das herrlichste Mahl, an dem ich jemals teilnahm. Wundervoll, wie gut es schmeckt, wenn man nicht mehr erwartet hat, noch einmal etwas zwischen die Zähne zu bekommen. Dann gingen die andern zu Bett. Ich aber leistete dem noch immer bewußtlosen Hans Gesellschaft; ich setzte mich eine Weile ans Feuer und rauchte eine Pfeife. Ich fühlte, daß ich jetzt doch nicht schlafen konnte. Auf einmal wachte Hans auf. Er richtete sich auf, starrte mich über das hell lodernde Feuer hinweg eine Zeitlang stumm an, dann sagte er mit hohler Stimme:

»Baas, dort bist du, hier bin ich, und da ist das Feuer, das niemals ausgeht, ein sehr gutes Feuer, das ist alles richtig. Aber sage, Baas, warum sind wir nicht mitten drin, wie dein Vater, der Prediger, gesagt hat? Warum sitzen wir hier draußen in der Kälte?«

»Weil wir noch immer in der Welt sind, du alter Narr, und noch nicht dort, wo du zu sein verdientest«, antwortete ich.

»Oh, Baas!« rief Hans aus, »sage nicht, daß die Dinge so stehen, sage nicht, daß wir wirklich noch in dem sind, was dein ehrwürdiger Vater ›den Becher der Tränen‹ zu nennen pflegte. Sage nicht, daß Dogitah kam, während meine Augen geschlossen waren, um ihn zu empfangen, und das Schlimmste, daß Imbozwi und seine Helfer an jene Pfähle gebunden wurden, während ich nicht imstande war, ihnen aus diesem Becher der Tränen hinüberzuhelfen in das Feuer, das ewig brennt. Oh, es ist zuviel, und ich schwöre dir, Baas, wievielmal ich auch noch zu sterben haben werde, von nun an soll es immer mit offenen Augen geschehen«, und seinen schmerzenden Kopf mit beiden Händen festhaltend, pendelte er in bitterem Grame mit dem Oberkörper hin und her.

Hans hatte auch Ursache, traurig zu sein. Denn die Jäger gaben ihm einen neuen meterlangen Namen, der bedeutete »die kleine gelbe Maus, die im Schlafe liegt, während die schwarzen Ratten ihre Feinde auffressen«.

12. Kapitel

Bruder Johns Erzählung

Obgleich ich spät zu Bett ging, war ich schon vor Sonnenaufgang wieder auf. Hauptsächlich aus dem Grunde, weil ich eine Unterredung unter vier Augen mit Bruder John haben wollte. Auch er war ein Frühaufsteher. Von allen Menschen, die ich jemals kennengelernt habe, bedurfte er am wenigsten Schlaf.

Wie ich erwartet hatte, fand ich ihn in seiner Hütte schon damit beschäftigt, bei Kerzenlicht Blumen zwischen Papierbogen zu pressen.

»John,« sagte ich, »ich bringe Ihnen etwas, was, wie ich vermute, Ihr Eigentum ist und was Sie wahrscheinlich verloren haben«, und ich übergab ihm das in Leder gebundene christliche Jahrbuch und das Aquarellbild, das wir in dem ausgeplünderten Missionshaus gefunden hatten.

Dann ging ich hinaus vor die Hütte, um – den Sonnenaufgang anzuschauen. Nach ein paar Minuten rief er mich herein, und als er die Tür hinter mir geschlossen hatte, sagte er mit bebender Stimme:

»Wie sind Sie zu diesen Reliquien gekommen, Allan?«

Ich erzählte ihm die Geschichte von Anfang bis zu Ende. Er hörte, ohne ein Wort zu sagen, zu, und als ich fertig war, sagte er:

»Ich kann es Ihnen ruhig sagen; dieses Bild ist das meiner Frau, und auch das Buch ist das ihrige.«

»Ist?« fragte ich erstaunt.

»Ja, Allan, ich sage ist, denn ich glaube nicht, daß sie tot ist.«

»Nach zwanzig Jahren, John?«

»Ja, nach zwanzig Jahren. Was denken Sie eigentlich, warum ich –« und plötzlich brach er leidenschaftlich los – »seit Jahrzehnten unter afrikanischen Wilden herumwandere und mich dabei für verrückt ausgebe? Nur weil ich den Umstand ausnutzen will, daß diese wilden Völker die Wahnsinnigen für heilig halten und sie passieren lassen, ohne sie weiter zu belästigen?«

»Ich dachte, Sie sammelten Schmetterlinge und botanische Raritäten?«

»Schmetterlinge und botanische Raritäten! Das ist doch der Vorwand. Ich habe mein Weib gesucht und suche es noch immer!«

Nach einer Pause fuhr er fort: »Jetzt werden Sie verstehen, warum ich gerade diese Pongo aufsuchen will – diese Pongo, die eine weiße Göttin anbeten!«

»Ich verstehe«, sagte ich und verließ ihn.

Jetzt, nachdem ich über alles Bescheid wußte, hielt ich es für das beste, diese schmerzliche Konversation nicht allzusehr in die Länge zu ziehen. Mir selbst schien es unvorstellbar, daß seine Frau noch leben sollte.

Während wir dann beim Frühstück saßen, kam Hans, immer noch von Kopfschmerzen geplagt und durch die Hohnreden der anderen fast zur Verzweiflung getrieben, wie ein geprügelter Hund in die Hütte gekrochen mit der Meldung, daß Babemba, begleitet von einer Anzahl Lasten tragender Soldaten, sich unserer Behausung nähere. Ich wollte schon hinausgehen, um ihn zu empfangen, als ich mich darauf besann, daß nach den komischen Ansichten der Wilden jetzt Bruder John der bedeutendste Mann unserer Gesellschaft war. So bat ich ihn denn, freundlichst meinen Platz einzunehmen.

Ich fühle mich verpflichtet, zu bemerken, daß er dieses Amt würdig ausfüllte, um so mehr, als er schon rein äußerlich ein imposanter alter Herr war. Er schüttete also eiligst seinen Kaffee hinunter und stellte sich aufrecht und unbeweglich wie eine Statue hin. Auf Händen und Knien kriechend, näherten sich jetzt Babemba und mit ihm noch einige andere schwarze Herren, selbst die beladenen Soldaten kuschelten sich so tief zusammen, als es ihre Lasten nur erlaubten.

»O König Dogitah,« sagte Babemba, »dein Bruderkönig Bausi gibt hiermit den weißen Männern, deinen Kindern, die Gewehre zurück und sendet dir dazu einige Geschenke.«

»Es freut mich, das zu hören, General Babemba,« sagte Bruder John, »obgleich es besser gewesen wäre, ihr hättet sie ihnen niemals weggenommen. Legt sie hierher und stellt euch auf die Füße. Ich liebe es nicht, Menschen auf dem Bauch kriechen zu sehen wie Schlangen.«

Der Befehl wurde befolgt, und wir überzählten Gewehre, Munitionskisten, Revolver und unsere anderen Habseligkeiten. Nichts fehlte, und nichts war beschä-

digt. Als Zugabe aber, als Geschenk für Stephan und mich selbst, waren vier schöne Elefantenzähne mitgekommen, die ich als Geschäftsmann prompt akzeptierte; einige Mäntel und Mazituwaffen galten als Geschenke für Mavovo und die Jäger; eine schöne, geschnitzte Eingeborenenbettstelle mit Elfenbeinfüßen und Matten von sauber gewobenem Gras war die sinnreiche Gabe für Hans, zur Erinnerung an die Tiefe des Schlafes, den er unter sehr bedenklichen Umständen gefunden hatte (die Zulus brachen bei der Übergabe dieses Geschenkes in ein schallendes Gelächter aus, und Hans verschwand mit wilden Flüchen hinter den Hütten).

»O Dogitah und ihr, weiße Herren,« sagte hernach Babemba, »der König lädt euch zu einem Besuch ein, um euch für das, was geschehen ist, um Vergebung zu bitten.«

So brachen wir auf, und wir nahmen die Geschenke mit, die der König seinerzeit zurückgewiesen hatte. Unser Marsch nach dem königlichen Quartier glich einem Triumphzug Die Bevölkerung stand dichtgedrängt auf den Straßen und klatschte in die Hände, als wir vorübergingen, während Mädchen und Kinder uns mit Blumen überschütteten, als wären wir Bräute, die zur Trauung gingen.

Bei unserem Eintritt erhoben sich Bausi und seine Ratgeber und verbeugten sich vor uns. Der König tat noch mehr. Er stand auf, ergriff Bruder John bei der Hand und bestand darauf, seine häßliche schwarze Nase gegen die seines verehrten Gastes zu reiben.

Bruder John nahm an unserer Stelle die Entschuldigungen entgegen und hielt dann einen Vortrag oder, besser gesagt, eine Predigt, die genau fünfundzwanzig Minuten dauerte (er hat einen ziemlich langen Atem). Er führte den Zuhörern die Verderblichkeit des Aberglaubens vor Augen und wies auf einen höheren und besseren Weg hin. Bausi erklärte, daß er ein andermal gern noch mehr von diesem Wege hören würde.

Hierauf übergaben wir unsere Geschenke, die jetzt mit Dank entgegengenommen wurden.

Dann ergriff ich das Wort. Ich setzte Bausi auseinander, daß wir beabsichtigten, mit möglichster Beschleunigung nach Pongoland weiterzuziehen. Die Gesichter des Königs und seiner Ratgeber wurden bei dieser Eröffnung merklich länger.

»Höre auf meine Worte, o Häuptling Macumazana, und ihr anderen alle«, erwiderte Bausi. »Diese Pongo sind furchtbare Zauberer, sie sind ein großes und machtvolles Volk, das inmitten von Sümpfen allein für sich lebt und sich niemals mit einem anderen Volk vermischt. Wenn die Pongo Mazitu oder Leute anderer Stämme erwischen, töten sie sie, oder sie schleppen sie als Gefangene in ihr Land, wo sie Sklavenarbeit verrichten müssen. Oder manchmal opfern sie sie auch den Teufeln, die sie anbeten.«

»Das ist wahr,« unterbrach ihn Babemba, »denn als ich noch ein Junge war, wurde ich Sklave der Pongo, und ich war schon verurteilt, dem weißen Teufel geopfert zu werden. Als ich dann von dort flüchtete, verlor ich mein Auge.«

Ich merkte mir diese Worte. Wenn Babemba wirklich schon einmal in Pongoland gewesen war, überlegte ich mir, so konnte er auch noch einmal hingehen oder uns den Weg dahin zeigen.

»Und wenn wir Pongoleute fangen,« fuhr Bausi fort, »was uns manchmal glückt, wenn sie kommen, um Sklaven zu jagen, so töten wir sie unerbittlich. Immerfort, seit die Mazitu hier wohnen, ist Haß und Krieg zwischen ihnen und den Pongo, und wenn ich diese bösen Menschen alle miteinander vertilgen könnte, würde ich glücklich sterben.«

»Das wird dir niemals gelingen, König, solange der weiße Teufel lebt«, sagte Babemba. »Kennst du nicht die Prophezeiung der Pongo, daß ihr Volk blühen wird, solange der weiße Teufel lebt und die Heilige Blume blüht? Aber wenn einmal der weiße Teufel stirbt und wenn die weiße Blume aufhört zu blühen, dann werden ihre Weiber zu Witwen werden, und das Ende der Pongo wird gekommen sein.«

»Nun, ich nehme doch an, daß dieser weiße Teufel eines Tages stirbt«, sagte ich.

»Nicht so, Macumazana, von selbst wird er niemals sterben. Gerade wie sein böser Priester ist er von allem Anfang an dagewesen, und er wird immer da sein, es sei denn, daß er einmal getötet wird. Aber wer sollte den weißen Teufel töten?«

Wir antworteten nochmals, wir wären von unserem Wohnort absichtlich nach hier gekommen, um Pongoland zu durchstreifen, und diese Absicht gedächten wir auch auszuführen.

Damit hatte die Audienz ein Ende, und wir kehrten in unsere Hütten zurück. Dogitah blieb bei seinem »Bruder Bausi«; der ihn über seinen Gesundheitszustand zu konsultieren wünschte.

Als ich an Babemba vorüberging, sagte ich ihm, ich würde ihn gern einmal allein sprechen. Er versprach, heute abend nach der Mahlzeit zu kommen.

Wir fanden Hans, der nicht mitgekommen war, beim Gewehrputzen. Ich erinnerte mich an etwas. Ich nahm die doppelläufige Flinte, rief Mavovo, übergab sie ihm und sagte:

»Sie soll dir gehören, Prophet.«

»Ja, mein Vater,« antwortete er, »für eine kurze Zeit, dann wirst du sie zurückerhalten.«

Die Worte waren seltsam, aber ich mochte nicht nach ihrem Sinn fragen, denn irgend etwas in mir sträubte sich, noch mehr von Mavovos Prophezeiungen zu hören.

Am Abend kam Babemba. Wir drei Weißen setzten uns mit ihm nieder.

»Erzähle uns alles über die Pongo und jenen weißen Teufel, den sie anbeten«, sagte ich.

»Macumazana,« antwortete er, »fünfzig Jahre sind vergangen, seitdem ich in jenem Lande gewesen bin, und ich sehe das, was mir damals geschehen ist, nun nur noch wie durch einen Nebel. Ich war ausgegangen, um in den Binsen zu fischen. Ich war damals zwölf Jahre alt. Da kamen plötzlich große Männer in weißen Gewändern in einem Kanu angefahren und packten mich. Sie brachten mich in eine Stadt, wo noch viele solche Leute waren, und behandelten mich sehr gut, gaben mir süße Sachen zu essen, und ich wurde fett, und meine Haut wurde glänzend. Dann, eines Abends, wurde ich fortgeführt, und wir marschierten die ganze Nacht hindurch, bis wir zum Eingang einer großen Höhle kamen. In dieser Höhle saß ein schrecklicher alter Mann, und um ihn herum tanzten andere Männer in weißen Gewändern.

Der alte Mann sagte mir, daß ich am nächsten Morgen gekocht und gegessen werden würde. Für diesen Zweck hätten sie mich so schön fettgefüttert. Nun lag am Eingange der Höhle ein Kanu, denn hinter ihr war Wasser. Während alle schliefen, kroch ich in das Kanu und paddelte davon.

In jener Nacht wehte ein starker Wind. Er riß Äste von den Bäumen, die am anderen Ufer des Wassers wuchsen. Er drehte das Kanu um und um, und einer der Äste schlug mir ins Auge. Zuerst spürte ich kaum einen Schmerz, aber nachher verdorrte das Auge.

Ich paddelte, bis mich die Besinnung verließ, und immer noch blies der Wind. Als ich wieder erwachte, fand ich mich nahe an einem Ufer, und trotzdem große Krokodile zu sehen waren, watete ich durch den Schlamm. Ich fiel am Ufer nieder, und dort fanden mich Männer unseres Volkes; diese pflegten mich, bis ich wieder gesund geworden war. Das ist alles.«

»Und auch gerade genug«, sagte ich. »Nun antworte mir. Wie weit war die Stadt von dem Orte in Mazituland entfernt, an dem du aufgegriffen wurdest?«

»Eine ganze Tagereise im Kanu, Macumazana. Ich wurde am frühen Morgen gefangen, und wir erreichten den Hafen erst am Abend. Es war ein Ort, wo viele Kanus angebunden waren, vielleicht fünfzig.«

»Und wie weit war die Stadt von diesem Hafen entfernt?«

»Ganz nahe, Macumazana.«

Jetzt warf Bruder John eine Frage dazwischen.

»Hast du etwas über das Land jenseits des Wassers der Höhle gehört?«

»Ja, Dogitah, ich hörte damals oder auch später – denn von Zeit zu Zeit erreichen uns Gerüchte über diese Pongo –, daß es eine Insel ist. Die Heilige Blume wächst dort, die du ja kennst, denn als du das letzte mal hier warst, besaßest du eine ihrer Blüten. Ich habe auch gehört, daß diese Heilige Blume von einer Priesterin gepflegt wird, der ›Mutter der Blume‹, und daß diese Priesterin Dienerinnen hat, die alle Jungfrauen sind.«

»Wer war diese Priesterin?«

»Ich weiß es nicht. Aber ich habe gehört, daß sie eine von jenen Menschen war, deren Eltern schwarz sind, die aber als Weiße geboren werden. Und wenn Mädchen unter den Pongo weiß oder rotäugig oder taub und stumm sind, werden sie zu Dienerinnen der Priesterin gemacht. Aber diese Priesterin muß nun tot sein. Denn als ich sie als Junge sah, war sie schon alt, sehr, sehr alt, und die Pongo waren sehr besorgt, denn es war keine Frau mit weißer Haut da, die zur Priesterin hätte ernannt werden können.

Sie ist auch tot, wie ich mich jetzt erinnere, denn vor vielen Jahren war einmal ein großes Fest in Pongoland, und sehr viele Sklaven wurden aufgegessen, weil die Priester eine schöne neue Priesterin gefunden hatten, die weiß war und gelbe Haare hatte und Fingernägel von der richtigen Form.«

Plötzlich fragte Bruder John mit scharfer Betonung:

»Und ist diese Priesterin auch tot?«

»Ich weiß es nicht, Dogitah. Aber ich glaube nicht. Wäre sie tot, würden wir sicherlich etwas über das Fest der ›Verspeisung der toten Mutter‹ gehört haben.«

»Verspeisung der toten Mutter!« rief ich aus.

»Ja, Macumazana, es besteht ein Gesetz unter den Pongo, daß aus einem geheimen Grunde der Körper der toten Mutter der Blume von denen, die zu dem heiligen Mahle berechtigt sind, aufgegessen wird.«

»Aber der weiße Teufel, stirbt der nicht, und wird der auch gegessen?« fragte ich.

»Nein, wie ich dir gesagt habe, der stirbt nie. Im Gegenteil, er ist es, der andere sterben läßt, wie du, wenn du nach Pongoland gehst, sicherlich herausfinden wirst«, setzte Babemba mit grimmigem Humor hinzu.

Damit war für diesmal die Unterredung zu Ende.

Aber gleich am nächsten Morgen, ganz früh schon, kam Babemba angehastet. »Weiße Herren,« sagte er, »eine wunderbare Sache hat sich zugetragen! Gestern abend haben wir von den Pongo gesprochen, und jetzt – was glaubt ihr! – ist eine Gesandtschaft von Pongoland angekommen; gerade jetzt bei Sonnenaufgang!«

»Was wollen sie?« fragte ich.

»Sie schlagen einen Frieden zwischen ihrem Volke und den Mazitu vor, ja, sie bitten Bausi, Gesandte in ihre Stadt zu schicken, um einen ewigen Frieden zu schließen. Als ob einer so dumm wäre und hingehen würde!«

»Vielleicht sind einige so dumm«, antwortete ich, denn mir kam eine Idee. »Aber wir wollen einmal gehen und Bausi aufsuchen.«

Eine halbe Stunde später saßen wir im Hofe des Königs, das heißt, Stephan und ich saßen da, während Bruder John sich drinnen mit Bausi unterhielt. Bevor wir den König aufgesucht hatten, waren einige Pläne zwischen uns besprochen worden.

»Haben Sie schon daran gedacht, Bruder John, daß sich jetzt, wie von der Vorsehung geschickt, eine Gelegenheit bietet, nach Pongoland zu kommen? Von diesen Mazitu wird sicherlich keiner gehen. Denn sie fürchten, daß sie einen ewigen Frieden – in den Mägen der Pongo finden. Nun sind Sie aber der Blutsbruder von Bausi und können sich als außerordentlichen Gesandten und uns als Ihren Stab in Vorschlag bringen.«

»Ich habe schon daran gedacht, Allan«, antwortete er und strich seinen langen Bart.

Wir nahmen zwischen den Ministern Bausis Platz. Gleich darauf kam er selbst in Begleitung Bruder Johns, begrüßte uns und befahl, die Pongogesandten hereinzuführen. Sie kamen an, große, breitschulterige Männer, mit regelmäßigen, ein wenig semitischen Gesichtern, in weißes Leinen gekleidet wie Araber und mit schweren Ketten aus Gold oder Kupfer um Arme und Nacken.

Sie waren imposante Gestalten und traten ganz anders auf als gewöhnliche zentralafrikanische Neger. Aber irgend etwas war an ihnen, was mich erregte und abstieß. Ihre Speere hatten sie draußen gelassen. Sie begrüßten den König, indem sie sich mit über der Brust gekreuzten Armen würdevoll vor ihm verneigten.

»Wer seid ihr,« fragte Bausi, »und was wollt ihr?«

»Ich bin Komba«, antwortete ihr Sprecher, ein noch ganz junger Mann mit blitzenden Augen. »Ich bin Komba, der von den Göttern Angenommene, der eines Tages, der vielleicht nicht fern ist, der Kalubi des Pongovolkes werden wird, und diese hier sind meine Diener. Ich bin mit Geschenken der Freundschaft hierhergekommen – sie liegen draußen –, und auf Wunsch des heiligen Motombo, des Hohepriesters der Götter –«

»Ich dachte, der Kalubi wäre der Priester der Götter«, unterbrach Bausi.

»Nicht so, der Kalubi ist der König der Pongo, wie du der König der Mazitu bist. Der Motombo, der selten Sichtbare, ist der König der Geister und der Mund der Götter.«

Bausi nickte in afrikanischer Weise, indem er das Kinn erhob, und Komba fuhr fort:

»Ich habe mich in deine Gewalt gegeben und vertraue auf deine Ehrenhaftigkeit. Du kannst mich töten, wenn du willst. Das würde natürlich nichts ändern, denn an meiner Stelle würde dann eben ein anderer Kalubi.«

»Bin ich ein Pongo, daß ich Botschaftern das Leben nehme und sie aufesse?« fragte Bausi mit einem Hohn, der den Pongogesandten ein bißchen an die Nieren zu gehen schien.

»König, du irrst, die Pongo essen nur jene, die der weiße Gott als Opfer bestimmt. Er ist ein religiöser Brauch. Warum sollten sie, die massenhaft Vieh haben, gierig darauf sein, Menschen zu verzehren?«

»Ich weiß es nicht,« grunzte Bausi, »aber hier ist einer, der dir eine Geschichte davon erzählen könnte«,

sagte er mit einem Blick auf Babemba, der sich sehr unbehaglich zu fühlen schien.

Komba sah ihn mit seinen feurigen Augen aufmerksam an.

»Es ist nicht glaubhaft,« sagte er, »daß irgend jemand den Wunsch haben könnte, einen Menschen aufzuessen, der so alt und knochig ist. Aber lassen wir das. Ich danke dir, König, für das Versprechen der Sicherheit. Ich bin hierhergekommen, um dich zu bitten, du mögest Gesandte schicken, die mit dem Kalubi und dem Motombo reden, auf daß ein dauernder Friede zwischen unseren Völkern geschlossen wird.«

Bausi sah sich in der Runde um.

»Wenn unter unseren Ratgebern einige willens sind, euren Motombo und euren Kalubi aufzusuchen und anzuhören, was sie zu sagen haben, und wenn sie die Gefahr, die ihnen in eurem Lande droht, auf die eigene Kappe nehmen, so will ich es ihnen nicht verbieten. Nun, meine Räte, sprecht, aber nicht alle zusammen, sondern einer nach dem anderen! Aber entschließt euch schnell, denn demjenigen, der zuerst spricht, soll die Ehre der Reise überlassen sein.«

Ich glaube, es hat noch niemals ein tieferes Schweigen gegeben als dieses, das dieser Einladung folgte. Jeder der Minister sah den anderen an, aber keiner öffnete den Mund auch nur zu einer einzigen Silbe.

»Was!« rief Bausi mit geheucheltem Erstaunen aus. »Keiner will sprechen? Nun, ihr seid Rechtskundige und Männer des Friedens. Aber was sagt der große General Babemba?«

»Ich sage, König, daß ich schon einmal in Pongoland war. Damals war ich jung, und damals wurde ich bei den Haaren meines Kopfes dahin gezogen, und ich habe ein Auge dort gelassen und ich wünsche nicht, dieses Land wiederzusehen und zu diesem Zwecke noch auf den Sohlen meiner Füße hinzugehen.«

»Es scheint, Komba, daß der Motombo und der Kalubi – unter sicherer Bedeckung – dennoch hierherkommen müssen, denn keiner meiner Leute hat Lust, in euer Land zu gehen.«

»Ich habe gesagt, daß das nicht sein kann, König.«

»Dann ist also alles erledigt, Komba. Ruht euch aus, eßt von unseren Speisen und kehrt dann in euer Land zurück.«

Da stand Bruder John auf und sagte:

»Wir sind Blutsbrüder, Bausi, und deshalb kann ich für dich sprechen. Wenn du und deine Räte einverstanden sind, und wenn diese Pongo einwilligen, wollen ich und meine Freunde hingehen und den Motombo und den Kalubi besuchen und mit ihnen über den Frieden sprechen: denn wir fürchten uns nicht und lieben es, neue Länder und neue Stämme der Menschheit zu sehen. Sage, Komba, wenn es der König erlaubt, wollt ihr uns als Gesandte anerkennen?«

»Es ist Sache des Königs, seine Gesandten zu ernennen,« antwortete Komba, »aber der Kalubi hat von eurer Anwesenheit, weiße Herren, im Mazituland gehört, und er hat mir geboten, euch zu sagen, daß ihr ihm willkommen seid, wenn ihr mit den Gesandten kommt. Nur hat das Orakel, als die Sache vor den Motombo gebracht wurde, durch seinen Mund folgendes gesagt:

›Laß die weißen Männer kommen, wenn sie kommen wollen, oder laß sie wegbleiben. Aber wenn sie kommen, sollen sie keine jener eisernen Röhren mitbringen, große oder kleine, die Rauch ausspucken und einen Knall machen und den Tod aus der Ferne senden. Sie werden sie nicht brauchen, um Fleisch zu jagen, denn Fleisch soll ihnen genügend gegeben werden; außerdem werden sie unter den Pongo sicher sein, es sei denn, sie beleidigen die Götter.‹«

Diese Worte sprach Komba sehr langsam und mit besonderer Betonung; dabei hatte er seine funkelnden Augen auf mein Gesicht gerichtet, als wollte er meine Gedanken lesen. Als ich seine Worte hörte, sank mir der Mut in die Stiefeln. Ich nahm an, daß der Kalubi uns nach Pongoland einlud, um diesen großen weißen Teufel zu töten, der ihm nach dem Leben trachtete und den ich für einen ungeheuren Affen hielt. Aber wie konnten wir diesem oder einem anderen wilden Tiere ohne Feuerwaffen gegenübertreten? In einer Minute war mein Entschluß gefaßt.

»Oh, Komba,« sagte ich, »mein Gewehr ist mein Vater, meine Mutter, mein Weib und alle meine anderen Verwandten. Ich rühre mich ohne mein Gewehr nicht vom Fleck.«

»Dann, weißer Herr,« antwortete Komba, »wirst du gut tun, hier an diesem Orte inmitten deiner Familie zu bleiben. Denn wenn du versuchen würdest, sie mit nach Pongoland zu bringen, würdest du getötet werden, sobald du den Fuß auf das Ufer setzt.«

Ehe ich eine Antwort finden konnte, fiel Bruder John ein:

»Es ist natürlich, daß der große Jäger Macumazana sich nicht von dem trennen will, was ihm so viel wert ist wie dem Lahmen der Stock. Aber mit mir ist das anders. Ich habe jahrelang kein Gewehr benutzt, da ich nichts töte, was Gott erschaffen hat, ein paar Insekten mit glänzenden Flügeln ausgenommen. Ich bin bereit, euer Land zu besuchen mit nichts in meiner Hand außer diesem«, und er zeigte auf das Schmetterlingsnetz, das hinter ihm am Zaun lehnte.

»Gut, du bist willkommen«, sagte Komba, und mir kam es vor, als ob seine Augen in unheimlicher Freude aufglühten. In der darauffolgenden Pause setzte ich Stephan alles auseinander. Und zu meinem Schrecken kam wieder die maultierhafte Querköpfigkeit des jungen Mannes zum Vorschein.

»Hören Sie mal, Quatermain,« sagte er, »wir können den alten Jungen doch nicht allein gehen lassen. Oder wenigstens, ich kann es nicht. Mit Ihnen ist das etwas anderes. Sie haben ja einen Sohn, der von Ihnen abhängt. Aber selbst die Tatsache beiseite gesetzt, daß ich die –«, er wollte offenbar fortfahren: ›die Orchidee‹, als ich ihm zuwinkte. Es war natürlich lächerlich. Aber eine seltsame Furcht packte mich plötzlich, daß dieser Komba auf irgendeine geheimnisvolle Weise den Sinn seiner Worte verstehen könnte.

»Was ist los? Ach so! Aber der Kerl versteht doch kein Englisch! Nun gut. Von allem weiteren abgesehen, war das Pongoland nicht unser Ziel? Wenn Herr Bruder John geht, gehe ich auch, und wenn er nicht geht, gehe ich allein. Darauf können Sie sich verlassen.«

»Du unaussprechliches Nilpferd«, brummte ich vor mich hin.

»Was, sagt der junge weiße Herr, will er in unserem Lande suchen?« fragte Komba ruhig, aber mit teuflischer Promptheit, als habe er Stephans Gedanken in seinem Gesicht gelesen.

»Er sagt, daß er ein harmloser Reisender ist, der euer Land besuchen und nachschauen will, ob es bei euch Gold gibt«, antwortete ich.

»Wirklich? Nun, er soll das Land besuchen. Und wir haben Gold«, dabei berührte er die Armbänder an seinem Handgelenk. »Und er soll soviel davon bekommen, als er nur forttragen kann. Aber, weiße Herren, vielleicht wünscht ihr diese Angelegenheit allein zu besprechen. Haben wir deine Erlaubnis, uns für eine Weile zurückzuziehen, König?«

Fünf Minuten später gab es in Bausis Königssaal eine heftige Debatte. Bausi beschwor Bruder John, nicht zu gehen, und dasselbe tat ich. Babemba sagte, es sei Wahnsinn, da er Zauberei und Mord in der Luft röche, er, der die Pongo kenne.

Bruder John antwortete mild, daß er sicherlich und unbedingt von dieser ihm vom Himmel gesandten Gelegenheit Gebrauch machen würde, eins der wenigen Länder dieses Teiles von Afrika, durch das er noch nicht gekommen wäre, zu besuchen. Stephan gähnte und wedelte sich mit dem Taschentuch Luft zu, denn es war sehr heiß in der Hütte. Er war faul, und er sagte nur, daß er, nachdem er einer seltsamen Blume nun schon so weit nachgerannt wäre, nicht mit leeren Händen zurückkehren wolle.

»Ich vermute, Dogitah,« sagte Bausi zuletzt, »daß du zu dieser Reise einen Grund hast, den du vor mir verbirgst. Und ich habe gute Lust, dich mit Gewalt hier zurückzuhalten.«

»Wenn du das tust würde es unsere Brüderschaft zerbrechen«, antwortete Bruder John. »Versuche nicht zu erfahren, was ich verbergen will, Bausi, aber warte, bis die Zukunft alles aufklären wird.«

Bausi stöhnte, aber er gab nach. Babemba sagte nur noch, daß Dogitah und Wazela behext wären, ich, Macumazana, allein hätte meine fünf gesunden Sinne behalten.

»Also ist es abgemacht,« rief Stephan aus, »John und ich gehen als Gesandte zu den Pongo, und Sie, Quatermain, bleiben hier und sehen nach den Jägern und den Vorräten.«

»Junger Mann,« entgegnete ich, »wollen Sie mich beleidigen? Noch dazu, nachdem Ihr Vater Sie in meine Obhut gegeben hat! Wenn Sie beide gehen, komme ich selbstverständlich mit, nackend, wenn es sein muß. Aber lassen Sie mich Ihnen bitte ein für allemal und mit den nachdrücklichsten Worten, die ich finden kann, sagen, daß ich Sie beide für ein Gespann von hoffnungslos blödsinnigen Narren halte, und daß, wenn die Pongo Sie nicht auffressen, es wahrlich mehr ist, als Sie verdienen. Sich vorzustellen, daß ich in meinem Alter unter eine Horde von Menschenfressern geschleppt werde, ohne auch nur einen Revolver in den Händen zu haben, und daß ich eine unbekannte Bestie mit den bloßen Händen umbringen soll! Nun, wir können schließlich nur einmal sterben – das heißt, soviel wir gegenwärtig davon wissen.«

»Welche Wahrheiten sprechen Sie da aus!« bemerkte Stephan; »welche einzigartigen und tiefgründigen Wahrheiten!«

Ich hätte ihn am liebsten eine halbe Stunde lang geohrfeigt.

Aber zunächst gingen wir auf den Hof hinaus, wo Komba und seine Gefährten uns erwarteten. Bausi teilte ihnen mit, daß wir drei Weißen, ohne Feuerwaffen mitzunehmen, aber jeder mit einem Diener (darauf hatte ich bestanden), als seine Gesandten nach Pongoland gehen wollten, um dort die Bedingungen eines Friedens zwischen den zwei Völkern und besonders die Fragen von Handel und Heiraten zwischen Angehörigen der beiden Stämme zu besprechen. Auf dem letzten Punkte bestand Komba besonders. Er garantierte uns im Namen des Motombo und des Kalubi, also der geistigen und zeitlichen Herrscher seines Landes, sicheres Geleit unter der Bedingung, daß wir uns keine Beleidigung und keine Gewalttat gegen die Götter zuschulden kommen ließen, ein Punkt, von dem er nicht abging, trotzdem er mir wenig gefiel. Er schwur außerdem, daß wir heil und gesund binnen sechs Tagen wieder ins Mazituland zurückgebracht werden sollten.

Bausi sagte, er wolle uns fünfhundert bewaffnete Leute mitgeben, die uns bis zu der Stelle zu geleiten hätten, an der wir in die Boote gingen. Sie sollten dann dort auf unsere Rückkehr warten; und er fügte hinzu, er würde Mittel und Wege finden, ganz Pongoland in einen Friedhof und in eine rauchende Wüste zu verwandeln, wenn uns drüben irgendein Leid geschähe.

Nachdem noch unser Abmarsch für den Morgen des nächsten Tages festgesetzt worden war, gingen wir auseinander.

13. Kapitel

Die Stadt Rica

Indes kamen wir erst volle vierundzwanzig Stunden später, als es abgemacht worden war, aus Beza heraus. Denn der alte Babemba brauchte viel Zeit, um die Eskorte von fünfhundert Mann zusammenzutrommeln und zu verproviantieren.

Als wir zu unseren Hütten zurückkamen, fanden wir zu unserem Erstaunen Tom und Jerry dort vor. Sie waren damit beschäftigt, einen Riesentopf Maisbrei zu leeren, und sahen sehr heruntergekommen aus. Es stellte sich heraus, daß der abgeschiedene Zauberdoktor Imbozwi die beiden nach einer entfernten Gegend geschickt hatte, wo sie gefangengehalten worden waren. Als dann die Nachricht von der Hinrichtung Imbozwis und seiner Untergebenen dort eintraf, waren sie sofort in Freiheit gesetzt worden und zu uns nach Bezar zurückgekehrt.

Es war nun nötig, unseren Dienern unser Vorhaben auseinanderzusetzen. Als sie begriffen, um was es sich bei dieser Expedition handelte, schüttelten sie die Köpfe, als sie aber hörten, daß wir versprochen hatten, keine Gewehre mitzunehmen, waren sie sprachlos vor Staunen.

»Kransick! Kransick!« – das heißt »krank im Kopfe« oder »verrückt« – rief Hans zu den anderen gewandt aus und tippte sich mehrmals an die Stirn. Dann kam die Frage, wer von ihnen uns begleiten sollte.

»Soweit es mich betrifft, ist das bald abgemacht«, sagte Mavovo. »Ich gehe mit meinem Vater Macumazana, denn ich bin auch ohne Gewehr noch stark genug, und ich kann mit einem Speer kämpfen, wie es meine männlichen Vorfahren taten.«

»Und ich gehe ebenfalls mit dem Baas Quatermain,« grunzte Hans, »denn ich bin auch ohne ein Gewehr noch schlau genug, wie es auch meine weiblichen Vorfahren gewesen sind.«

»Ausgenommen wenn du Medizin genommen hast, gefleckte Schlange, und dein bißchen Verstand sich im Schlafe des Nebels verliert«, höhnte einer der Zulus.

Nach einigem Hin und Her wurde Jerry, ein unternehmender Bursche, zum Mitgehen bestimmt. Er war auch ohne weiteres einverstanden. Den Rest des Tages verbrachten wir mit Vorbereitungen, die, so einfach sie auch waren, oder gerade deshalb, ein gut Teil Nachdenken erforderten. Zu meinem Ärger war überdies Hans unauffindbar. Endlich erschien er, und ich fragte ihn, wo er gewesen wäre. Er zeigte mir einen Stock, den er sich geschnitten hatte – einen fast zwei Meter langen und fast armdicken Bambus –, ein wahrer Pfahl, den er da mitzuschleppen gedachte.

»Wozu brauchst du denn dieses Ungetüm von Knüppel, wo doch allerwärts Stöcke wachsen?« fragte ich ihn.

»Eine neue Reise, ein neuer Stock, Baas. Außerdem ist diese Art von Holz voll von Luft, und er kann mir helfen, mich über Wasser zu halten, wenn wir mit dem Boote kentern.«

»Eine Schnapsidee!« sagte ich, und damit war die Sache für mich erledigt.

Beim Morgengrauen des nächsten Tages brachen wir auf. Stephan und ich ritten die zwei Esel, die jetzt feist und übermütig geworden waren, und Bruder John saß auf seinem weißen Ochsen, einem sehr zahmen Tier, das erstaunlich anhänglich schien. Die Jäger begleiteten uns in voller Bewaffnung bis zu den Grenzen von Mazituland. Hier wollten sie zusammen mit dem Mazituregiment auf unsere Rückkehr warten. Der König selber gab uns bis zum westlichen Tor der Stadt das Geleite, wo er uns allen, und besonders Bruder John, ein aufrichtiges Lebewohl wünschte. Außerdem erklärte er Komba nochmals, sollte uns ein Leid geschehen, dann werde er um jeden Preis einen Weg finden, um die Pongo mit Stumpf und Stiel auszurotten.

»Habe nur keine Angst,« antwortete Komba ernst, »in unserer heiligen Stadt Rica binden wir keine unschuldigen Gäste an Pfähle, um sie mit Pfeilen totzuschießen.«

Diese Entgegnung irritierte Bausi, der an jene Angelegenheit nicht gern erinnert werden wollte, außerordentlich.

»Wenn die weißen Männer so sicher sind, warum erlaubst du ihnen dann nicht, ihre Gewehre mitzunehmen?« fragte er ein bißchen unlogisch.

»Wenn wir Übles im Sinne hätten, König, würden ihnen dann, wo sie so wenige unter so vielen sind, ihre Gewehre helfen? Könnten wir sie ihnen zum Beispiel nicht stehlen, wie du es getan hast, als du auf Mord gegen diese weißen Herren sannst? Es ist aber Gesetz unter den Pongo, daß keine solchen Zauberwaffen in ihr Land hineinkommen dürfen.«

»Warum?« fragte ich, um zu verhindern, daß die beiden aneinandergerieten.

»Weil es eine Prophezeiung gibt, mein Herr Macumazana, daß unsere Götter uns verlassen werden, und daß der Motombo, ihr Priester, stirbt, wenn jemals ein Gewehr in Pongoland abgefeuert wird. Diese Prophezeiung ist uralt. Und bis vor kurzem wußte niemand, was sie bedeutete, denn sie sprach von einem ›hohlen Speer, welcher raucht‹.«

Nach dreitägigem Marsch erreichten wir den See Kirua. Wir konnten allerdings von ihm selbst nichts sehen. Nur von einem einzelnen hohen Hügel aus konnte man das blaue Wasser des Sees erkennen, und in weiter Entfernung etwas, was im Fernstecher aussah wie ein waldbestandener Berggipfel. Ich fragte Komba, wie dieser Berg hieße. Er antwortete:

»Das ist die Heimat der Götter von Pongoland.«

»Welcher Götter?« fragte ich, worauf er wie ein schwarzer Herodot antwortete, es wäre gegen die Gesetze, darüber zu sprechen.

Ich habe selten jemand getroffen, der schwerer auszuhorchen war als dieser frostige und ganz unafrikanische Komba.

Auf der Spitze dieses Hügels pflanzten wir auf der höchsten Stange, die wir finden konnten, den Union-Jack auf. Komba fragte mißtrauisch, was das zu bedeuten hätte, und da ich dieser unsympathischen Person zeigen wollte, daß andere ebenso schwer auszufragen seien, antwortete ich:

»Das ist der Gott unseres Stammes. Wir richten ihn hier auf, damit er angebetet werde. Aber jeder, der den Versuch machen sollte, ihn zu stehlen, zu beleidigen oder zu verletzen, würde unfehlbar sterben, wie der Zauberdoktor Imbozwi und seine Kinder es schon erfahren haben.«

Worüber ich ihn nicht unterrichtete, war, daß wir die Flagge hier gehißt hatten, um eine Wegmarke zu haben für den Fall, daß wir bei unserer Rückkehr in Not oder Eile wären. Und wie sich späterhin herausstellte, sollte dieser vorsorgliche Gedanke, der komischerweise gerade von dem unbekümmertsten und unvorsorglichsten Mitglied unserer Gesellschaft, nämlich von Stephan stammte, unsere Rettung bedeuten.

Am Fuße dieses Hügels schlugen wir unser Lager auf.

Auf meine Frage, wann und wie wir den See kreuzen würden, antwortete Komba, wir würden am nächsten Morgen aufbrechen und, guten Wind vorausgesetzt, noch am Abend in der Stadt Rica ankommen. Auf meinen Wunsch hin zeigte er mir auch sein am Ufer des Sees verstecktes Boot.

Ein Stück weiter, dicht am Rande des Schilfes, erblickte ich eine schmale, rechteckige Vertiefung im Kies und eine verrostete alte Senfbüchse.

»Was ist das?« fragte ich mit geheucheltem Erstaunen, trotzdem ich recht gut wußte, was es war.

»Oh,« antwortete Komba, der augenscheinlich noch nicht ganz zu sich gekommen war, »das ist der Platz, wo der weiße Herr Dogitah, Bausis Blutsbruder, sein kleines Leinwandhaus errichtete, als er sich vor mehr als zwölf Monaten hier aufhielt«

»Woher weißt du, daß er sich hier aufhielt?«

»Einer unserer Leute, der hier fischte, hat ihn gesehen.«

»So, so, Komba! Aber was ist das für ein merkwürdiger Platz zum Fischfang, Komba! So weit von zu Hause entfernt; und ich möchte wissen, wonach er gefischt hat. Wenn du einmal Zeit hast, Komba, mußt du mir erzählen, was der Mann zwischen den Wurzeln dieses dicken Schilfes und in diesem flachen Wasser gefischt hat.«

Komba antwortete, er würde das mit Vergnügen tun – wenn er einmal Zeit hätte. Daraufhin rannte er, wie um weiteren Fragen auszuweichen, vorwärts, bog das Schilf auseinander und zeigte mir ein großes Kanu. Es war groß genug, um dreißig bis vierzig Mann aufzunehmen, und es war mit unendlicher Mühe aus dem Stamme eines einzigen, riesigen Baumes ausgehauen. Das Kanu unterschied sich von den meisten anderen, die ich in Afrika gesehen habe, dadurch, daß es einen Mast, der aber jetzt nicht aufgerichtet war, besaß. Ich sah mir das Kanu an. Es war ein schönes Boot. Nach Kombas Aussage befanden sich in der Stadt Rica gegen hundert solcher Boote. Allerdings sollten sie nicht alle diese ungewöhnliche Größe aufweisen.

Mitten in der Nacht kam der alte Babemba unter mein Zeltdach gekrochen. Er weckte mich auf und beschwor mich in einer endlos langen Rede, nicht mitzugehen.

Ich antwortete, daß ich seine Befürchtungen teile, da aber meine Gefährten auf diese Reise bestünden, könnte ich sie nicht im Stich lassen. Alles, was ich tun könnte, wäre, ihn zu bitten, scharf Ausguck zu halten, so daß er, falls wir in Bedrängnis gerieten, imstande wäre, uns zu helfen.

»Ich will hierbleiben und Wache halten, Lord Macumazana«, antwortete er; »aber wenn du in einen Hinterhalt fällst, bin ich dann imstande, wie ein Fisch durch das Wasser zu schwimmen oder wie ein Vogel durch die Luft zu fliegen, um dich zu befreien?«

Kaum war er weg, erschien ein Mann namens Ganza, einer der Zulujäger, und sang dasselbe Lied. Es wäre nicht recht von mir, ohne Gewehre unter jene Pongoteufel zu gehen und ihn und seine Gefährten hier, in einem fremden Lande, allein zu lassen.

Ich antwortete, ich wäre ungefähr derselben Meinung, aber Dogitah bestünde auf diese Reise, und mir bliebe keine Wahl.

»Dann laß uns diesen Dogitah töten oder ihn zu mindestens anbinden, auf daß er in seiner Verrücktheit kein weiteres Unheil anrichte«, schlug Ganza in rührender Naivität vor, worauf ich ihn sofort hinauswarf.

Endlich brach der Morgen an. Wir sechs gingen zum Kanu hinunter. Hier mußten wir eine Art von Zolluntersuchung durch Komba und seine Gefährten über uns ergehen lassen. Sie waren voller Angst, daß wir Feuerwaffen in ihr Land schmuggeln könnten.

»Ihr wißt, wie Gewehre aussehen«, sagte ich ärgerlich. »Könnt ihr welche in unseren Händen sehen? Außerdem gebe ich euch mein Wort, daß wir keine bei uns haben.«

Komba verbeugte sich höflich, aber vielleicht seien einige »kleine Gewehre«, er meinte wahrscheinlich Revolver, in unserem Gepäck zurückgeblieben – durch Zufall natürlich. Komba war eben ein außerordentlich mißtrauischer Geselle.

»Öffne alle Lasten«, sagte ich zu Hans, der mit einer Begeisterung gehorchte, die mir ein bißchen verdächtig vorkam.

Da ich seine geheimtuerische und listige Art kannte, erschien mir diese plötzliche Offenheit ziemlich unnatürlich. Er begann mit dem Aufrollen seiner eigenen Decke. Eine bunte Sammlung aller möglichen und unmöglichen Gegenstände kam zum Vorschein, und als letztes ein mächtiger Kopf zusammengeballter gelber Tabakblätter.

»Wozu, um Himmels willen, brauchst du soviel Tabak, Hans?« fragte ich.

»Für uns drei schwarze Männer zum Rauchen, Baas, oder um eine Prise zu nehmen, oder um zu kauen. Es kann sein, daß wir im Pongolande wenig zu essen vorfinden, und dann ist Tabak eine Nahrung, von der man tagelang leben kann. Auch bringt er bei Nacht Schlaf.«

»Der gelbe Mann hat nicht nötig, dieses Unkraut mitzunehmen,« fiel Komba ein, »wir haben drüben genug davon. Warum bepackt er sich mit solchem Zeug?« und er streckte lässig die Hand aus, wie um sich den Tabak näher zu besehen.

In demselben Moment lenkte jedoch Mavovo Kombas Aufmerksamkeit auf sein Bündel, ob mit Absicht oder durch Zufall, weiß ich nicht, und den Tabak vergessend, wandte sich der Pongo ihm zu. Blitzschnell hatte Hans seine Decke zusammengerollt, die Stricke darum geschnürt und sich das Bündel über den Rücken gehängt. Mich überkam nochmals ein Argwohn, aber eine Differenz zwischen Bruder John und Komba über

des ersteren Schmetterlingsnetz, das Komba als eine neue Art von Gewehr oder mindestens als ein Zauberinstrument gefährlichster Sorte zu betrachten schien, nahm mich in Anspruch. Nach diesem Disput erhob sich ein anderer über einen gewöhnlichen Gärtnerspaten, den Stephan mit sich führte. Komba fragte, wozu er ihn zu gebrauchen gedenke. Stephan antwortete durch Bruder John, der Spaten diene dazu, Blumen auszugraben.

»Blumen!« sagte Komba. »Einer unserer Götter ist eine Blume. Will der weiße Herr unseren Gott ausgraben?«

Das war gerade dasjenige, was Stephan tatsächlich wollte. Aber es war zu verstehen, daß er diese Absicht für sich behielt. Die Auseinandersetzung wurde jetzt so erregt, daß ich schließlich sagte, wir wollten lieber die ganze Reise aufgeben, wenn unsere Habseligkeiten mit soviel Argwohn betrachtet würden.

»Wir haben unser Wort gegeben, keine Feuerwaffen mitzunehmen,« sagte ich mit dem würdevollsten Ton, der mir zu Gebote stand, »und das sollte dir genügen, Komba.«

Endlich gab er nach. Augenscheinlich lag ihm viel daran, daß wir nach Pongoland kamen.

Dann brachen wir auf. Wir drei Weißen setzten uns zusammen mit unseren Dienern hinten im Kanu auf Graskissen nieder. Komba und seine Leute schoben und stakten das Boot durch das Schilf, aus dem Enten und andere Wasservögel in Schwärmen und mit lautem Getöse aufstiegen. Nach einer Viertelstunde erreichten wir offenes Wasser. Hier wurde als Mast ein großer Pfahl aufgerichtet und ein viereckiges Segel aus dicht gewobenen Matten daran befestigt. Es füllte sich mit der von Land herwehenden Brise, und bald schossen wir mit einer Geschwindigkeit von ungefähr acht Meilen über das Wasser dahin.

Uns allen war nicht besonders wohl. Hans aber sah geradezu verstört aus. Er war auf einer wilden Jagd nach etwas in den zahllosen zerlumpten und fettigen Taschen seiner alten Weste begriffen.

»Drei«, hörte ich ihn murmeln. »Beim Geiste meines Urgroßvaters, es sind nur noch drei da.«

»Drei was?« fragte ich auf kapholländisch.

»Drei Amulette, Baas. Und vierundzwanzig sollen es sein. Die anderen sind durch ein Loch gefallen, das der Teufel selbst in meine neue Weste gemacht haben muß. Wir werden also nicht Hungers sterben, wir werden nicht erschossen werden, und wir werden nicht ertrinken, davon wenigstens wird uns nichts geschehen. Aber es sind noch einundzwanzig andere Übel übriggeblieben, die uns um die Ecke bringen können, da ich die Amulette verloren habe, die uns davor bewahren sollen. So –«

»Oh, höre mit deinem Blödsinn auf«, sagte ich. Danach schlief auch ich ein.

Gegen Mittag wachte ich auf. Wir aßen ein bißchen, kurz darauf flaute der Wind ab, und die Pongo griffen zu den Paddelrudern. Auf meine Veranlassung hin machten wir uns erbötig, ihnen dabei zu helfen, denn mir fiel ein, daß es vielleicht ganz nützlich sein könnte, mit diesen Paddeln umgehen zu lernen. Es wurden uns sechs Paddeln gegeben, und Komba, der jetzt in etwas majestätischem Tone zu uns zu sprechen anfing, unterwies uns in ihrer Handhabung. Anfangs kam nicht viel dabei heraus, aber nach drei- oder vierstündiger Übung hatten wir es ganz gut begriffen.

Nachmittags um drei rückten uns die Ufer der Insel – ob es wirklich eine Insel war, habe ich nie herausbekommen – näher, und durch mein Glas konnte ich schon Einzelheiten auf dem großen Berge im Hinterland erkennen. Gegen fünf Uhr liefen wir in die Mündung einer tiefen Bucht ein, die beiderseits mit Wald bestanden war.

Nach ein paar Meilen verengte sich die Bucht, und ein kleiner Fluß ergoß sich in sie. Und beiderseits dieses Flusses, den hier und da primitive Brücken überquerten, erstreckte sich die Stadt Rica. Sie bestand aus einer beträchtlichen Anzahl großer Hütten, die mit Palmwedeln bedeckt und, wie wir später herausfanden, aus mit Häcksel vermischtem Seeschlamm erbaut worden waren.

Gerade bei Sonnenuntergang landeten wir an einer kleinen Werft. Dort lagen viele Kanus angebunden. Unsere Ankunft war bemerkt worden. Als wir uns näherten, wurde ein Horn geblasen, woraufhin eine ganze Anzahl Leute herbeieilte und uns das Kanu festmachen half. Ich bemerkte, daß sie alle eigentlich immer wieder dieselbe Ausgabe von Komba waren, hinsichtlich ihrer Figur sowohl wie ihres Gesichtes; sie ähnelten einander so außerordentlich, daß es, von Altersunterschieden abgesehen, schwer war, sie auseinanderzuhalten. Sie hätten alle Mitglieder einer Familie sein können; und das war auch tatsächlich der Fall, denn in diesem Lande hatten die Familien seit Generationen immer wieder untereinander geheiratet.

Etwas lag im Ausdruck dieser großen, kalten und scharfgeschnittenen Gesichter, was mir das Blut gefrieren machte. Etwas Unnatürliches und fast Unmenschliches. Hier war nichts von der gewohnten afrikanischen Fröhlichkeit zu bemerken. Kein einziger all dieser Menschen rief, keiner lachte oder schwatzte, keiner drängte sich an uns heran, um unsere Personen und Sachen zu befühlen, keiner schien ängstlich oder auch nur erstaunt zu sein. Sie betrachteten uns still und in frostiger und unnahbarer Weise, als wäre die Ankunft von drei Weißen in einem Lande, in das noch niemals ein weißer Mann seinen Fuß gesetzt hatte, ein alltägliches Ereignis.

Dazu kam noch, daß unser Äußeres nichts weniger als Eindruck auf sie zu machen schien. Ich bemerkte, wie sie spöttisch über Bruder Johns langen Bart und über mein struppiges Haar lächelten, wobei sie mit ihren langen dünnen Fingern oder den Schäften ihrer großen Speere auf uns zeigten. Der einzige in unserer Gesellschaft, der ihre Verwunderung oder ihr Interesse erregte, war Hans, und zwar wahrscheinlich durch die außerordentliche Häßlichkeit und durch die Runzeln seines Gesichtes und seines Körpers. Jedenfalls hörte ich einen von ihnen Komba fragen, ob der Affenmann unser Gott sei oder nur unser Anführer. Dieses Kompliment schien Hans, der bis jetzt noch niemals für einen Gott oder einen Anführer gehalten worden war, mächtig zu erfreuen. Aber wir anderen fühlten uns nicht gerade geschmeichelt. Und Mavovo war sogar offenkundig erbost und sagte Hans gerade ins Gesicht, er würde ihn vor allen diesen Leuten verprügeln, wenn er noch einmal so etwas höre, um ihnen zu zeigen, daß er weder unser Anführer noch unser Gott sei.

»Warte, bis ich eins von beiden zu sein wünsche, du Schlächter von einem Zulu, ehe du mich in dieser Weise behandelst!« rief Hans gereizt aus. Dann setzte er mit seinem eigenartigen Hottentottengekicher hinzu:

»Und doch könnte es sein, daß du mich für beides hältst, ehe das ganze Fleisch gegessen ist.« (Das heißt, »ehe alles zu Ende ist«.)

Eine dunkle Äußerung, die wir damals nicht verstanden.

Nachdem wir gelandet waren, forderte Komba uns auf, ihm zu folgen. Wir durchschritten eine ziemlich breite, sehr saubere und an beiden Seiten von großen Hütten eingefaßte Straße. Jede dieser Hütten stand in ihrem eigenen Garten, was ich nirgends sonst in Afrika gesehen habe. Infolgedessen war die Ausdehnung der Stadt, trotz der an sich geringen Bevölkerungszahl, eine ganz beträchtliche. Die Stadt selbst besaß keinerlei Befestigung. Die Einwohner schienen keine Gefahr zu fürchten und das Wasser des Sees als ihren besten Schutz zu betrachten. Eine Menge Leute schauten unserer Ankunft zu. Doch ballten sie sich nicht zu Haufen zusammen wie anderswo, sondern die einzelnen Familien lugten aus den Toren ihrer Gärten hervor.

Diese Familien bestanden größtenteils aus einem Mann und ein oder zwei Weibern, gut geformten und hübschen Frauen. Manchmal sahen wir Kinder, aber das war selten. Und mehr als drei Kinder sah ich bei keiner Familie. Frauen und Kinder waren wie die Männer in lange weiße Gewänder gekleidet. Es bewies, daß diese Eingeborenen mit gewöhnlichen afrikanischen Wilden keineswegs zu vergleichen waren.

Gerade als der letzte Schimmer des Tages verblich, erreichten wir eine lebende hohe Hecke, die mit wunderschönen purpurfarbigen Blumen übersponnen war. Komba drückte das Tor auf, und wir sahen ein Bild, das wohl keiner von uns jemals vergessen wird. Die Hecke umschloß ein großes Stück Land. Im Hintergrund inmitten der üblichen Gärten lagen zwei große Hütten.

Vor diesen, aber nicht mehr als fünfzehn Schritte von uns entfernt, stand ein Gebäude von ganz anderer Bauart. Es war ungefähr fünfzehn Meter lang und zehn Meter breit und bestand eigentlich nur aus einem Dach, das auf geschweiften hölzernen Säulen ruhte. Vor die Zwischenräume waren Grasmatten gespannt. Die meisten dieser Grasmatten waren heruntergelassen. Aber vier davon, gerade uns gegenüber, waren in die Höhe gezogen. Unter diesem Dach saßen vierzig bis fünfzig Männer in weißen Roben und mit ebensolchen Mützen. Sie saßen an drei Seiten eines mächtigen Feuers, das in einer flachen Grube brannte, und sie sangen im Chor ein schauerliches und unsagbar melancholisch klingendes Lied. An der vierten Seite des Feuers, den Rücken uns zugekehrt, stand ein einzelner Mann mit ausgestreckten Armen. Auf einmal hörte er unsere Tritte. Er drehte sich um und sprang seitwärts, so daß der Schein des Feuers auf uns fiel. Und jetzt sahen wir einen eisernen Rost, der fast einer Bettstelle glich, und auf ihm etwas Fürchterliches – Stephan, der ein wenig vorausgeeilt war, starrte mit vorquellenden Augen hin; dann rief er heiser aus:

»Mein Gott! Es ist eine Frau!«

In der nächsten Sekunde fielen die Matten herunter, und der Gesang verstummte . . .

14. Kapitel

Der Eid des Kalubi

»Seid still!« flüsterte ich, und alle verstanden, wenn auch nicht die Worte, so doch den Ton. Dann zwang ich mich mit Gewalt zur Ruhe. Aber diese schreckliche Vision, die ein Blick in die Hölle hätte sein können, raubte mir fast die Besinnung. Ich schielte auf Komba, der uns ein paar Schritte voraus war. Offensichtlich war er selbst sehr erschrocken. Wohl in der Erkenntnis, daß er einen schweren Fehler gemacht hatte. Die Bewegungen seines Rückens verrieten es mir. Einen Augenblick stand er still, dann drehte er sich rasch um und fragte mich, ob wir etwas gesehen hätten.

»Ja«, antwortete ich gleichgültig. »Wir sahen eine Anzahl Leute um ein Feuer herumsitzen.«

Er suchte in unseren Gesichtern zu lesen. Aber glücklicherweise verbarg gerade eine dicke Wolke den Vollmond. Mit einem Seufzer der Erleichterung sagte er:

»Der Kalubi und die Häuptlinge braten ein Schaf, wie es ihre Gewohnheit ist in diesen Nächten, wenn der Mond wechseln will. Folgt mir, weiße Herren.«

Er führte uns quer durch den Garten zu den oben erwähnten zwei schönen Hütten hin. Hier klatschte er in die Hände, und eine Frau erschien. Er gab ihr mit halblauter Stimme einen Befehl. Sie ging weg und kam gleich darauf mit vier oder fünf anderen Frauen zurück, die in den Händen ölgefüllte Tonlampen trugen. Die Lampen wurden in den Hütten niedergesetzt Diese waren sehr sauber und mit einigen hölzernen Stühlen und einer Art von niederem Tisch, dessen Beine als Antilopenfüße endigten, ausgestattet. Im Hintergrunde der Hütten ragte eine hölzerne Plattform auf, die mit Matten und Kissen bedeckt war. Das war unser Bett.

»Hier mögt ihr in Frieden schlafen«, sagte Komba. »Seid ihr nicht die geehrten Gäste des Pongolandes, weiße Herren? Es wird euch sofort eine Mahlzeit gebracht werden, und wenn ihr gegessen habt und es euch recht ist, werden der Kalubi und seine Räte euch in jenem Festhaus empfangen, und ihr könnt mit ihm sprechen, bevor ihr schlafen geht. Wenn ihr irgend etwas braucht, so schlagt mit diesem Stock auf den Krug hier«, und er zeigte auf ein kupfernes Gefäß, das im Garten neben dem Eingang stand. »Es wird dann jemand kommen, um euch zu bedienen. Ich muß jetzt gehen, um dem Kalubi Bericht zu erstatten«, und er verschwand mit einer höflichen Verbeugung.

»Bei meiner Tante!« sagte Stephan und wedelte sich mit dem Taschentuch Luft zu, »haben Sie die Frau gesehen, aus der Rostbraten gemacht wurde? Ich habe schon oft von Kannibalen gehört –, aber der Vorgang selbst! – Bei meiner Tante!«

»Es hat keinen Zweck, Ihre abwesende Tante anzurufen, – wenn Sie überhaupt eine haben. Was haben Sie eigentlich erwartet, als Sie darauf bestanden, in eine Hölle wie diese zu gehen?« fragte ich düster.

»Kann's nicht sagen, alter Junge. Ich plage mich im allgemeinen nicht viel mit Erwartungen. Das ist's auch, warum ich und mein armer Vater keinen guten Faden miteinander spannen. Aber was ich sagen wollte: meinen Sie, daß es uns bestimmt ist, auch auf jenem Roste da drüben die Erfahrungen des Heiligen Lorenz zu machen?«

»Sicherlich meine ich das«, antwortete ich. »Und Sie können sich, da der alte Babemba Sie gewarnt hat, nicht einmal darüber beschweren.«

»Oho! Aber ich will und werde mich beschweren!«

Ich war in niedergedrücktester Stimmung; da steckte Hans den Kopf zur Tür herein und sagte:

»Das Abendbrot kommt, Baas, ein sehr feines Abendbrot!«

Wir gingen in den Garten. Die großen, gleichmütigen Frauen waren dabei, eine Anzahl hölzerner Schüsseln auf den Boden niederzusetzen. Beim hellen Licht des Mondes prüften wir ihren Inhalt. In einigen lag gekochtes Fleisch, mit einer Art Soße übergossen, so daß seine Herkunft nicht festzustellen war. Ich glaube, es war Hammelfleisch, aber – wer konnte wissen? Andere Gerichte bestanden unzweifelhaft aus Gemüsen. Da gab es zum Beispiel ein ganzes Brett voll gerösteter Maiskolben und einen großen, gekochten Kürbis, sowie einige Näpfe mit saurer Milch. In Erinnerung an das unheilige Festmahl in jener Hütte drüben wurde ich mir auf einmal einer vollständigen und plötzlichen Hinneigung zu den vegetarischen Prinzipien bewußt, die mir Bruder John immerfort predigte.

Ich packte vier der gerösteten Maiskolben und schlug zugleich dem Kürbis mit meinem Messer den Kopf ab.

Merkwürdigerweise schien sich auch Stephan zur Pflanzennahrung bekehrt zu haben, denn auch er hielt sich an die Maiskolben und den Kürbis. Dasselbe tat

Mavovo und sogar der eingefleischte Fleischesser Hans. Nur der einfache Jerry bekannte sich zu den Fleischtöpfen Ägyptens oder besser Pongolands und erklärte sie für gut. Ich glaube aber, daß er nicht erkannt hatte, was auf jenem Roste gelegen hatte, denn er war der letzte gewesen, der zum Tor hereinkam.

Endlich war unsere Mahlzeit beendigt. Es nimmt viel Zeit in Anspruch, von wäßrigen Kürbissen satt zu werden. Dies ist wahrscheinlich auch der Grund, weshalb Wiederkäuer und andere Tiere eigentlich in einem fort fressen.

»Allan,« sagte Bruder John halblaut zu mir, als wir unsere Pfeifen anzündeten, »jener Mann vor dem Roste mit dem Rücken zu uns war der Kalubi. Ich konnte den Stumpf an seiner Hand sehen; dort habe ich ihm den Finger abgenommen.«

»Nun, wenn wir etwas erreichen sollen, müssen Sie sich an ihn halten,« antwortete ich, »aber die Frage ist, werden wir überhaupt etwas erreichen – außer etwa jenen Rost? Ich glaube wirklich, wir sind hierher gelockt worden, um aufgefressen zu werden.«

Ehe Bruder John antworten konnte, kam Komba zurück. Er fragte, ob uns das Abendbrot geschmeckt habe; dann teilte er uns mit, daß der Kalubi und die Häuptlinge bereit wären, uns zu empfangen. Wir ließen Jerry zurück und folgten Komba mit unseren Geschenken bepackt.

Das Feuer in der Grube war ausgegangen und der Rost mit seiner schrecklichen Bürde verschwunden. Alle Matten waren jetzt hochgezogen, so daß klares Mondlicht den Raum erleuchtete. In einem Halbkreis, auf hölzernen Stühlen, saßen der Kalubi und acht Räte, alles grauhaarige Männer. Der Kalubi war ein großer, hagerer Mensch in mittlerem Alter, mit dem nervösesten Gesichtsausdruck, den ich jemals bei einem Schwarzen gesehen habe. Seine Züge veränderten sich unaufhörlich, seine Hände konnten niemals stillstehen, und sogar seine Augen zitterten vor unbekannten Schrecknissen.

Er stand auf und verbeugte sich. Die Räte blieben sitzen und grüßten uns mit leisem und langanhaltendem Klatschen der Hände.

Wir verbeugten uns ebenfalls und setzten uns dann auf drei Stühle nieder, Bruder John auf den mittleren. Mavovo und Hans standen hinter uns; der Letztgenannte stützte sich auf seinen großen Bambusstock. Dann bat der Kalubi den Komba, einen Bericht über seine Reise zu erstatten und zu sagen, wie es käme, daß sie die Ehre hätten, die weißen Herren hier zu sehen. Komba gehorchte. Er gab eine kurze Darstellung von allem, was er seit seiner Abreise von hier erlebt hatte.

Besonders erwähnte er, daß er einem Befehle des Motombo folgend die weißen Herren nach Pongoland eingeladen und sie sogar als Gesandte König Bausis anerkannt hatte. Nur hätte er zur Bedingung gestellt, sie dürften keine ihrer magischen Waffen, die Rauch und Feuer ausspien, mitbringen. Bei dieser Stelle zeigte das Gesicht des Kalubi einen stark verstörten Ausdruck, was auch Komba bemerkt haben mußte. Doch sagte er hierüber nichts und fuhr nach einer kurzen Pause fort, solche Waffen wären wirklich nicht mitgekommen, denn er hätte unser Gepäck vor der Abreise durchsucht.

Deshalb, setzte er weiter hinzu, wäre keinesfalls zu fürchten, durch uns könnte die alte Prophezeiung erfüllt werden, daß die Götter das Land verließen und das Pongovolk aufhören würde, ein Volk zu sein, sobald innerhalb ihres Landes ein Gewehr abgefeuert würde.

Nach Beendigung seiner Rede setzte er sich demütig in einiger Entfernung von uns nieder. Dann stand der Kalubi auf, begrüßte uns förmlich als Gesandte Bausis, des Königs der Mazitu, und erläuterte in einer langen Rede die Vorteile, die beiden Völkern aus einem dauernden Frieden erwachsen würden. Die Artikel dieses Friedensvertrages bezogen sich auf gegenseitige Verheiratung, freien Handel zwischen den beiden Stämmen, auf Blutsbrüderschaft und auf andere Dinge, und es wurde festgesetzt, daß die Bestätigung dieses Vertrages dadurch erfolgen sollte, daß Bausi eine Tochter des Kalubi und der Kalubi wiederum eine Tochter Bausis zum Weibe nehme.

Wir hörten schweigend zu, und nach einer Pause sprach ich als der Mund Bruder Johns, der, wie ich erklärte, eine zu hohe Persönlichkeit wäre, um selber zu reden, und ich sagte, diese Bedingungen wären vorteilhaft und vernünftig, und wir würden glücklich sein, sie Bausi und seinen Räten zu überbringen.

Der Kalubi bemerkte darauf, daß die ganze Angelegenheit noch vor den Motombo gebracht werden müßte, ohne dessen Zustimmung kein Vertrag gesetzliche Gültigkeit unter den Pongo hätte. Er setzte hinzu, wir würden Seine Heiligkeit am besten morgens aufsuchen, etwa drei Stunden nach Sonnenaufgang, denn sie lebe eine Tagereise von der Stadt Rica entfernt. Nach kurzer Beratung erklärten wir uns einverstanden, den Motombo aufzusuchen, denn wir hätten gehört, er wäre alt und könnte nicht zu uns kommen. Wir täten es, trotzdem wir wenig Zeit hätten. Jetzt aber wären wir müde und wünschten zu Bett zu gehen. Daraufhin übergaben wir noch unsere Geschenke. Sie wurden dankbar und mit der Versicherung angenommen, daß uns Gegengeschenke übergeben werden sollten, bevor wir Pongoland verließen.

Danach nahm der Kalubi ein Stäbchen und zerbrach es; das bedeutete, daß die Konferenz beendigt war. Wir boten ihm und seinen Räten gute Nacht und kehrten in unsere Hütten zurück.

Ich muß hier bemerken – denn es hat mit einem späteren Vorkommnis zu tun –, daß wir jetzt nicht von Komba, sondern von zwei Räten zurückbegleitet wurden. Komba hatte sich, als wir »gute Nacht« sagten, entfernt.

»Was halten Sie von der ganzen Geschichte?« fragte ich die anderen, als die Tür hinter uns geschlossen war.

Bruder John schüttelte nur den Kopf und sagte nichts, denn in diesen Tagen schien er in einer Art von Traumland zu leben.

Stephan antwortete: »Mist! Blödsinn alles miteinander! Diese menschenfressenden Teufelssöhne führen etwas im Schilde, alles Mögliche kann es sein, nur nicht Frieden mit den Mazitu.«

»Das stimmt,« sagte ich, »wenn ihr Ziel wirklich Frieden wäre, würden sie mehr gefeilscht und außerdem die Zustimmung des Motombo vorher eingeholt haben. Es ist klar, daß er die Hauptperson ist, nicht der Kalubi. Wenn es ernst gemeint wäre, würde er zuerst gesprochen haben, immer vorausgesetzt, daß er überhaupt existiert und keine Sage ist. Doch werden wir das alles früh genug erfahren, obgleich ich persönlich denke, daß es klüger wäre, den Motombo Motombo sein zu lassen und uns so schnell wie möglich aus Pongoland davonzumachen.«

»Ich beabsichtige, diesen Motombo aufzusuchen«, fuhr Bruder John mit Entschiedenheit dazwischen.

»Dito, dito«, rief Stephan aus. »Aber es hat wirklich keinen Zweck, das alles noch einmal durchzukauen.«

»Nein«, sagte ich gereizt »Es hat, wie Sie sagen, wirklich keinen Zweck, mit Schwachsinnigen zu disputieren. So wollen wir denn zu Bett gehen und, da es vielleicht zum letztenmal ist, noch einen guten Schlaf tun.«

Ich begann eben meine Decken zurechtzulegen, als es an die Türe klopfte. Wir öffneten, und Hans erschien.

»Einer von diesen Menschenfresserteufeln will mit dir reden, Baas. Mavovo hält ihn draußen fest.«

»Laßt ihn herein«, sagte ich, denn unter diesen Umständen schien Furchtlosigkeit noch die beste Wirkung zu haben. »Aber paßt gut auf, während er hier drinnen ist.«

Hans flüsterte ein Wort über seine Schulter, und im nächsten Moment kam ein großer Mann, von Kopf bis zu Füßen in weiße Gewänder gehüllt, so daß er aussah wie ein Geist, mit einem Sprung hereingeschossen und schlug die Türe hinter sich zu.

»Wer bist du?« fragte ich.

Statt jeder Antwort zog er das Tuch von seinem Gesicht fort. Es war der Kalubi selbst.

»Ich wünsche mit dem weißen Herrn Dogitah allein zu sprechen,« sagte er mit heiserer Stimme, »und es muß sofort sein, späterhin ist es unmöglich.«

Bruder John stand auf und sah ihn an.

»Wie geht es dir, Kalubi, mein Freund?« fragte er. »Ich sehe, deine Wunde ist gut geheilt.«

»Ja, ja, aber ich möchte mit dir allein sprechen.«

»Das geht nicht«, antwortete Bruder John. »Wenn du irgend etwas zu sagen hast, mußt du es uns allen sagen oder es überhaupt ungesagt lassen; denn diese Herren und ich sind wie ein Mensch, und das, was ich höre, hören auch sie.«

»Kann ich ihnen vertrauen?« murmelte der Kalubi.

»So wie du mir vertrauen kannst. Deshalb sprich oder geh. Doch vor allem andern, können wir in dieser Hütte belauscht werden?«

»Nein, Dogitah, die Wände sind dick. Es ist niemand auf dem Dach, ich habe überall herumgeschaut, und wenn einer heraufklettert, würden wir es hören, auch würde dein Mann, der die Türe bewacht, ihn sehen. Niemand kann uns hören – außer den Göttern.«

»Nun, so mögen uns die Götter hören, Kalubi. Sprich, meine Brüder kennen deine Geschichte.«

»Meine Herren«, begann er und rollte die Augen wie ein gehetztes Wild. »Ich bin in einer schrecklichen Lage. Einmal schon, seit ich dich sah, Dogitah, sollte ich den weißen Gott aufsuchen, der im Walde drüben auf dem Berge lebt, um die heilige Saat zu säen. Aber ich gab vor, krank zu sein, und Komba, der zukünftige

Kalubi, der an dem Gott vorbeigegangen ist, ging an meiner statt hin und kam heil zurück. Morgen nun, wenn der Mond voll wird, muß ich als Kalubi wieder den Gott aufsuchen, und ich muß wieder die heilige Saat ausstreuen, und – Dogitah, diesmal wird er mich, den er schon einmal gebissen hat, töten.

Er wird mich sicher töten, es sei denn, ich kann ihn töten. Dann wird Komba Kalubi. Und er wird euch auf eine Weise töten, die ihr erraten könnt, nämlich durch den ›heißen Tod‹, als Opfer für die Götter, auf daß die Frauen der Pongo wieder Mütter von vielen Kindern werden. Ja, ja, wenn wir den Gott, der im Walde lebt, nicht töten können, müssen wir alle sterben!« Er machte eine Pause und rang nach Atem. Der Mann zitterte am ganzen Leibe, und der Schweiß tropfte ihm von der Stirn.

»Eine sehr erfreuliche Nachricht«, sagte Bruder John. »Aber angenommen, wir könnten den Gott totschlagen, wie könnten wir uns dann vor dem Motombo und deinem mordlustigen Volke retten? Sie würden uns sicherlich wegen dieses Verbrechens töten.«

»Nein, Dogitah, mit dem Gott stirbt auch der Motombo, das ist schon seit alten Zeiten überliefert, und deshalb wacht auch der Motombo über den Gott wie eine Mutter über ihr Kind. Dann würde, bis ein neuer Gott gefunden ist, die ›Mutter der Heiligen Blume‹ regieren, und sie ist mild und tut niemand etwas zuleide, und ich würde regieren und würde dann sicherlich alle meine Feinde töten, vor allem jenen Hexenmeister Komba.«

Hier war's mir, als hörte ich einen schwachen Ton, etwa wie das Zischen einer Schlange. Aber da es sich nicht wiederholte und nichts Verdächtiges zu sehen war, nahm ich an, daß ich mich geirrt hatte.

»Außerdem«, fuhr er fort, »will ich euch mit Goldstaub und allen Dingen beladen, die ihr nur haben wollt, und euch sicher über das Wasser zu euren Freunden, den Mazitu, zurückbringen.«

»Hör' mich einmal an,« unterbrach ich ihn, »wir wollen alles klar verstehen! Freund Kalubi, zunächst sage uns, wer und was ist dieser Gott, von dem du sprichst?«

»Herr Macumazana, er ist ein großer Affe, der weiß vor Alter ist; oder vielleicht ist er auch weiß geboren; ich weiß das nicht. Er ist mehr als doppelt so groß wie der größte Mann, und er ist stärker als zwanzig Männer, die er in seiner Hand zerbrechen kann wie ein Rohr, oder deren Köpfe er abbeißen kann, so wie er meinen Finger zur Warnung abgebissen hat. Denn so behandelt er die Kalubis, deren er überdrüssig ist. Erst beißt er ihnen einen Finger ab und läßt sie gehen, und beim nächsten Male zerbricht er sie wie ein Rohr, wie er auch die zerbricht, die verurteilt sind, als Opfer der Götter auf dem Feuer gebraten zu werden.«

»Ah!« sagte ich. »Ein großer Affe. Das habe ich mir gedacht. Schön, und wie lange lebt dieses Vieh schon als Gott unter euch?«

»Ich weiß nicht, wie lange. Vom Anfang der Welt an. Er war immer da, wie der Motombo immer da war, denn sie sind wie einer.«

»Und wer ist diese Mutter der Heiligen Blume? War sie auch immer da, und lebt sie dort, wo der Affengott lebt?«

»Nein, Herr Macumazana. Sie stirbt wie gewöhnliche Menschen auch. Dann nimmt eine andere ihren Platz ein. Die jetzige Mutter ist eine weiße Frau von eurer Rasse. Sie ist nun von mittlerem Alter. Wenn sie stirbt, wird ihr ihre Tochter nachfolgen, die auch eine Weiße und sehr schön ist. Und wenn diese einmal stirbt, wird eine andere, die weiß ist, gesucht werden, vielleicht eine, die schwarze Eltern hat, aber weiß geboren wurde.«

»Wie alt ist diese Tochter?« unterbrach ihn Bruder John. »Und wer ist ihr Vater?«

»Die Tochter ist vor mehr als zwanzig Jahren geboren, Dogitah. Die Mutter der Blume wurde damals gefangen und hierhergebracht. Sie sagt, der Vater war ein weißer Mann und ihr Gatte, aber er wäre tot.«

Bruder Johns Kopf sank auf seine Brust nieder, und seine Augen schlossen sich, als wenn er eingeschlafen wäre.

»Was den Wohnort der Mutter betrifft,« fuhr der Kalubi fort, »so liegt er auf der Insel eines Sees, und dieser See liegt auf einem Berge, der auch wieder von Wasser umgeben ist. Sie hat nichts mit dem weißen Gott zu tun. Aber die Frauen, die ihr dienen, gehen manchmal über den See, um die Felder zu bearbeiten, auf denen die Saat wächst, die der Kalubi sät und deren Frucht die Nahrung des weißen Gottes bildet.«

»Gut«, sagte ich. »Jetzt verstehen wir, wenn auch noch nicht alles. Doch sage uns weiter, was ist eigentlich dein Plan? Wie können wir nach jenem Orte hinkommen, wo dieser große Affe lebt? Und wenn wir hinkommen können, wie sollen wir denn die Bestie töten, da doch Komba, dein Nachfolger, dafür gesorgt

hat, daß wir keine Feuerwaffen in euer Land mitbringen konnten?«

»Ja, Herr Macumazana, mögen die Zähne des Gottes sich für diesen Streich in sein Gehirn schlagen. Ja, er mag sterben, wenn ich nur wüßte, wie man ihn zum Sterben bringen kann! Jene Prophezeiung, von der er euch sprach, ist gar keine alte Weissagung. Sie kam erst im vergangenen Monat im Lande auf; ob sie vom Komba oder vom Motombo verbreitet wurde, weiß ich nicht. Niemand außer mir und vielleicht noch ein paar anderen Leuten hier hat jemals etwas von eisernen Röhren gehört, die den Tod ausspeien. Wie sollte also eine Prophezeiung bestehen, die sie betrifft?«

»Ich weiß es auch nicht, Kalubi. Aber beantworte den Rest der Frage.«

»Wie du in den Wald kommst, in dem der weiße Gott lebt? Das ist leicht zu beantworten. Denn der Motombo und das Volk werden glauben, ich locke euch als ein Opfer für bestimmte Zwecke dahin«; und er blickte in bezeichnender Weise auf den wohlgenährten Stephan. »Doch wie ihr ohne eure Eisenröhren den weißen Gott töten wollt, weiß auch ich nicht. Aber ihr seid sehr tapfer und große Zauberer, sicherlich werdet ihr einen Weg finden.«

Hier schien Bruder John wieder aufzuwachen.

»Ja,« sagte er, »wir werden einen Weg finden. Habe deswegen keine Angst, Kalubi. Wir fürchten uns nicht vor dem großen Affen, den ihr euren Gott nennt. Doch tun wir es nur für einen Preis. Wir werden diese Bestie nicht töten, und wir werden nicht versuchen, dein Leben zu retten, wenn wir nicht einen Preis dafür bekommen.«

»Welchen Preis?« fragte der Kalubi nervös. »Wir können euch Weiber und Vieh geben – nein, ihr werdet die Weiber nicht wollen, und das Vieh kann nicht über den See gebracht werden. Aber es gibt hier Goldstaub und Elfenbein, das habe ich euch schon versprochen. Etwas anderes, was ich euch geben könnte, gibt es nicht.«

»Der Preis ist, Kalubi, daß du uns die weiße Frau, die ihr die Mutter der Blume nennt, mit ihrer Tochter übergebt, damit wir sie mitnehmen –«

»Und«, fuhr hier Stephan, dem ich als Dolmetscher diente, dazwischen, »außerdem noch die Heilige Blume selbst mit Wurzeln und allem, was dazu gehört.«

Auf diese bescheidenen Bitten hin schien der Kalubi in eine Art Raserei zu verfallen.

»Versteht ihr denn nicht,« keuchte er, »versteht ihr denn nicht, daß ihr die Götter meines Landes von mir verlangt?«

»Ganz recht,« antwortete Bruder John milde, »der Preis sind die Götter eures Landes – nichts mehr und nichts weniger.«

Der Kalubi machte einen Sprung in die Luft. Es schien, als wolle er sofort davonstürzen.

»Ich schlage es ab«, antwortete er sodann mürrisch. »Anzunehmen würde den furchtbarsten Fluch für meinen Geist bedeuten, der zu schrecklich ist, als daß ich ihn aussprechen könnte.«

»Und abzuschlagen bedeutet den furchtbarsten Fluch für deinen Körper; nämlich den, daß er innerhalb weniger Stunden zerbrochen und zersplittert und von den Zähnen eines großen Affen, den ihr einen Gott nennt, zerrissen wird. Ja, zerbrochen und zerfleischt und nachher, wie ich glaube, noch gebraten und als Opfer gegessen. Ist es nicht so?«

Der Kalubi ließ den Kopf sinken und stöhnte.

»Jedoch«, fuhr ich fort, »wir sind für unseren Teil sehr froh, daß du abgelehnt hast, denn nun sind wir eine mühselige und gefährliche Sache los und können in Sicherheit nach Mazituland zurückkehren.«

»Wie wollt ihr in Sicherheit zurückkehren, Herr Macumazana, da ihr doch zum ›heißen Tode‹ verurteilt seid, wenn ihr wirklich den Fängen des Gottes entgeht?«

»Sehr leicht, Kalubi, indem wir nämlich Komba, dem zukünftigen Kalubi, von deinen Plänen gegen euren Gott erzählen und ihm sagen, daß wir uns geweigert haben, auf deine Schlechtigkeit einzugehen. Und das, glaube ich, wird am besten gleich geschehen, solange du noch hier bei uns weilst, wo dich wahrscheinlich niemand vermutet, Kalubi! Ich werde jetzt hingehen und auf jenen Krug dort schlagen, und obgleich es spät ist, wird schon jemand kommen. Nein, Mann, steh still! Wir haben Messer, und unsere Diener haben Speere«, und ich tat, als wollte ich an ihm vorüber zur Türe gehen.

Da warf sich das arme Geschöpf vor mir auf den Boden nieder.

»Herr,« sagte er, »ich will dir die Mutter der Heiligen Blume und ihre Tochter geben, und die Heilige Blume selbst mit den Wurzeln ausgraben, und ich schwöre, daß ich alles tun will, euch und sie sicher über den See zu setzen. Ich bitte nur, daß ich mit

euch kommen darf, denn hier kann ich dann nicht mehr bleiben. Doch der Fluch wird auch mit mir kommen. Aber es sei! Denn es ist besser, an einem Fluche in zukünftigen Tagen zu sterben, als schon morgen unter den Fängen des Gottes. Oh! Warum wurde ich geboren? Warum wurde ich geboren!« Und er begann bitterlich zu weinen.

»Ich glaube, daß du klug gewählt hast,« sagte ich mit gütiger Stimme, »und wir halten dich bei deinem Wort. Solange du treu zu uns stehst, werden wir nichts sagen. Aber dessen sei sicher – wenn du versuchst, uns zu verraten, werden wir, die wir nicht so hilflos sind, wie es aussieht, dich verraten, und du wirst es sein, der sterben muß, nicht wir. Ist es also abgemacht?«

»Es ist abgemacht, weißer Herr. Ich schwöre euch, Treue zu halten, und ich schwöre bei dem Eid, der nicht gebrochen werden kann.« Dabei zog er ein Messer aus seinem Gürtel, steckte die Zunge zwischen den Zähnen hervor und piekte mit der Messerspitze hinein. Ein Tropfen Blut fiel herunter auf den Fußboden.

»Wenn ich meinen Eid breche,« sagte er, »so mag mein Fleisch kalt werden, wie dieses Blut kalt wird, und es mag verfaulen, wie dieses verfault! Jawohl, und mein Geist mag vernichtet werden und sich in der Welt der Geister verlieren, so wie dieses Blut vernichtet wird und aufgesogen wird von der Luft und sich verliert im Staube der Welt!«

Wir sagten nichts mehr, und im nächsten Moment hatte er sein Tuch über das Gesicht gezogen und war hinausgeschlüpft.

»Ich fürchte, wir haben mit diesem alten Jungen keinen sehr guten Trumpf im Spiele«, sagte Stephan bedenklich.

»Die weiße Frau – die weiße Frau und ihre Tochter«, brummelte Bruder John vor sich hin.

Stephan verfiel in lautes Nachdenken. »Man ist verpflichtet, irgend etwas zu unternehmen, um zwei weiße Frauen aus dieser Hölle herauszuholen – wenn sie überhaupt existieren! Und so kann man ebensogut auch gleich die Orchidee mitnehmen, denn ohne diese würden sich die armen Frauen dann einsam fühlen, nicht wahr? Ich bin froh, daß ich daran gedacht habe. Es beruhigt mein Gewissen.«

»Ich hoffe, es wird Ihnen auch als Gewissensberuhigung dienen, wenn wir alle miteinander auf jenem Roste dort drüben schmoren, der, wie ich schon bemerkt habe, gerade groß genug für drei ist«, bemerkte ich sarkastisch. »Nun seien Sie still, ich möchte schlafen gehen.«

15. Kapitel

Der Motombo

Ich schlief auch sofort ein, bis mich ein heller Lichtstrahl aufweckte, der mir direkt ins Gesicht fiel.

»Wo, zum Teufel, kommt denn das her?« fragte ich mich; denn diese Hütten hatten überhaupt keine Fenster.

Den Strahl verfolgend, sah ich ein kleines Loch in der Mauer, etwa einundeinhalb Meter über dem Fußboden. Das Loch war ganz frisch, denn der Ton an den Seiten war noch in keiner Weise verfärbt. Es war ein Horchloch, wie es im Buche steht. Ich ging hinaus, um weiterzuforschen. Die Hausmauer stand nur einen Meter von der lebenden Hecke entfernt. Diese zeigte jedoch keinerlei Spuren, daß etwa ein Mensch über sie geklettert sei. Ich rief Hans und fragte ihn, ob er wirklich Wache gehalten hätte, während der vermummte Mann bei uns war. Er schwur, daß niemand in die Nähe gekommen sei, und er hätte mehrere Male das Haus umkreist.

Ein wenig beruhigt, aber doch nicht ganz zufrieden ging ich wieder hinein, um die anderen zu wecken. Ich sagte ihnen nichts von meiner Entdeckung, um sie nicht unnötig zu beunruhigen.

Nach dem Frühstück erschien der majestätische Komba. Nach vielen Komplimenten und Erkundigungen über unser allgemeines Befinden fragte er uns, ob wir jetzt bereit seien, zu unserem Besuch bei dem Motombo aufzubrechen, der, wie er hinzusetzte, uns mit höchster Spannung erwarte.

Ich fragte, woher er das wissen könne. Wir hätten diesen Besuch ja doch erst in später Nachtstunde beschlossen, und der Motombo wohne doch eine volle Tagereise von hier entfernt. Aber Komba erledigte die Frage mit einem undefinierbaren Lächeln und einer Handbewegung.

Kurz danach brachen wir auf. Ein Weg von fünf Minuten führte uns durch die Hauptstraße zum nördlichen Tor der Stadt. Hier fanden wir den Kalubi selber an der Spitze einer Eskorte von vierzig speerbewaffneten Leuten vor. Er verkündete mit lauter, aber unsicherer Stimme, daß wir der besonderen Ehre teilhaftig werden sollten, von ihm selbst nach der Wohnung des Heiligen geleitet zu werden!

Den ganzen Tag lang durchzogen wir eine fruchtbare Ebene. Sie mußte früher bewirtschaftet worden sein, wie viele Anzeichen noch erkennen ließen. Jetzt gab es hier nur noch wenige Felder, und zwischen ihnen eroberten dichte Bambusdschungeln das Land. Gegen Mittag hielten wir an einem kleinen Teiche. Wir aßen und rasteten ein wenig. Dann ging es weiter. Wir kamen auf etwas zu, was aussah wie eine lange Reihe schwarzer Klippen. Dahinter erhob sich der vulkanisch aussehende Berg. Gegen drei Uhr waren wir diesen Klippen nahe genug. Sie erstreckten sich, so weit das Auge reichte, nach Ost und West. Die Straße, der wir folgten, führte direkt auf ein großes Loch in einer Klippe zu, wahrscheinlich der Eingang einer Höhle.

Der Kalubi kam an uns heran und versuchte in seiner scheuen Art eine Unterhaltung anzuknüpfen. Ich glaube, das Näherrücken dieses Berges rief ihm seine Todesahnungen in lebendige Erinnerung. Er sagte uns auch, daß jenes Loch da vorn das Tor vom Hause des Motombo wäre.

Es geschah nichts weiter, bis wir jene eigenartige Mauer aus schwarzen Felsen erreichten, deren Entstehung ich mir nur damit erklären kann, daß sie als härteres Material stehengeblieben waren, während die umgebenden weicheren Gesteinsarten durch atmosphärische Einflüsse in Millionen von Jahren weggenagt und weggewaschen worden waren. Wir hielten ein paar Minuten und starrten beklommenen Herzens auf das dunkle Loch vor uns, ohne Zweifel dasselbe, von dem der alte Babemba erzählt hatte. Der Kalubi gab einen Befehl. Ein paar Soldaten liefen zu einigen Hütten nahe dem Höhleneingang, wahrscheinlich Behausungen von Wächtern und Dienern, hin und kehrten fast augenblicklich mit einer Anzahl angezündeter Fackeln zurück, die unter uns verteilt wurden. Dann drangen wir mit einer Gänsehaut auf dem Rücken in den düsteren Schlund dieser großen Höhle ein. Der Kalubi ging mit der Hälfte der Eskorte voraus, und Komba folgte mit dem Reste nach.

Boden und Wände der Höhle waren bemerkenswert glatt Sie führte nicht in einer geraden Linie fort, sondern beschrieb mehrere mehr oder weniger scharfe Bogen und Krümmungen, und nach der ersten Krümmung stimmten die Pongosoldaten einen dumpfen, schwermütigen Gesang an. Die ganze Höhle mochte, nach der Zahl meiner Schritte zu schließen, etwa zweihundertfünfzig Meter lang sein. Endlich bogen wir um die letzte Ecke und standen vor einem halb aufgezogenen Vorhang aus gewebtem Gras und einem fremdartigen, unheimlichen Bild.

Dieser letzte Teil der Höhle war von zwei großen Feuern und schon teilweise vom Tageslicht erleuchtet. Hinter dem Ausgang war ein etwa hundertfünfzig Meter breites Gewässer zu erkennen, und hinter diesem wiederum begannen die von Bäumen bestandenen Abhänge des Berges. Eine kleine Bucht setzte sich ein Stück weit ins Innere der Höhle fort Sie bildete den Landungsplatz für ein hier verankert liegendes, gutgeformtes mittelgroßes Kanu. Zu beiden Seiten der Bucht waren mit Türen abgeschlossene Kammern in die Felsen eingemeißelt. Vor jeder dieser Türen stand eine große Pongofrau, weißgekleidet und eine brennende Fackel in der Hand. Ich glaube, es waren Dienerinnen, die uns bewillkommnen sollten, denn nachdem wir vorüber waren, verschwanden sie in den Kammern.

Doch das war noch nicht alles. Über der kleinen Bucht war, etwa drei Meter im Geviert, eine Art hölzerne Plattform errichtet. Von jeder ihrer vier Ecken ragte ein ganz enormer Elefantenzahn in die Höhe, größer als ich je einen in meinem ganzen Leben gesehen hatte, und ganz schwarz vor Alter.

Zwischen diesen Zähnen, auf weichen Fellen hockend, saß etwas, was ich der Gestalt und der Stellung nach im ersten Augenblick für eine ungeheure Kröte hielt. Es besaß in Wirklichkeit jedes Merkmal einer riesigen, aufgeblasenen Kröte. Da war die rauhe bucklige Haut, da das gebogene Rückgrat und da die dünnen ausgespreizten Beine.

Wir starrten dieses unheimliche Phänomen eine ganze Weile lang wortlos an, unfähig, es in diesem Lichte seiner Gattung nach zu erkennen. Schließlich wurde ich nervös, und ich wollte den Kalubi fragen, was das zu bedeuten habe. Gerade als ich meine Lippen öffnete, rührte sich das Ding und drehte sich mit langsamen, tappenden Bewegungen nach uns um. Als der Kopf in Sicht kam, unterbrachen die Pongo ihren melancholischen Gesang und warfen sich auf ihre Gesichter nieder.

Was uns da ansah, war keine Kröte, sondern ein Mensch, der sich auf allen Vieren bewegte. Der große kahle Kopf war tief zwischen die Schultern gesunken, entweder durch Verkrüppelung oder durch das Alter,

denn diese Kreatur war unzweifelhaft uralt! Das breite Gesicht war ebenfalls eingesunken, verrunzelt und verwittert, die Unterlippe hing schlaff auf den vortretenden und knochigen Kiefer nieder. Aus den Winkeln des Mundes traten zwei hauerähnliche gelbe Zähne hervor, von Zeit zu Zeit leckte eine rote Zunge über die zahnlosen, weißlichen Kieferknochen und die runzlichen Lippen hin. Doch das größte Wunder dieses Geschöpfes lag in seinen Augen. Sie waren groß und rund und schienen buchstäblich zu glühen; ich bemerkte einige Male ganz unzweifelhaft ein phosphoreszierendes Glimmen, wie ich es schon so oft in Löwenaugen gesehen hatte. Ich gestehe, daß der Anblick dieser Kreatur mich mit Schrecken erfüllte und eine ganze Weile lang förmlich lähmte. Der Gedanke, daß das ein menschliches Wesen war, ließ das Blut in meinen Adern erstarren.

Ich schielte auf die andern. Stephan war blaß geworden. Bruder John strich seinen weißen Bart und murmelte ein Stoßgebet, und Hans rief in seinem scheußlichen Kapholländisch aus: »Oh! keek, Baas, da is je lelicher oud deel!« («Sieh da, Baas, da ist der leibhaftige Teufel selbst!«)

Jerry warf sich platt auf das Gesicht nieder und murmelte, daß er den Tod vor sich sähe. Nur Mavovo stand aufrecht, vielleicht weil er dachte, daß es für einen angesehenen Zauberdoktor nicht schicklich sei, sich vor einem bösen Geiste zu fürchten. Die krötenartige Kreatur auf der Plattform schwang ihren großen Kopf langsam wie eine Schildkröte hin und her und betrachtete uns mit flammenden Augen. Endlich sprach sie mit dicker, gutturaler Stimme im Bantudialekt, jedoch, wie mir vorkam, mit einem fremden Akzent.

»So seid ihr die weißen Männer, die zurückkommen«, sagte sie langsam. »Laßt mich zählen!« Dabei hob sie eine dürre Hand vom Boden, zeigte mit dem Finger und zählte.

»Eins. Groß, mit weißem Bart. Ja, das ist richtig. Zwei. Kurz, hager wie ein Affe, mit Haar, das keinen Kamm leidet; auch gescheit wie ein Vater aller Affen. Ja, das ist richtig. Drei. Glattgesichtig, jung und dumm wie ein fettes Baby, das zum Himmel lacht, weil es voll von Milch ist, und weil es denkt, daß der Himmel ihm zulache. O ja, das ist richtig. Ihr alle drei seid dieselben geblieben. Erinnerst du dich, Weißbart, wie du, als wir dich töteten, Gebete empor sandtest zu einem, der über der Welt sitzt, und wie du ein Kreuz, aus Knochen gemacht, emporhieltest, an das ein Mann gebunden war, der um den Kopf Dornen trug? Erinnerst du dich, daß du den Mann mit der Dornenmütze küßtest, als der Speer in deinen Körper fuhr? Du schüttelst den Kopf – oh, du bist ein geschickter Lügner, aber ich will dir zeigen, daß du ein Lügner bist, denn ich habe das Ding jetzt noch.« Dabei griff er nach einem Horn, das hinter ihm auf den Fellen lag und blies hinein.

Als der heulende Ton des Instruments verklungen war, kam aus einer der Türen eine Frau gelaufen und warf sich vor ihm auf die Knie nieder. Er murmelte etwas, sie lief zurück und kam augenblicklich wieder, ein elfenbeinernes, gelbfarbiges Kruzifix in der Hand.

»Hier ist es, hier ist es«, sagte er. »Nimm es, Weißbart, und küß es noch einmal, vielleicht zum letzten Male«, und er warf das Kreuz Bruder John zu, der es auffing und erstaunt betrachtete. »Und erinnerst du dich, fettes Baby, wie wir dich fingen? Du kämpftest gut, recht gut, aber schließlich töteten wir dich doch, und du warst gut, sehr gut, wir bekamen viel Kraft von dir. – Und erinnerst du dich, Vater der Affen, wie du uns durch deine Klugheit entranntest? Ich möchte wissen, wohin du gingst und wie du starbst. Ich werde dich nicht vergessen, denn du hast mir dieses hier gegeben«, dabei zeigte er auf eine große weiße Narbe an seiner Schulter. »Du hättest mich getötet, aber das Zeug in deiner Eisenröhre brannte langsam, als du das Feuer daran hieltest, so daß ich Zeit hatte, beiseite zu springen und die eiserne Kugel mich nicht, wie du wolltest, ins Herz traf. Doch es ist noch immer da; ich trage es an mir bis heute, und nun, wo ich dürr geworden bin, kann ich es mit meinem Finger fühlen.«

In ratlosem Erstaunen hörte ich dieses Geschwätz an, das, wenn es überhaupt etwas bedeutete, nur das bedeuten konnte, daß wir alle einander schon einmal früher, das heißt also in einem früheren Leben, getroffen hatten, und zwar in Afrika und zu einer Zeit, als Luntenflinten im Gebrauch waren – also etwa um das Jahr Siebzehnhundert herum oder noch früher. Oder war nicht auch diese Erklärung Unsinn? Augenscheinlich war irgendein Vorfahre dieses alten Priesters – man konnte ihm selbst vielleicht hundertzwanzig Lebensjahre zubilligen, und die hatte er wohl auch wirklich auf dem Rücken –, vielleicht sein Vater, als junger Mann mit den ersten Europäern zusammengekommen, die das Innere von Afrika aufsuchten. Es mochten Portugiesen gewesen sein, einer von ihnen war ein Priester und die anderen zwei ein ältlicher Mann und dessen Sohn oder sein jüngerer Bruder oder sein Gefährte. Die Art des Todes dieser Leute, wie überhaupt alle Vorgänge dabei, war natürlich vom Häuptling oder

Medizinmann des Stammes aufbewahrt und mündlich überliefert worden.

»Wo sind wir uns denn begegnet und wann, Motombo?« fragte ich.

»Nicht in diesem Land, nicht in diesem Land, Vater der Affen,« antwortete er mit seiner tiefen, knarrenden Stimme, »aber weit, weit weg, im Westen, wo die Sonne ins Wasser sinkt; und nicht in diesen Tagen, sondern vor langer, langer Zeit. Zwanzig Kalubis haben seit jenem Tage über die Pongo geherrscht; manche haben viele Jahre und manche haben nur wenige Jahre geherrscht – das hängt vom Willen meines Bruders, des Gottes dort drüben, ab«, und mit einem schrecklichen Kichern zeigte er mit dem Daumen über seine Schulter auf den dunklen Wald am Berge. »Ja, zwanzig haben regiert, manche dreißig Jahre lang und keiner weniger als vier.«

»Nun, du bist ein mächtiger Lügner«, dachte ich für mich, denn wenn man die durchschnittliche Regierungszeit jedes Kalubis mit zehn Jahren annahm, so würde das heißen, daß wir ihm vor über zweihundert Jahren begegnet waren.

»Ihr wart damals anders gekleidet,« fuhr er fort, »und zwei von euch trugen Hüte von Eisen auf dem Kopfe. Aber der Kopf vom Weißbart war blank. Ich befahl, daß ein Bild von euch durch den Meisterschmied in eine Kupferplatte getrieben würde. Ich habe es noch.«

Wieder blies er in sein Horn; wieder kam eine Frau angehuscht, der er etwas zuflüsterte; wieder ging sie in eine der Kammern und kam mit einem Gegenstande zurück, den er uns zuwarf.

Es war eine Kupfer- oder Bronzeplatte, schwarz von Alter, die einmal an irgend etwas angenagelt gewesen war, denn wir sahen noch die Löcher. Sie zeigte einen großen Mann mit einem langen Barte und einer Tonsur auf dem Kopfe, der ein Kreuz in der Hand hielt, und zwei andere Männer, beide kurz von Gestalt, die runde Metallhüte trugen und in eigenartig aussehenden Kleidern und Stiefeln mit viereckigen Kappen steckten. Diese Männer trugen große und schwere Vorderlader, und die Hand des einen hielt eine rauchende Lunte. Das war alles, was wir erkennen konnten.

»Warum habt ihr jenes ferne Land verlassen und seid hierhergekommen, Motombo?« fragte ich.

»Weil wir fürchteten, daß andere weiße Männer auf euren Spuren nachfolgen und euch rächen würden. Der Kalubi jener Tage befahl es, trotzdem ich widersprach.

Ich, der ich wußte, daß niemand durch Flucht dem entrinnen kann, was kommt, wenn es kommen muß. So wanderten und wanderten wir, bis wir diesen Platz fanden, und hier haben wir gewohnt von Generation zu Generation. Die Götter kamen auch mit uns; mein Bruder, der im Walde wohnt, kam, obgleich wir ihn niemals auf der Reise sahen, doch als wir anlangten, war er schon vor uns hier angekommen. Die Heilige Blume kam auch und die weiße Mutter der Blume – sie war die Frau eines von euch, ich weiß nicht mehr, von welchem.«

»Dein Bruder der Gott?« sagte ich. »Wenn der Gott ein Affe ist, wie wir gehört haben, wie kann er dann der Bruder eines Menschen sein?«

»Oh, ihr weißen Männer versteht das nicht. Aber wir schwarzen Leute verstehen das. Am Anfange tötete der Affe den, der damals gerade Kalubi war, und dessen Geist fuhr in den Affen und machte ihn zum Gott. Und so tötet er seitdem jeden anderen Kalubi, und ihre Geister fahren ebenfalls in ihn hinein. Ist es nicht so, Kalubi von heute, du, dem ein Finger fehlt?« fragte er mit einem höhnischen Meckern.

Der Kalubi, der vor ihm auf dem Bauch lag, stöhnte und zitterte, aber er gab keine Antwort.

»So ist alles eingetroffen, wie ich es voraussah«, fuhr das krötenartige Geschöpf fort. »Ihr seid zurückgekehrt, ich wußte, daß ihr zurückkehren würdet, und nun werden wir lernen, ob Weißbart damals wahre Worte gesprochen hat, als er sagte, daß sein Gott sich an unserem Gott rächen würde. Ihr sollt gehen, um euch an ihm zu rächen. Aber diesmal habt ihr keine von euren eisernen Röhren bei euch. Denn, hat nicht der Gott durch mich erklärt, er würde sterben, wenn die weißen Männer mit einer Eisenröhre zurückkehrten, und ich, der Motombo, der Mund des Gottes, würde sterben, und die Heilige Blume würde ausgegraben und die Mutter der Blume fortgeführt und das Volk der Pongo zu heimatlosen Wanderern und Sklaven werden? Und hat er nicht verkündet, daß, wenn die weißen Männer ohne ihre Eisenröhren wiederkämen, daß dann gewisse geheime Dinge geschehen würden – oh, fragt nicht nach ihnen, sie werden euch beizeiten bekannt werden –, und das Volk der Pongo, das jetzt dahinschwindet, würde wieder fruchtbar und groß werden? Das ist's, warum ich euch willkommen heiße, weiße Männer, die ihr aus dem Lande der Geister kommt, denn durch euch werden wir, die Pongo, wieder fruchtbar und groß werden!« Er brach ab, sein Kopf sank wieder tief zwischen die Schultern, und eine ganze lange Weile hockte er schweigend da, und nur seine wilden, glühenden Augen funkelten über unsere Gesichter hin, als wollten sie unsere Gedanken lesen.

»Wer ist denn dieser kleine Gelbe?« fragte er. »Dieser Alte da mit einem Gesicht wie ein Totenschädel«, und er zeigte auf Hans, der sich soviel als möglich hinter Mavovo verkrochen hatte. »Dieser knopfnäsige Alte, der ein Kind meines Bruders, des Gottes, sein könnte, wenn der je ein Kind gehabt hätte? Und wozu braucht er solch einen großen Stab, da er selber so klein ist? Ich glaube, er steckt voller List und Tücke. Der große Schwarze«, dabei sah er Mavovo an, »ist keiner, den ich fürchte, denn seine Magie ist kleiner als die meine. (Er schien in Mavovo einen Fachgenossen erkannt zu haben.) Aber der kleine Gelbe mit dem großen Stock und dem Bündel auf seinem Rücken, den fürchte ich; ich glaube, man sollte ihn lieber töten.«

Er machte eine Pause, und wir zitterten, denn wenn es ihm einfiel, den armen Hottentotten umzubringen, wie konnten wir ihn daran hindern? Doch Hans, der die große Gefahr erkannte, rief seine Schlauheit zu Hilfe.

»O Motombo,« quakte er, »du mußt mich nicht töten, denn ich bin der Diener eines Gesandten. Du weißt sehr wohl, daß alle Götter aller Länder diejenigen hassen und sich an ihnen rächen, die sich an Gesandten oder ihren Dienern vergreifen, an Leuten, denen nur sie, die Götter selbst, ein Leid antun dürfen. Wenn du mich tötest, werde ich wiederkommen und hier bei dir spuken. Jawohl, ich werde dann bei Nacht auf deiner Schulter sitzen und in dein Ohr flüstern, so daß du nicht schlafen kannst, bis du sterben mußt, denn trotzdem du alt bist, einmal mußt du doch sterben, Motombo, und ich würde dafür sorgen.«

»Es ist wahr«, sagte der Motombo. »Sagte ich euch nicht, daß er voller List und Tücke ist? Alle Götter würden sich an denen rächen, die Gesandte oder ihre Diener töten! Das« – hier lachte er wieder in seiner schrecklichen Weise – »ist das Recht der Götter selbst. Laßt also die Götter der Pongo das in Ordnung bringen.«

Ich seufzte erleichtert auf, und mit ganz veränderter Stimme fuhr er fort:

»Sage, Kalubi, aus welchem Grunde hast du diese weißen Männer hierher gebracht, um mit mir, dem Mund des Gottes, zu sprechen? Habe ich geträumt, daß es einen Vertrag mit dem König der Mazitu betrifft? Steh auf und sprich.«

Der Kalubi gehorchte, und mit demütiger Stimme setzte er kurz und klar die Gründe unseres Besuches auseinander. Wir bemerkten, daß diese Angelegenheit den Motombo nicht im geringsten zu interessieren schien. Es sah aus, als wolle er einschlafen, vielleicht war er auch durch die Anstrengung erschöpft, die es ihn gekostet hatte, uns solche unverschämten Lügen aufzubinden. Als der Kalubi mit seiner Rede zu Ende war, öffnete er die Augen, wies auf Komba und sagte:

»Steh auf, Kalubi von morgen.«

Der Angeredete erhob sich und gab mit seiner kalten, klaren Stimme einen Bericht darüber, wie weit er bei dieser Sache beteiligt gewesen war. Wieder schien es, als wolle der Motombo einschlafen, nur als Komba beschrieb, wie wir nach Feuerwaffen durchsucht worden waren, nickte er beistimmend mit seinem großen, schweren Kopfe und leckte sich mit seiner dünnen, roten Zunge die Lippen. Als Komba geendigt hatte, sagte er:

»Der Gott sagt mir, daß der Plan gut und weise ist, denn ohne neues Blut wird das Volk der Pongo sterben.«

Er machte eine Pause, dann fragte er plötzlich scharf:

»Hast du noch mehr zu sagen, Kalubi von morgen? Jetzt ganz plötzlich legt es mir der Gott in den Mund, zu fragen, ob du noch mehr zu sagen hast?«

»Ja, etwas, Motombo. Vor vielen Monaten hat der Gott den Finger des hohen Herrn, des Kalubi, abgebissen. Der Kalubi hörte, daß ein weißer Mann, der alle Medizinen kennt und Glieder mit Messern abschneiden kann, sich im Lande der Mazitu aufhielt und ein Lager am Ende des großen Sees hatte. Der Kalubi nahm ein Kanu und ruderte nach dem Lager hinüber, wo der weiße Mann wohnte, jener mit dem Bart, dessen Name Dogitah ist und der vor dir steht. Ich folgte ihm in einem anderen Kanu, denn ich wünschte zu wissen, was da drüben geschah; auch wollte ich einen weißen Mann sehen. Ich versteckte mein Kanu und jene, die mit mir gekommen waren, im Schilfe, weit entfernt vom Kanu des Kalubi. Ich watete durch das niedere Wasser und verbarg mich zwischen dichten Binsen, ganz nahe am Leinwandhaus des weißen Mannes. Ich sah den weißen Mann den Finger des Kalubi abschneiden, und ich hörte, wie der Kalubi den weißen Mann bat, mit eisernen Röhren, die rauchen, in unser Land zu kommen und den Gott zu töten, vor dem er Furcht hatte.«

Ein Murmeln des Entsetzens ging durch die ganze Gesellschaft, und der Kalubi fiel aufs Gesicht nieder und blieb still liegen. Nur der Motombo zeigte keine Spur von Erstaunen.

»Ist das alles?« fragte er.

»Nein, o Mund des Gottes. Letzte Nacht, nach der Versammlung des Rates, verhüllte der Kalubi seinen Körper bis zum Haar hinauf und besuchte die weißen Männer in ihrer Hütte. Ich hatte geahnt, daß er das tun würde, und mich bereitgehalten. Mit einem scharfen Speer bohrte ich ein Loch in die Mauer der Hütte. Ich tat es von jenseits des Zaunes her. Dann steckte ich von meinem Platze aus über den Weg hinweg durch das Loch ein hohles Schilfrohr in die Mauer, hielt mein Ohr ans Ende des Rohres und lauschte.«

»Ah! wie schlau, wie schlau!« brummte Hans in unfreiwilliger Bewunderung. »Und zu denken, daß ich spähte und spähte und immer zu niedrig unter dem Schilfrohr hin! O Hans, trotzdem du alt bist, hast du noch viel zu lernen.«

»Neben vielem anderen hörte ich dieses,« fuhr Komba mit kalten, klaren Sätzen fort, »und ich denke, daß es genug ist, obgleich ich dir den Rest auch erzählen kann, wenn du es wünschest, o Mund des Gottes. Ich hörte«, sagte Komba, langsam und jedes Wort betonend, in das ringsum wachsende Schweigen hinein, »unsern Herrn, den Kalubi, dessen Name ›Kind des Gottes‹ ist, mit den weißen Männern vereinbaren, daß sie den Gott töten sollten – auf welche Art, weiß ich nicht, denn das wurde nicht gesagt –, und daß sie dafür die Mutter der Heiligen Blume und ihre Tochter, die zukünftige Mutter, und die Heilige Blume selbst mit den Wurzeln aus der Erde ausgegraben, bekommen und sie zusammen mit der Mutter und der zukünftigen Mutter über das Wasser hinüber mit sich nehmen sollten. Das ist alles, o Motombo.«

Schweigend starrte der Motombo mit seinen Glutaugen auf die hingestreckte Gestalt des Kalubi. Lange Zeit starrte er auf ihn nieder. Dann wurde die Stille unterbrochen. Denn der elende Kalubi sprang vom Boden auf, ergriff einen Speer und versuchte sich damit zu erstechen. Doch ehe die Klinge ihn berührte, wurde ihm die Waffe aus der Hand gerissen, so daß er hilflos und zitternd dastand.

Wieder sank das Schweigen herab, und wieder wurde es unterbrochen. Diesmal durch den Motombo. Er stand langsam und schwerfällig von seinem Sitz auf, eine unheimliche, riesige Gestalt mit menschenunähnlichen Formen, und begann vor Wut laut zu brüllen. Ja, er brüllte wie ein verwundeter Büffel. Ich hätte niemals gedacht, daß aus den Lungen eines einzigen, uralten Mannes solch ein mächtiger Ton aufsteigen könnte. Etwa eine Minute lang echoten diese wilden Töne die Wölbungen der riesigen Höhle hinunter, während die Pongosoldaten aus ihrer liegenden Stellung aufsprangen, mit ausgestreckten Händen auf den Kalubi zeigten, gegen den sich ihr Zorn noch mehr zu richten schien als gegen uns, und dabei ein Zischen ausstießen, wie ein ganzes Nest voll Schlangen.

Eine Weile lang ging das so fort, bis schließlich der Motombo sein phantastisch geformtes Horn ergriff und hineinblies. Daraufhin kamen wieder die Dienerinnen aus ihren Türen hervor, aber als sie sahen, daß man sie nicht brauchte, hielten sie inne und blieben in einer Stellung stehen, wie sie Läufer kurz vor dem Start einnehmen. Als der Ton des Hornes verklungen war, herrschte wieder, nur durch das Knistern der Flammen unterbrochen, lautlose Stille.

»Alles zu Ende, alter Junge«, wisperte mir Stephan mit zitternder Stimme zu.

»Ja,« antwortete ich, »alles, bis auf den letzten Kampf. Jetzt Rücken an Rücken und die Speere vor.«

Während wir uns zusammenschlossen, begann der Motombo zu sprechen.

»So, du hast also geplant, den Gott zu töten, Kalubi von gestern,« schäumte er, »zusammen mit diesen Weißen, die du mit der Heiligen Blume und mit der, die sie pflegt, bezahlen wolltest. Gut! Ihr sollt gehen, ihr sollt alle miteinander gehen und mit dem Gott sprechen, und ich will hier wachen und sehen, wer stirbt – ihr oder der Gott. Fort mit euch!«

16. Kapitel

Die Götter

Brüllend warfen sich die Pongosoldaten auf uns. Mavovo gelang es noch, mit seinem Speer einen Mann niederzustoßen, für uns andere aber waren sie zu schnell. Binnen einer halben Minute hatten sie uns die Speere aus den Händen gerissen und uns sechs, oder besser sieben, denn der Kalubi war dabei, in das Kanu hinuntergeworfen. Etliche Soldaten unter Kombas Führung sprangen nach, und im nächsten Augenblick

schon fuhren wir über den schmalen Kanal, der die Felsenklippen und die Höhle von dem Fuß des Berges trennte.

Als wir die Mündung der Höhle passierten, rief Motombo Komba den Befehl zu:

»Kalubi, setze den gewesenen Kalubi und die drei weißen Männer und ihre drei Diener an der Grenze des Waldes ab, kehre dann zurück und gehe heim. Ich allein will hier warten. Wenn alles vorbei ist, werde ich dich rufen.«

Komba beugte den Kopf als Antwort.

Einige Minuten später waren wir schon am anderen Ufer.

»Landet, weiße Herren, landet,« sagte Komba mit äußerster Höflichkeit, »und geht, besucht den Gott, der schon auf euch wartet. Und jetzt, da wir uns nicht wiedersehen werden – lebt wohl. Ihr seid klug, und ich bin töricht, aber hört dennoch auf meinen Rat. Wenn ihr jemals wieder zur Erde zurückkehrt, so haltet euch an euren eignen Gott, wenn ihr einen habt, und kümmert euch nicht um die Götter anderer Völker. Nochmals: lebt wohl.«

Der Ratschlag war ausgezeichnet, aber in jenem Augenblick fühlte ich einen Haß gegen Komba, der fast übermenschlich zu nennen war. Mir schien sogar der Motombo ein Engel des Lichts im Vergleich zu ihm.

Dann wateten wir durch den zähen Schlamm an Land. Die Speerspitzen der Pongosoldaten, die unsere Rücken kitzelten, beschleunigten unseren Marsch. Bruder John schritt mit einem Lächeln auf seinem freundlichen Gesicht voraus, und der elende Kalubi machte den Schluß. So groß war dessen Entsetzen vor diesem ominösen Ufer, daß er von seinem Nachfolger Komba buchstäblich aus dem Boote hatte herausgeworfen werden müssen. Doch als er eben den Fuß aufs Land gesetzt hatte, kehrte ein Funke seines Geistes zu ihm zurück, er machte kehrt und rief Komba zu:

»Erinnere dich, o Kalubi, daß mein heutiges Schicksal das deine von morgen sein wird. Du weißt, der Gott wird seiner Priester leicht überdrüssig. Es kann morgen sein, nächstes Jahr oder noch später, aber einmal wird es sein.«

»Dann, o Kalubi von gestern,« antwortete Komba höhnisch, und sein Kanu stieß vom Ufer, »bitte den Gott für mich, daß es ein späteres Jahr sein möge; bitte ihn, wenn deine Knochen in seiner Umarmung zerbrechen.«

Und nun, was denkst du, Leser, was dieser junge Draufgänger Stephan über unsere schauderhafte Lage zu sagen hatte?

»Hier sind wir also endlich, Allan, alter Junge, und sogar ohne daß wir uns hätten selber herbemühen müssen. Diese Mühe hat die Vorsehung uns freundlicherweise abgenommen. Fein, was? Hipp hipp hurra!«

Wahrhaftig, er tanzte in dem spritzenden Schlamm herum, warf seine Mütze in die Höhe und brüllte vor Vergnügen!

Ich warf ihm nur einen Blick zu und knurrte das einzige Wort: »Idiot.«

Durch die Vorsehung hergebracht! Fein! Nun, es ist nur ein Glück, daß die Verrücktheit mancher Leute dennoch manchmal zum Guten ausschlägt. Dann fragte ich den Kalubi nach der Wohnung des Gottes.

»Überall«, antwortete er und bewegte seine zitternde Hand gegen den düsteren Forst. »Vielleicht hinter diesem Baum, vielleicht hinter jenem, vielleicht auch weit weg. Wir werden es wissen, ehe es Morgen wird.«

»Was ist nun zu tun?« fragte ich barsch.

»Sterben«, antwortete er.

»Jetzt höre einmal zu, du Narr«, schrie ich und schüttelte ihn. »Du kannst ja sterben, wenn du willst, aber wir wollen es nicht! Führe uns nach einem Platz, wo wir vor diesem Gott sicher sind.«

»Man ist nirgends sicher vor dem Gott, Herr, vor allem nicht in seinem eigenen Hause«, sagte er und schüttelte den Kopf.

Plötzlich setzte der Kalubi sich in Bewegung. Ich fragte ihn, wo er hingehe.

»Zum Begräbnisplatz«, antwortete er. »Bei den Knochen dort liegen Speere.«

Ich spitzte die Ohren; denn wenn man nichts als ein Taschenmesser bei sich hat, sind Speere nicht zu verachten, und ich befahl ihm, uns hinzuführen. Eine Minute danach kletterten wir bergan durch den dichten schwarzen Wald, der jetzt, kurz vor der hereinbrechenden Nacht, doppelt düster und unheimlich aussah.

Drei- oder vierhundert Schritt brachten uns zu einer Art Lichtung, wo eine Anzahl großer eiserner Kisten stand. Auf dem Deckel jeder dieser Kisten lag ein zertrümmerter Schädel.

»Gewesene Kalubis!« murmelte unser Führer.

»Sieh, Komba hat meine Kiste schon bereitgestellt«, und er wies auf eine, dessen Deckel abgehoben war.

»Wie vorsorglich von ihm!« sagte ich. »Aber zeige uns die Speere, bevor es ganz dunkel wird.« Er ging zu einer der neueren Kisten hin und bat mich, ihm den Deckel abheben zu helfen.

Ich tat es und erblickte eine Anzahl von Knochen, jeder in verrottetes Leinenzeug eingewickelt. Daneben lagen einige Töpfe und Geschirre und zwei gute kupferne Speere. Aus den anderen Kisten zogen wir noch einige heraus, bis schließlich jeder von uns zwei solcher Waffen in Händen hielt. Das Holz der Speere war zwar durch Alter und Feuchtigkeit ein wenig vermodert, aber da die kupfernen Enden festgeschmiedet waren, konnten sie uns doch noch nützlich sein.

»Armselige Dinger, um einen Teufel damit zu bekämpfen«, sagte ich.

»Ja, Baas,« sagte Hans schmunzelnd, »ganz armselig. Ein Glück, daß ich etwas Besseres habe.«

Ich starrte ihn an; wir alle starrten ihn an.

»Was hast du denn Besseres, gefleckte Schlange?« fragte Mavovo.

»Was meinst du mit deinem Geschwätz, du Urenkel von lauter großen Narren? Ist jetzt Zeit für Späße? Und ist nicht ein Spaßmacher unter uns genug?« herrschte ich ihn an und sah auf Stephan.

»Was ich meine, Baas? Weißt du nicht, daß ich die kleine Büchse bei mir habe, die Intombi? Jene, mit der du damals auf Dingaans Kral Geier geschossen hast? Ich habe dir nichts davon gesagt, ich dachte, du wüßtest es; auch weil es besser war, falls du es wirklich nicht wußtest, es dir noch besonders zu sagen. Denn wenn du es gewußt hättest, hätten diese Pongo es schließlich auch leicht erfahren, und wenn die es gewußt hätten –«

»Verrückt!« unterbrach ihn hier Bruder John und tippte sich an die Stirn, »vollständig verrückt geworden, der arme Bursche. Nun, unter diesen niederdrückenden Umständen ist es nicht zu verwundern.«

Ich schaute mir Hans nochmals an, er sah gar nicht verrückt aus, sondern nur noch durchtriebener als sonst.

»Hans,« fuhr ich ihn an, »sage uns jetzt sofort, wo dieses Gewehr ist, oder ich haue dir eine mächtige Ohrfeige herunter.«

»Wo, Baas? Siehst du es noch immer nicht, da es doch vor deinen Augen liegt?«

»Sie haben recht, John,« sagte ich, »er ist übergeschnappt.«

Stephan sprang jetzt auf Hans zu und begann ihn zu schütteln.

»Laß mich, laß mich, Baas,« sagte er, »sonst beschädigst du das Gewehr.«

Und dann machte Hans irgend etwas mit dem Ende seines großen Bambusstabes, drehte ihn vorsichtig herum, und heraus glitt der Lauf eines Gewehres, sorgsam mit Lumpen umwickelt und die Mündung mit einem Propfen verschlossen!

Ich hätte ihn küssen mögen. In der Tat, so groß war meine Freude, daß ich diesen häßlichen, übelriechenden alten Hottentotten hätte abküssen mögen!

»Der Kolben,« keuchte ich, »der Lauf ist zu nichts nütze ohne den Kolben, Hans.«

»Oh, Baas,« antwortete er, übers ganze Gesicht grinsend, »denkst du, daß ich all diese Jahre mit dir zusammen gejagt habe, um jetzt nicht zu wissen, daß ein Gewehr einen Kolben haben muß, damit man es halten kann?«

Damit streifte er das Bündel von seinem Rücken, löste den Knoten der Decke und brachte den großen gelben Kopf von Tabakblättern zum Vorschein, der schon am Ufer des Sees meine eigene und Kombas Aufmerksamkeit auf sich gezogen hatte. Er brach den Klumpen auseinander, und heraus kam der Kolben und das Schloß der Büchse mit einem schon aufgesetzten Zündhütchen. Ein Stückchen Watte war zwischen Hammer und Zündloch geklemmt, um eine zufällige Explosion zu verhüten.

»Hans,« rief ich begeistert aus, »Hans, du bist ein Held und dein eigenes Gewicht in Gold wert!«

»Ja, Baas, obgleich du mir so etwas nie zuvor gesagt hast. Ich hatte mir fest vorgenommen, daß ich niemals wieder im Angesicht des alten Mannes (des Todes) schlafen wollte. Nun, wer von euch sollte jetzt auf dem Bett schlafen, das dieser bösartige Bausi mir geschickt hat?« fragte er, als er das Gewehr zusammensetzte. »Ich glaube du, du großer, dummer Mavovo; denn du hast kein Gewehr mitgebracht. Wenn du wirklich den Namen eines Zauberers verdientest, hättest du die Gewehre durch die Luft hierhergeschickt, damit wir sie hier vorfanden. Oh! Wirst du nun noch weiter über mich lachen, du Dickkopf von einem Zulu?«

»Nein,« antwortete Mavovo bereitwillig, »ich will dir Sibonga geben. Jawohl, ich will dir Ehrentitel geben, du kluge, gefleckte Schlange.«

»Und doch,« fuhr Hans fort, »doch bin ich nicht ganz ein Held; ich bin nur vielleicht die Hälfte meines Gewichtes in Gold wert; denn, Baas, obgleich ich genügend Pulver und Kugeln in meiner Tasche habe, habe ich die Zündhütchen aus einem Loche in meiner Weste heraus verloren. Du erinnerst dich doch, Baas, daß ich dir sagte, es wären Amulette, die ich verloren hätte. Nun sind nur noch drei übrig; nein, vier, denn eins ist ja am Schloß. So, Baas, hier ist Intombi, geladen und fertig zum Schießen. Und nun, wenn der weiße Teufel kommt, kannst du ihm ins Auge schießen und ihn zu den andern Teufeln in die Hölle schicken. Oh! Was wird sich dein ehrwürdiger Vater, der Prediger, freuen, wenn er ihn da unten sieht,«

»Ich danke Gott,« sagte Bruder John feierlich, als Hans mir mit einem selbstzufriedenen Grinsen das Gewehr übergab, »er hat diesen armen Hottentotten gelehrt, wie er uns retten sollte.«

»Nein, Baas John, Gott hat es mich nicht gelehrt, ich habe selber nachgedacht. Aber seht, es wird dunkel. Sollten wir nicht lieber ein Feuer anzünden?« Und das Gewehr vergessend, begann er, sich nach Holz umzusehen.

»Hans,« rief ihm Stephan nach, »wenn wir jemals aus diesem Schlamassel herauskommen, werde ich dir fünfhundert Pfund geben, oder vielmehr mein Vater wird sie dir geben, was auf dasselbe herauskommt.«

»Ich danke dir, Baas, aber augenblicklich wäre mir ein Tropfen Schnaps lieber, und außerdem sehe ich kein Stückchen Holz.«

Er hatte recht. Außerhalb dieses Kirchhofes lagen allerdings etliche mächtige, heruntergebrochene Äste, aber sie waren viel zu groß und außerdem so mit Feuchtigkeit vollgesogen, wie alles in diesem Walde, daß ihr Holz sicherlich kein Feuer fing.

Die Dunkelheit brach herein. Es war keine vollständige Finsternis. Der Mond stand hoch, aber der Himmel war bewölkt; außerdem schienen die Riesenbäume ringsum jeden Lichtstrahl förmlich aufzusaugen. Wir kuschelten uns, Rücken an Rücken, mitten auf dem Platze zusammen, warfen uns die Decken über und aßen ein wenig getrocknetes Wildfleisch und gerösteten Mais, von dem Jerry glücklicherweise einen Sack voll bei sich trug und den er auch nicht losgelassen hatte, als wir in das Kanu geworfen wurden.

Kurz darauf geschah etwas. Ganz tief im Walde erscholl plötzlich ein dumpfes Gebrüll, gefolgt von einem dunklen dröhnenden Trommeln, Töne, wie sie keiner von uns je zuvor gehört hatte. Sie waren mit denen eines Löwen oder einer anderen Bestie ganz und gar nicht zu vergleichen.

»Was ist das?« fragte ich.

»Der Gott,« stöhnte der Kalubi, »der Gott, der sein Gebet zum Monde spricht, mit dem er zugleich immer aufsteht.«

Ich sagte nichts. Aber ich dachte, daß die vier Schuß, die wir hatten, nicht viel waren, und daß nichts mich verleiten sollte, einen von ihnen zu verschwenden. Warum hatte auch Hans diese morsche Weste anziehen müssen!

Es wurde wieder still, und John begann den Kalubi auszufragen, wo die Mutter der Blume wohne.

Auf einmal war mir's, als nähme ich einen riesenhaften Schatten wahr, der mit schrecklicher Geschwindigkeit vom Rande der Lichtung her auf uns zuschoß. In der nächsten Sekunde hörte ich, nur zwei oder drei Schritt von mir entfernt, ein scharrendes Geräusch und dann einen erstickten Schrei, und ich sah den Schatten in derselben Richtung, aus der er gekommen war, wieder verschwinden.

»Was ist los?« fragte ich.

»Zünden Sie ein Streichholz an,« antwortete Bruder John, »es muß etwas passiert sein.«

Das Streichholz brannte gut, denn die Luft war ganz still. Bei seinem Scheine sah ich zuerst die erschrockenen Gesichter meiner Gefährten – wie gespensterhaft sie aussahen! – und als nächstes das des Kalubi, der aufgestanden war und seinen rechten Arm in der Luft schwang, einen rechten Arm, von dem das Blut herabströmte und der keine Hand mehr hatte!

»Der Gott ist gekommen und hat meine Hand abgebissen!« sagte er mit schwacher, wimmernder Stimme.

Ich glaube, keiner von uns sprach ein Wort; die Sache war jenseits aller Vorstellung, aber wir versuchten dem Verwundeten wenigstens den Arm abzubinden. Dann setzten wir uns nieder und wachten weiter.

Die Finsternis wurde noch dichter, und eine Zeitlang wurde das Schweigen – das tiefe Schweigen des Urwaldes in einer Tropennacht – nur durch unser schweres Atmen, das Summen von ein paar Moskitos, das entfernte Plätschern eines untertauchenden Krokodils und durch das unterdrückte Stöhnen des verstümmelten Mannes unterbrochen.

Wieder sah ich, oder glaubte wenigstens zu sehen – es mag etwa eine halbe Stunde später gewesen sein –,

wie ein schwarzer Schatten auf uns zufuhr, wie ein Hecht auf einen Fisch im Teiche. Wieder ein Scharren dicht an meiner Linken – Hans saß zwischen mir und dem Kalubi – und dann ein kurz abgebrochener Aufschrei.

»Der König ist fort«, flüsterte Hans. »Ich fühlte, wie er verschwand, als ob der Wind ihn weggeblasen hätte. Wo er war, ist jetzt nichts als ein Loch.«

Plötzlich brach der Mond durch die Wolken. In seinem schwachen Licht sah ich ungefähr halbwegs zwischen uns und dem Rande der Lichtung – oh, was sah ich! Es war, als zerreiße der Teufel eine verlorene Seele. Eine ungeheuerliche, schwarzgraue Kreatur, grotesk und menschenähnlich, hielt den hageren Kalubi in ihren Pranken. Sein Kopf war schon in ihrem Rachen verschwunden, und die mächtigen Arme des Ungeheuers schienen dabei zu sein, ihn in Stücke zu zerbrechen.

Augenscheinlich war der Kalubi schon tot obgleich seine Füße hoch über dem Boden noch konvulsivisch zuckten. Ich sprang auf, nahm die Bestie aufs Korn und drückte ab. Doch schien entweder das Zündhütchen oder das Pulver ein wenig feucht zu sein; die Explosion verzögerte sich um den Bruchteil einer Sekunde. Und in dieser unendlich kleinen Zeit sah uns dieser Teufel – das ist der beste Name, den ich ihm geben kann –, oder vielleicht sah er nur das Aufblitzen aus dem Schloß des Gewehrs. Auf jeden Fall ließ er den Kalubi fallen, und instinktiv, als hätte ihn irgend etwas vor dem gewarnt, was ihn bedrohte, warf er seinen mächtigen rechten Arm in die Höhe, so als ob er seinen Kopf schützen wolle. Dann ging der Schuß los, und ich hörte die Kugel aufschlagen. Im Schein des Mündungsfeuers sah ich noch den großen Arm der Bestie tot und unbehilflich herunterfallen, und im nächsten Augenblick widerhallte der Wald von seinem tobenden Gebrüll.

»Du hast ihn getroffen, Baas,« sagte Hans, »und es schmerzt ihn. Das beweist, daß er kein Gott ist. Aber er ist immer noch sehr lebendig.«

»Rückt zusammen,« antwortete ich, »und haltet die Speere vor euch, während ich lade.«

Ich fürchtete, daß die Bestie über uns herfallen würde, doch nichts derartiges geschah. Die ganze lange Nacht hindurch sahen und hörten wir nichts mehr von ihr. Ich begann zu hoffen, daß die Kugel lebenswichtige Teile verletzt habe und der große Affe verendet sei.

Die Stunden vergingen wie Wochen, bis endlich die Dämmerung anbrach und die Sonne unsere weißen Gesichter und vor Kälte zitternden Gestalten beleuchtete.

Gleich nachdem sich der Nebel ein wenig gehoben hatte, streiften wir in breiter Linie über die Lichtung, um die Leiche des Kalubi zu bergen. Die Eisenkiste, die Komba freundlicherweise für ihn bereitgestellt hatte, nahm seine körperlichen Reste auf, und Bruder John sprach ein kurzes Gebet. Dann gingen wir in niedergedrückter Stimmung auf die Suche nach dem Weg zum Wohnplatz der Heiligen Blume. Anfangs war der Pfad leidlich zu erkennen, doch auf der Höhe des Hügels schlossen sich die Kronen der Bäume so dicht zusammen, daß unter denselben fast völlige Nacht herrschte.

Mir, der ich als einziger mit einem Gewehr bewaffnet war, blieb die zweifelhafte Ehre, die Prozession anzuführen.

Eine Viertelstunde später hörten wir wieder das Rollen und Dröhnen, Töne, die von der Bestie, wie ich glaube, dadurch erzeugt wurden, daß sie sich mit den Fäusten auf die Brust schlug.

Doch schienen diese Töne nicht mehr so anhaltend und nicht ganz so stark zu sein wie letzte Nacht.

»Ha!« sagte Hans, »er kann seine Trommel jetzt nur noch mit einem Schlegel schlagen, den andern hat deine Kugel zerbrochen, Baas.«

In diesem Augenblick brüllte das Ungeheuer ganz in unserer Nähe und so laut, daß die Luft erzitterte.

»Was auch dem Schlegel geschehen sein mag, die Trommel ist auf jeden Fall noch in Ordnung«, sagte ich.

Ungefähr hundert Schritt weiter ereignete sich die Katastrophe. Wir hatten eine Stelle erreicht, wo ein großer Baum niedergefallen war, so daß ein wenig Licht herabdrang. Ich sehe den Schauplatz heute noch vor mir. Dort vor uns lag der mächtige Waldriese, seine Rinde unter Massen von grauem Moos und Büscheln von Mädchenhaarfarren verhüllt. Durch das Loch in der Decke des Waldes fiel ein schmaler Lichtstrahl herein, wie durch das Rauchloch einer Hütte. Und über dem moosgrauen Berg, den der gefällte Waldriese bildete, zwischen zwei Farrenbüscheln, glühten ein paar feurige Augen aus dem Dunkel, und dahinter erschienen undeutlich die Umrisse eines gigantischen Leibes. Einzelheiten konnte ich nicht erkennen. Ich hatte nur den vagen Eindruck eines mäch-

tigen, dunklen Gesichtes mit überhängenden Augenbrauen und großen, gelben Zähnen an beiden Seiten des Maules.

Ehe ich auch nur Zeit fand, das Gewehr an die Backe zu reißen, war die Bestie mit einem kurzen brüllenden Aufschrei schon über uns. Ich sah eine riesige graue Gestalt auf dem Rande des Stammes; ich sah sie wie einen Blitzstrahl an mir vorbeifahren, aufrecht, wie Menschen gehen, doch den Kopf vorgereckt. Ich bemerkte, daß der mir zugekehrte Arm hin und her baumelte, und hörte einen Schreckensschrei. Das Ungeheuer hatte den armen Mazitu Jerry gepackt, den vorletzten in unserer Reihe. Es hatte ihn in einem Augenblick gepackt und sprang im nächsten, den Körper des Unglücklichen mit dem gesunden Arm an seine ungeheure Brust pressend, davon. Wenn ich sage, daß Jerry, ein ausgewachsener, untersetzter Mann mit breiten Schultern, gegen diese Bestie aussah wie ein Kind, gibt das wohl eine Vorstellung von der Größe der Kreatur.

Mavovo, der den Mut eines Büffels hatte, sprang dem Affen nach und trieb ihm seinen Kupferspeer in die Seite. Auch die andern warfen sich wie Berserker auf das Ungetüm, ausgenommen ich selbst. Innerhalb von drei Sekunden gab es in der Mitte der Lichtung ein wildes Durcheinander. Bruder John, Stephan, Mavovo und Hans stachen wie die Rasenden auf den enormen Gorilla los, obgleich ihm die Stöße nicht mehr Schaden zuzufügen schienen wie Stecknadelstiche. Zum Glück ließ das Biest Jerry nicht los, und da es nur noch einen gesunden Arm hatte, konnte es nach seinen Angreifern nur schnappen. Wenn es einen Fuß gehoben hätte, um sie damit zu zerreißen, wäre wahrscheinlich sein mächtiger Rumpf aus dem Gleichgewicht gekommen und hingeschlagen.

Jetzt schien es die Situation zu begreifen. Das Untier warf Jerry krachend hin, rannte Bruder John und Hans über den Haufen und sprang dann auf Mavovo los, der sofort den Speerschaft gegen seine Brust stemmte, mit dem Resultat, daß der Gorilla direkt in das Blatt der Waffe hineinsprang. Er prallte zurück, schwang seinen mächtigen Arm, wobei er Stephan über den Haufen warf, und hob dann den Arm hoch in die Luft, um Mavovo mit einem Schlage zu zerschmettern.

Das war die Gelegenheit, auf die ich gewartet hatte. Bis zu diesem Augenblick hatte ich nicht zu feuern gewagt aus Furcht, einen meiner Gefährten zu treffen. Jetzt stand das Tier für den Bruchteil einer Sekunde frei da, und mich zur Ruhe zwingend, zielte ich auf den mächtigen Kopf und schoß. Der Rauch trieb weg, und ich sah den gigantischen Affen ganz still und aufrecht dastehen, als wäre er in Nachdenken versunken.

Dann warf er den gesunden Arm hoch, drehte die brutalen Augen zum Himmel aufwärts, und mit einem heulenden, langsam ersterbenden Schrei sank er tot nieder. Die Kugel war dicht hinterm Ohr eingeschlagen und bis ins Gehirn gegangen.

Das große Schweigen des Urwaldes umfing uns wieder, und minutenlang sagte oder tat keiner von uns etwas. Dann machte sich irgendwo in den grauen Moosmassen eine dünne zitternde Stimme vernehmlich, die mich an das Geräusch eines undicht gewordenen Gummikissens erinnerte, aus dem die Luft entweicht.

»Sehr guter Schuß, Baas,« piepste es, »ebensogut wie jener, mit dem du die Königsgeier auf Dingaans Kral tötetest. Aber wenn der Baas den Gott von mir herunterwälzen könnte, würde ich sagen – danke schön.«

Das »danke schön« war fast nicht mehr zu hören. Und das war kein Wunder, denn der arme Hans war bewußtlos geworden. Er lag unter dem mächtigen Rumpf des Gorillas, nur seine Stumpfnase und sein Mund lugten zwischen Körper und Armen der Bestie hervor! Wäre nicht die weiche Moosdecke unter ihm gewesen; er wäre plattgedrückt worden wie ein Eierkuchen.

Wir wälzten, so geschwind wir nur konnten, den Kadaver herunter und flößten dem Hottentotten ein paar Tropfen Schnaps ein. Ihre Wirkung war wundervoll. In weniger als einer Minute saß Hans aufrecht, dann schnappte er nach Luft wie ein sterbender Fisch und bat um mehr. Ich überließ ihn Bruder John zur weiteren Behandlung und ging, nach dem armen Jerry zu sehen. Ein Blick genügte. Er war tot.

Nachdem wir festgestellt hatten, daß keiner von uns, von ein paar unwesentlichen Beulen abgesehen, ernstlich verletzt worden war, untersuchten wir den gewaltigen Affen.

Wir hatten keine Möglichkeiten, sein genaues Gewicht oder seine Größe festzustellen. Aber ich habe niemals wieder einen so ungeheuren Affen gesehen oder von der Existenz eines solchen gehört. Die vereinten Kräfte von fünf Männern waren nötig, um den Kadaver von dem darunterliegenden Hans wegzuwälzen und ihn hernach von der einen Seite auf die andere zu rollen, als wir daran gingen, ihm die Haut abzuzie-

hen. Ich hätte nie gedacht, daß ein so altes Tier, auch bei einer Höhe von über zwei Metern, ein solches Gewicht erreichen könnte. Ohne Zweifel war der Affe uralt. Die langen gelben, hundeartigen Zähne waren stark abgenutzt, die Augen lagen tief im Schädel, das Kopfhaar, das gewöhnlich rot oder braun ist, war ganz weiß, und sogar die nackte Brust, die eigentlich schwarz sein sollte, hatte einen grauen Ton. Vielleicht hatte der Motombo wirklich recht, als er sagte, dieses Geschöpf sei über zweihundert Jahre alt.

Stephan schlug vor, die Haut abzuziehen, und ich stimmte zu, trotzdem Bruder John in seiner Ungeduld etwas von »Zeitverschwendung« murmelte. So machten wir uns ans Werk. Aber wir brauchten mehr als eine Stunde harter Arbeit, ehe wir die Haut herunter hatten. Sie war zäh und dick, und die Kupferspeere waren nur wenig ins Fleisch eingedrungen. Dagegen hatte die Kugel, die ihn in der vorhergegangenen Nacht traf, den Knochen so schwer beschädigt, daß der Arm bewegungslos geworden war. Diese Tatsache hatte uns wohl das Leben gerettet. Denn dadurch, daß der Affe Jerry packte, hatte er keine Pranke übrig, mit der er uns hätte niederstoßen und zermalmen können, und glücklicherweise hatte er auch damit keinen Erfolg gehabt, einen von uns mit seinen fürchterlichen Kinnladen zu packen.

Wir legten die große schwere Haut in die Mitte der Lichtung, und nachdem wir den armen Jerry in der Höhlung eines gefällten Baumes beigesetzt hatten, lagerten wir uns im Moose und aßen vom Rest unseres Proviantes.

Dann setzten wir, natürlich in weit besserer Stimmung als zuvor, unsern Marsch fort. Jerry war tot, das war richtig, doch der Gott war ebenfalls tot, und wir andern waren lebendig und so gut wie unverletzt. Niemals mehr würden die Kalubi von Pongoland ihr Leben zu Füßen dieser schrecklichen Gottheit aushauchen. Ich glaube mit Ausnahme von Zweien, die aus Angst Selbstmord begangen hatten, war kein einziger dieser Herrscher jemals anders gestorben als durch die Hände oder Zähne des Affengottes.

Kurz hinter der Lichtung stießen wir auf eine andere, von Menschenhänden gerodete Fläche. Hier war offenbar der sogenannte »Garten des Gottes«, wo zweimal jährlich der unglückliche Kalubi die künftige Saat zu säen hatte. Umgeben von einem Gürtel von Bananen, wuchsen hier hohe Maisstauden, Hirse, Erdnüsse und andere Feldfrüchte. Hier holte sich, wie wir an verschiedenen Anzeichen sahen, der Affe seine Nahrung. Der »Garten« war gut in Ordnung und fast frei von Unkraut. Ich erinnerte mich, den Kalubi sagen zu hören, daß diese Anpflanzung von den Dienerinnen der Mutter der Heiligen Blume in Ordnung gehalten wurde.

Wir kreuzten den Garten und stiegen den Berg hinauf. Bruder John trabte, ungeachtet seines lahmen Beines, so rasch voraus, daß wir kaum folgen konnten. Er kam als erster oben an, und ich sah ihn plötzlich, wie von einem Schwächeanfall übermannt, zu Boden sinken. Und auch Stephan, der neben ihm stand, hob, wie es schien, vor Erstaunen die Hände.

Ich eilte ihnen nach. Und ich sah dieses: Uns zu Füßen erstreckte sich ein steiler, grasbewachsener Abhang hinunter bis zum Ufer eines schönen kleinen Sees. In der Mitte dieses Sees schwamm auf dem blauen Wasser eine liebliche kleine Insel. Sie war über und über mit Feldern, Palmen und anderen Fruchtbäumen bedeckt. In der Mitte der Insel stand ein nettes, behagliches, mit Schindeln gedecktes Haus. In einiger Entfernung davon lagen ein paar Eingeborenenhütten und dazwischen ein kreisrunder, von einer hohen Mauer umgebener Platz. Auf der Mauer waren Pfähle angebracht, und diese Pfähle trugen Matten, die den Raum überspannten, so als ob irgend etwas vor Wind und Sonne zu beschützen wäre.

»Dort wächst die Heilige Blume, ganz sicher«, sagte Stephan aufgeregt – konnte er denn an nichts als an diese verdammte Orchidee denken? »Sehen Sie, die Matten sind an der Sonnenseite aufgespannt, und jene Palmen ringsum sind besonders zu dem Zwecke gepflanzt, um ihr Schatten zu geben.«

»Dort lebt die Mutter der Heiligen Blume«, flüsterte Bruder John, auf das Haus zeigend. »Wer ist sie? Wer ist sie –? Sich vorzustellen, daß ich mich nach allem noch irren könnte! Gott! Laß es nicht zu, daß es ein Irrtum ist, es würde mehr sein, als ich tragen kann.«

»Das beste ist, wir versuchen, es festzustellen«, bemerkte ich und lief im Galopp den Hang hinunter.

Nach fünf Minuten waren wir unten und fanden nach etlichem Suchen ein Kanu und eine genügende Anzahl Paddeln.

Zwei Minuten später ruderten wir über den See. Drüben angekommen, machten wir das Boot fest. Die völlige Stille ringsum und das Fehlen von Menschen machten mich stutzig.

Und doch hatte das seine guten Gründe, wie ich später herausbekam. Erstens war jetzt gerade Mittag, eine Stunde, in der alle Eingeborenen in ihren Hütten essen und schlafen. Zweitens hatte die wachhabende Frau uns beim Rudern über den See wohl gesehen, aber sie hatte angenommen, der Kalubi käme die Heilige Blume besuchen, und sie hatte sich, der Tradition gemäß, samt den übrigen Dienerinnen zurückgezogen. Denn bei den seltenen Zusammenkünften des Kalubi mit der Mutter der Heiligen Blume durfte, wie bei einer religiösen Zeremonie, niemand anwesend sein.

Als wir zu dem ummauerten Platz kamen, kletterte Stephan, noch ehe ich ihn daran hindern konnte, mit der Behendigkeit eines Affen die Mauer hinauf. Im nächsten Augenblick war er wieder unten. Er war mit der Geschwindigkeit eines Menschen, der eine Kugel durch den Kopf bekommen hat, heruntergesaust.

»Oh! Bei meiner Tante!« sagte er. »Oh! Bei meiner Tante und allem, was lebt!« – und etwas anderes war nicht aus ihm herauszubringen.

Fünf Schritt von der Mauer entfernt erhob sich ein hoher Rohrzaun. Er hatte ein Tor, ebenfalls aus Rohr geflochten. Es war ein wenig geöffnet. Ich schlich hin, denn mir war's, als hörte ich Stimmen drinnen, und lugte durch den Türspalt. Zwei Meter entfernt lag die Veranda. Eine Tür führte in das Innere des Hauses, in dem ich einen mit Speisen bedeckten Tisch erkennen konnte.

Die Veranda war mit Matten belegt, und auf den Matten knieten, in weiße Gewänder gekleidet und mit Armbändern und anderem Schmuck aus rotem Eingeborenengold behangen – zwei weiße Frauen! Die eine schien ungefähr vierzig Jahre alt zu sein. Sie war ein wenig untersetzt, hatte eine helle zarte Hautfarbe, blaue Augen und blondes Haar, das über ihren Rücken niederhing. Die andere mochte etwa zwanzig Jahre alt sein. Auch ihre Gesichtsfarbe war weiß, doch hatte sie graue Augen, und ihr langes Haar war nußbraun. Ich sah sofort, daß sie groß und sehr schön war. Die ältere Frau betete, während die jüngere neben ihr kniete und ein wenig zerstreut zum Himmel emporblickte. Ich verstand den Wortlaut ihres Gebetes nicht, aber »Amen«, in das das Mädchen mit einem eigenartigen, lieblichen Akzent einstimmte, hörte ich ganz deutlich. Verstohlen sah ich mich nach Bruder John um. Er war vor Aufregung zusammengebrochen. Glücklicherweise war er nicht imstande, sich zu rühren oder auch nur zu sprechen.

»Haltet ihn fest,« flüsterte ich Stephan und Mavovo zu, »ich gehe hinein und spreche mit den Frauen.« Dann übergab ich Hans das Gewehr, nahm meinen Hut ab, und nach einem vergeblichen Versuch, meinen wilden Schopf ein wenig glatt zu streichen, drückte ich die Tür noch ein bißchen weiter auf, schlüpfte hindurch und räusperte mich.

Die beiden Frauen starrten mich an, als sähen sie einen Geist.

»Meine Damen,« sagte ich mit einer Verbeugung, »bitte seien Sie nicht beunruhigt. Sehen Sie, manchmal gefällt es dem allmächtigen Gott, Gebete zu erhören. Kurz gesagt, ich bin einer von – von einer Gesandtschaft weißer Leute, die unter einigen Schwierigkeiten bis hierher gekommen sind und – und – würden Sie uns erlauben, Sie zu besuchen?«

Noch immer starrten die beiden. Endlich öffnete die ältere Frau die Lippen.

»Ich werde hier Mutter der Heiligen Blume genannt, und es bedeutet für einen Fremden den Tod, mit der Mutter zu sprechen. Wenn Sie aber ein Mensch sind, wie konnten Sie lebendig bis hierher kommen?«

»Das ist eine lange Geschichte«, antwortete ich munter. »Dürfen wir hereinkommen? Ich glaube, wir könnten Ihnen einen Dienst erweisen. Ich möchte hinzufügen, daß drei von uns Weiße sind. Zwei sind Engländer, und einer ist – Amerikaner.«

»Amerikaner,« keuchte sie, »Amerikaner! Wie sieht er aus und wie heißt er?«

»Oh!« antwortete ich, und ich fühlte, wie mich die Nerven verließen und wie ich in Verwirrung geriet, »er ist alt, und er hat einen weißen Bart, er sieht gerade so aus wie der Weihnachtsmann, und sein Taufname ist – ahem – John, Bruder John. Ich möchte sagen, das heißt ich denke, er könnte mit der jungen Dame da – ahem – nahe verwandt sein.«

Ich dachte, die Frau würde sterben, und ich verwünschte meine Plumpheit. Sie warf dem Mädchen die Arme um die Schultern, um sich vorm Hinsinken zu bewahren, – ein schlechter Halt, denn auch die Jüngere sah aus, als ob die Aufregung sie über den Haufen werfen wollte. Man muß bedenken, dieses arme junge Ding hatte noch nie einen weißen Mann gesehen.

»Meine Damen,« stotterte ich, »ich bitte Sie, sich zusammenzunehmen. Es wäre doch töricht, jetzt vor Freude zu sterben, nicht? Darf ich Bruder John hereinrufen? Er ist Pastor, und er könnte Ihnen vielleicht geistliche Hilfe geben, die ich, als Jäger, nun einmal nicht geben kann.«

Sie raffte sich zusammen, öffnete die Augen und flüsterte:

»Schicken Sie ihn herein.«

Ich öffnete das Tor, hinter dem die andern erwartungsvoll standen. Bruder John, der jetzt wieder ein wenig zu sich gekommen war, beim Arme packend, zerrte ich ihn vorwärts. Die beiden standen und starrten einander an, und auch die junge Dame blickte mit weit geöffneten Augen von einem zum andern.

»Elisabeth!« rief Bruder John. Sie murmelte etwas Unverständliches, dann warf sie sich mit dem Aufschrei: »Mein Mann!« an seine Brust. Ich schlüpfte durch das Tor und schloß es fest zu.

»Sagen Sie mal, Allan,« flüsterte Stephan, »haben Sie sie gesehen?«

»Sie? Wen? Welche?« fragte ich.

»Die junge Dame im weißen Kleide. Sie ist reizend!«

»Halten Sie den Mund, Sie Maulesel«, antwortete ich. »Ist es jetzt Zeit, von weiblicher Schönheit zu reden?« – Dann ging ich abseits und – fing vor Freude zu weinen an. Das war einer der glücklichsten Tage meines Lebens. Denn wie selten laufen die Dinge so, wie sie sollen.

17. Kapitel

Die Heimat der Heiligen Blume

Eine halbe Stunde verging. Ich war damit beschäftigt, einesteils unsere Lage zu überdenken, anderenteils Stephans Hymnen anzuhören. Erst schwärmte er von der Lieblichkeit der Heiligen Blume, auf die er einen Blick geworfen hatte, als er auf die Mauer geklettert war, und dann schwärmte er von der Schönheit der Augen jener jungen Dame in Weiß. Ich konnte ihn nur mit Mühe davon abhalten, in den heiligen Raum einzubrechen, in dem die Orchidee wuchs. Plötzlich öffnete sich die Türe, und Johns Tochter erschien.

»O ihr Herren,« sagte sie mit einer höflichen, kleinen Verbeugung und in ihrem drolligen Bibelenglisch, »die Mutter und der Vater, – jawohl, der Vater – fragen, ob ihr nicht essen wollt?«

Wir antworteten: »Jawohl, mit Vergnügen!« – und sie führte uns ins Haus.

Hier nahm sie mich bei der Hand, und von Stephan gefolgt, traten wir ein, während Mavovo und Hans draußen Wache hielten.

Das Haus bestand aus zwei Räumen, einem Wohn- und einem Schlafzimmer. Im ersten fanden wir Bruder John und seine Frau. Sie saßen auf einer Art Sofa und blickten einander in die Augen. Beide sahen aus, als ob sie geweint hätten – vor Glück, nehme ich an.

»Elisabeth,« sagte John, als wir eintraten, »dies ist Herr Allan Quatermain, durch dessen Mut und Umsicht allein wir wieder zusammengekommen sind, und dieser junge Herr hier ist sein Gefährte, Herr Stephan Somers.«

Sie verbeugte sich. Sie war unfähig zu sprechen, und hielt uns nur die Hand entgegen, die wir schüttelten.

»Was ist ›Mut und Umsicht‹?« hörte ich ihre Tochter Stephan zuflüstern. »Habt Ihr das auch, Stephan Somers?«

»Es würde lange dauern, Ihnen das zu erklären«, sagte er mit vergnügtem Lachen, worauf ich nicht mehr auf ihren Unsinn hörte.

Dann setzten wir uns zur Mahlzeit nieder, die aus Gemüsen und einer großen Schüssel hartgekochter Enteneier bestand. Ein Teil davon wurde Hans und Mavovo durch Johns Tochter Hoffnung hinausgebracht. Diesen Namen hatte die Mutter dem Mädchen gegeben, als sie es in der Stunde ihrer tiefsten Verzweiflung gebar.

Es war eine ungewöhnliche Geschichte, die Frau Eversley – das war der eigentliche Name Bruder Johns, wie sich jetzt herausstellte – zu erzählen hatte.

Sie war Hassan-Ben-Mohammed und den Sklavenhändlern entronnen und nach tagelangem Herumirren einigen Pongo in die Hände gefallen. Diese hatten sie über den See nach Pongoland gebracht, und dort wurde sie an Stelle der jüngst gestorbenen bisherigen Mutter der Blume, einer Albino, in ihr göttliches Amt eingesetzt. Der Kalubi jener Zeit hatte sie auf die Insel geführt. Den Affengott hatte sie noch nie zu Gesicht bekommen, obgleich sie ihn einmal hatte brüllen hören.

Kurz nach ihrer Ankunft auf der Insel gebar sie ihre Tochter, wobei einige der »Dienerinnen der Blume« hilfreiche Assistenz leisteten. Von diesem Augenblick an waren sie und das Kind mit der allergrößten Verehrung behandelt worden. Denn da die Mutter der Blume und die Blume selbst als Verkörperung der natürlichen Fruchtbarkeit angesehen wurden, hielten die Pongo die Geburt dieses Kindes in bezug auf ihre zusammenschmelzende Rasse für ein glückliches Omen. Auch konnte späterhin das »Kind der Blume« der Mutter in ihrem Amte nachfolgen. In dieser Weise hatten die beiden Frauen, absolut hilflos und verlassen, die langen Jahre verbracht. Glücklicherweise hatte Frau Eversley, als sie gefangengenommen wurde, eine kleine Bibel bei sich. Mit Hilfe derselben war sie imstande gewesen, ihr Kind lesen und alles, was sonst in der Heiligen Schrift erzählt wird, zu lehren.

Merkwürdigerweise hatte sie, wie sie uns erzählte, gleich ihrem Gatten all diese endlosen Jahre hindurch niemals den Glauben daran verloren, daß sie eines Tages gerettet werden würde.

Es war erstaunlich. Fräulein Hoffnung war trotz dieser völligen Einsamkeit und Abgeschlossenheit doch in jeder Hinsicht zu einer richtigen Dame erzogen worden, und beide Frauen waren, wie sich herausstellte, nachdem die erste Erschütterung des Wiedersehens vorüber war, heitere und glückliche Naturen, denen das Lachen näher lag als das Weinen.

Nachdem Frau Eversley ihre Geschichte zu Ende erzählt hatte, berichteten wir in kürzester Form die unsere. Dann sagte Fräulein Hoffnung:

»So dünkt es mich, Stephan Somers, Ihr seid unser Heiland.«

»Sicher,« antwortete Stephan, »aber wieso?«

»Weil Ihr die trockene Heilige Blume saht, weit weg von hier, in England, und Ihr sagtet: ›Ich muß der heilige Vater dieser Blume sein.‹ Dann habt Ihr Schekel bezahlt (hier kam ihr Bibelstudium zum Vorschein) für die Reise und tapfere Männer geworben, um den Teufelsgott zu töten, und Ihr habt meinen alten, weißköpfigen Vater mitgebracht. O ja, Ihr seid der Heiland«, und sie nickte ihm lieblich zu.

»Selbstverständlich,« antwortete Stephan mit Enthusiasmus, »das heißt, es ist zwar nicht ganz so, aber das ist ja nebensächlich. Aber, Fräulein Hoffnung, könnten Sie uns unterdessen nicht die Blume zeigen?«

»O, die heilige Mutter muß das tun, wenn Ihr sie, ohne daß sie dabei ist, anschaut, müßt Ihr sterben.«

»So, so!« sagte Stephan, ohne seinen Blick über die Mauer vorhin zu erwähnen.

Nach einigem Zögern erklärte sich die heilige Mutter einverstanden. Zuerst jedoch ging sie hinter das Haus und klatschte in die Hände, worauf eine taubstumme alte Frau und eine Albino-Eingeborene erschienen, die uns erstaunt betrachteten. Frau Eversley sprach in der Fingersprache mit ihnen, so schnell, daß ich ihren Bewegungen kaum folgen konnte. Die Frauen verbeugten sich, bis ihre Stirn beinahe den Boden berührte, dann standen sie auf und rannten zum Wasser.

»Ich habe sie weggeschickt, um die Paddeln vom Kanu zu holen«, sagte Frau Eversley, »und mein Zeichen darauf zu machen. Niemand wird dann wagen, sie zu benutzen, um über den See zu fahren.«

»Sehr klug gehandelt,« antwortete ich, »wir wünschen nicht, daß Neuigkeiten über uns zum Motombo gelangen.«

Dann gingen wir zu der Umzäunung. Frau Eversley zerschnitt hier zunächst mit einem Messer einen Strick von Palmfasern, der mit einem Tonsiegel an das Tor geheftet war. Das dazugehörige Petschaft trug sie als Symbol ihres Amtes an einer Kette um den Hals. Es war ein merkwürdiges kleines Ding aus Gold, und es zeigte in rohen Umrissen einen Affen, der in seiner rechten Hand eine Blume hielt. Ohne Zweifel war es uralt, und das schien zu beweisen, daß der Affengott und die Orchidee in der Tat seit alters her von den Pongo angebetet wurden.

Darauf öffnete sie das Tor. Vor uns stand eine Pflanze, die lieblichste, die wohl jemals eines Menschen Auge erblickt hat. Sie maß annähernd drei Meter, ihre Blätter waren dunkelgrün, lang und schmal. Aus verschiedenen Blütenkronen leuchteten in unbeschreiblicher Schönheit zehn oder zwölf riesengroße purpur- und goldfarbene Blüten. Wie uns die Mutter erklärte, deuteten die Pongo die Fruchtbarkeit eines Jahres nach der Anzahl der Blüten, die ihre heilige Blume trieb. Es kam vor, daß sie einmal ein Jahr lang ganz ohne Blüten blieb. Dann bedrohte nach ihrem Glauben Dürre und Hungersnot das Land. Schon auf mich machte diese wundervolle Blume einen Eindruck, der sich nicht in Worte fassen läßt. Doch was Stephan betrifft – ich befürchtete, er würde verrückt werden. Lange, lange starrte er wortlos auf dieses Blumenwunder, und zuletzt ließ er sich vor ihr buchstäblich auf die Knie nieder.

»Was, Stephan Somers!« rief Fräulein Hoffnung aus. »Betet Ihr auch die Heilige Blume an?«

»Beinahe,« antwortete er, »ich könnte – ich würde – für sie sterben!«

»Wozu Sie wahrscheinlich auch noch Gelegenheit haben werden, ehe alles vorüber ist,« bemerkte ich mit Nachdruck, »denn ich hasse es, zu sehen, wie ein erwachsener Mann einen Hanswurst aus sich macht. Es gibt nur etwas auf der Welt, was das entschuldigt – und das ist keine Blume –«

Als ich mich an der Schönheit dieser Blütenherrlichkeit sattgesehen hatte, fragte ich Frau Eversley nach der Bedeutung verschiedener kleiner Hügel, die hier und dort innerhalb der Umzäunung aufragten.

»Das sind die Gräber der früheren Mütter der Heiligen Blume«, antwortete sie. »Es sind ihrer zwölf, und hier ist der Platz, der für die dreizehnte ausgesucht worden ist. Für mich.«

Dann, um von anderen Dingen zu reden, fragte ich, ob es noch mehr solcher Orchideen im Lande gäbe.

»Nein,« antwortete sie, »oder ich habe wenigstens von keiner weiteren gehört. Man hat mir immer gesagt, daß dieses Exemplar hier vor langer, langer Zeit von weither hergebracht wurde. Auch gibt es ein altes Gesetz, das ihre Vermehrung verbietet. Jeder Sprößling, der etwa aufschießt, muß von mir unter gewissen Zeremonien abgeschnitten und vernichtet werden. Sie sehen diesen Stengel hier mit dem Samen, der von den Blüten des letzten Jahres übriggeblieben ist. Der Samen ist jetzt reif, und in der nächsten Mondnacht, wenn der Kalubi kommt, um mich zu besuchen, muß ich diesen Samen in seiner Gegenwart mit großer Feierlichkeit verbrennen, es sei denn, die Kapsel ist schon, bevor er ankommt, von selbst aufgesprungen. Dann muß ich jeden Keim unter denselben Feierlichkeiten vernichten.«

Als wir den Platz verließen, machte ich von meinem Grundsatze, niemals irgend etwas von Wert liegenzulassen, was ich wegtragen konnte, Gebrauch. Ich brach die reife Samenkapsel, die ungefähr die Größe einer Orange hatte, ab und steckte sie, ohne von jemand dabei beobachtet zu werden, stracks in die Tasche.

Wir drei Älteren gingen wieder ins Haus. Stephan und die junge Dame blieben innerhalb der Umzäunung, um weiter die Cypripedium – oder sich selber gegenseitig zu bewundern.

»John und Frau Eversley,« sagte ich, »durch die Gnade des Himmels sind Sie nach einer schrecklichen Trennung von über zwanzig Jahren nun wieder vereinigt. Aber was soll jetzt geschehen? Jener sogenannte

Gott ist tot, und deshalb können wir ohne Gefahr durch den Wald gehen. Aber jenseits des Waldes kommt das Wasser, das wir ohne Boote nicht passieren können, und jenseits des Wassers haust jener alte Hexenmeister, der Motombo, und er sitzt in seiner Höhle auf der Lauer wie eine Spinne in ihrem Gewebe, und außer dem Motombo und seiner Höhle gibt es den Komba, den neuen Kalubi, und seinen Stamm von Menschenfressern –«

»Menschenfressern!« unterbrach mich Frau Eversley, »ich habe niemals gewußt, daß sie Kannibalen sind. Ich weiß in Wirklichkeit wenig über die Pongo, die ich fast niemals zu Gesicht bekomme.«

»Dann, Madame, müssen Sie mir glauben, daß sie wirklich Kannibalen sind. Ich glaube, sie würden uns mit dem größten Appetit verzehren. Da ich nicht annehme, daß Sie den Rest Ihres Lebens hier auf dieser Insel verbringen wollen, möchte ich Sie fragen, wie Sie sich unsere Flucht aus Pongoland vorstellen?«

Sie schüttelten die Köpfe, die augenscheinlich vollständig bar von Einfällen waren. John strich seinen weißen Bart und fragte mild:

»Was haben Sie arrangiert, Allan? Meine liebe Frau und ich sind durchaus einverstanden, die ganze Angelegenheit Ihnen, der Sie ja so umsichtig sind, zu überlassen.«

»Arrangiert?!« stotterte ich. »Ich will Ihnen einmal etwas sagen, John, unter anderen Umständen – na, lassen wir das.« Nach kurzem Nachdenken rief ich Hans und Mavovo, die sofort hereinkamen und sich niederkauerten. »Nun,« sagte ich, nachdem ich ihnen den Fall auseinandergesetzt, »was habt ihr arrangiert?«

»Mein Vater treibt seinen Spott mit uns«, sagte Mavovo mit tiefem Ernst. »Kann eine Ratte in einem Loch, vor dem ein Hund wartet, arrangieren, wie sie herauskommt? Wir sind hierher gekommen gerade wie die Ratte ins Loch. Doch jetzt sehe ich nichts als den Tod.«

»Sehr aufmunternd,« sagte ich, »nun ist die Reihe an dir, Hans.«

»O Baas,« erwiderte der Hottentotte, »eine Weile lang war ich wieder gescheit, nämlich als mir der Gedanke kam, die Flinte in den Bambus zu stecken, aber nun ist mein Kopf wieder wie ein verfaultes Ei, und wenn ich versuche, Weisheit herauszuschütteln, so schwabbt mein Gehirn von einer Seite nach der anderen wie die Brühe im verfaulten Ei. Aber halt, ich habe einen Gedanken, – wir wollen die junge Frau fragen.

Ihr Gehirn ist jung und nicht müde. Den Baas Stephan zu fragen hat keinen Zweck, denn sein Gehirn ist voll von anderen Dingen«, und er grinste vielsagend.

Mehr um Zeit zu gewinnen als aus irgendeinem anderen Grunde rief ich Fräulein Hoffnung, die gerade mit Stephan aus dem Heiligtum der Blume trat, und legte ihr die Frage vor. Ich sprach sehr langsam und klar, so daß sie mich verstehen konnte. Zu meinem Erstaunen antwortete sie sofort.

»Was ist ein Gott, Herr Allan? Ist er nicht mehr als ein Mensch? Kann ein Gott tausend Jahre in einem Loch festgehalten werden wie Satan in der Bibel? Wenn ein Gott weggehen will, um neue Länder zu sehen, wer kann zu ihm sagen: Nein!?«

»Ich verstehe noch nicht ganz«, sagte ich, um noch mehr aus ihr herauszuholen, obgleich ich schon zu wissen glaubte, worauf sie hinaus wollte.

»O Allan, die Heilige Blume da ist ein Gott, und meine Mutter ist ihre Priesterin. Wenn die Heilige Blume dieses Landes müde ist, und sie will irgendwo anders hin, warum soll die Priesterin sie nicht forttragen?«

»Ausgezeichneter Gedanke,« sagte ich, »aber sehen Sie, Fräulein Hoffnung, es gibt, oder besser, es gab zwei Götter, und einer davon kann nicht mehr auf Reisen gehen.«

»Oh, das ist auch sehr leicht, man ziehe die Haut des Gottes der Wälder diesem Manne an,« und sie zeigte auf Hans, »und wer sieht einen Unterschied? Sie sind wie zwei Brüder, nur ist dieser ein wenig kleiner.«

»Sie hat's! Bei meiner Tante, sie hat's erfaßt!« rief Stephan mit Begeisterung aus.

»Was sagt die junge Dame?« fragte Hans mißtrauisch.

Ich erzählte es ihm.

»Oh, Baas!« rief Hans aus. »Denke doch an den Gestank, der von der Haut des Gottes aufstieg, als wir sie in die Sonne legten! Außerdem war der Gott ein sehr großer Gott, und ich bin nur ein kleiner Mann.« Dann drehte er sich um und machte prompt Mavovo den Vorschlag, den Rock anzuziehen, indem er darauf hinwies, er sei größer und passe viel besser hinein.

»Lieber will ich sterben!« antwortete der große Zulu. »Soll ich, der ich das Blut von Königen in den Adern habe, und der ich ein Krieger bin, mich selbst lächerlich machen, indem ich die Haut einer toten Bestie anziehe und als Affe vor den Menschen erscheine?

Sage mir das noch einmal, gefleckte Schlange, und ich schlage dir meinen Kerri auf den Kopf.«

»Schau einmal her, Hans,« sagte ich, »Mavovo hat recht, er ist ein Soldat, und er ist gewaltig in der Schlacht. Du bist auch gewaltig, aber du bist gewaltig in deinem Verstand, und wenn du ihn gebrauchst, wirst du alle die Pongo zum Narren halten. Und ich glaube, es ist besser, Hans, daß du die Haut eines Gorillas ein paar Stunden lang trägst, als daß ich, dein Herr, und alle diese anderen hier getötet werden.«

»Ja, Baas, es ist wahr, Baas. Es wird Spaß machen, diese Pongo noch einmal zu täuschen, und Baas, ich möchte nicht sehen, daß du getötet wirst, nur um mir einen Gestank oder auch zwei zu ersparen. So will ich, wenn du es wünschest, den Gott spielen.«

So war diese Angelegenheit durch die Selbstaufopferung dieses guten Burschen Hans, der also in Wirklichkeit der eigentliche Held dieser Geschichte ist, erledigt, soweit in unserer Lage überhaupt etwas als erledigt bezeichnet werden konnte. Dann machten wir aus, daß wir morgen bei Tagesgrauen zu unserem verzweifelten Abenteuer aufbrechen wollten.

Bis dahin gab es noch viel zu tun. Zuerst rief Frau Eversley ihre Dienerinnen zusammen; fast alle von ihnen waren Albinos, und sie waren überwiegend entweder taub oder stumm. Sie sagte ihnen, daß der Gott, der in den Wäldern gewohnt hatte, gestorben sei. Deshalb müsse sie die Heilige Blume, die »Weib des Gottes« genannt wurde, zum Motombo bringen und ihm Bericht über das schreckliche Geschehnis erstatten. Unterdessen hätten sie hier auf der Insel zu bleiben und die Felder weiter zu bearbeiten.

Dieser Befehl versetzte die armen Geschöpfe, die sichtlich sehr an ihrer Herrin und deren Tochter hingen, in höchste Bestürzung. Die älteste von ihnen, eine große, dünne alte Dame mit weißer Wolle und Rubinenaugen, wie Stephan sagte, warf sich der Mutter zu Füßen, küßte sie und fragte, wann sie zurückkehren würde; denn sie und die »Tochter der Blume« wären alles, was sie zum Liebhaben hätten, und ohne sie würden sie vor Kummer sterben.

Die Mutter antwortete, daß sie es nicht wüßte; das hinge von dem Willen des Himmels und des Motombo ab.

Dann machten wir uns an die Ausgrabung der Heiligen Blume.

Die große Pflanze wurde auf eine Matte gelegt und ihre Wurzeln von Stephan in feuchtes Moos verpackt.

Dann wurde die Mitte um das Ganze herumgeschlagen und festgebunden, und jeder einzelne Blütenstengel bekam eine Bambusschiene, um ein Abbrechen zu verhindern. Zuletzt wurde das ganze Bündel auf eine Art von Bahre gesetzt und darauf festgeschnallt.

Unterdessen war es dunkel geworden, und wir alle waren hundsmüde.

Stephan und ich schliefen neben der verpackten Blume, und das war gut. Denn ungefähr um Mitternacht sah ich beim Licht des Mondes die Türe sich leise öffnen und die Köpfe einiger Albinofrauen hereinlugen. Zweifellos waren sie gekommen, um die Heilige Blume zu stehlen. Ich richtete mich auf, hustete und hob das Gewehr, woraufhin sie flohen und sich nicht mehr sehen ließen.

Noch lange vor Tagesanbruch waren Bruder John, seine Frau und seine Tochter auf und trafen die letzten Vorbereitungen zum Aufbruch. Beim letzten Mondlicht frühstückten wir, und beim ersten Schimmer des Tages setzten wir uns in Marsch.

Frau Eversley und ihre Tochter sagten dem Ort, an dem sie in vollständiger Einsamkeit und in ungestörtem Frieden so lange Jahre gelebt hatten, mit traurigen Mienen Lebewohl.

Ich bestand darauf, daß die beiden Damen, trotzdem es keine leichte Last für sie war, die Blume trugen. Denn es war gut, den Eindruck zu erwecken, daß sich die Heilige Blume in Obhut ihrer bestallten Priesterinnen befand. Ich ging mit dem Gewehr voraus, dann kam die Bahre mit der Blume, und die Nachhut bildeten Bruder John und Stephan.

Als wir die Blume verfrachteten, erschienen die unglücklichen Sklavinnen noch einmal am Ufer, warfen sich auf die Gesichter nieder und flehten mit Worten und Gebärden Mutter und Tochter an, sie nicht zu verlassen. Da wir den Dienerinnen aber nicht helfen konnten, schoben wir das Kanu so rasch als möglich ins Wasser und hörten noch lange das Weinen und Rufen der Verlassenen. Am andern Ufer angekommen, versteckten wir das Boot dort, wo wir es gefunden hatten, und begannen unseren Marsch. Stephan und Mavovo, die zwei Stärksten von uns, trugen jetzt die Pflanze. Stephan sagte keinen Ton wegen ihres Gewichtes, aber man hätte hören sollen, wie der Zulu schon nach der ersten Viertelstunde fluchte! Wäre er nicht so gut Freund mit Stephan gewesen, er hätte sicherlich die Bahre schon nach den ersten hundert Schritt einfach hingeworfen.

Wir kreuzten den Garten des Gottes. Hier hatte, wie mir Frau Eversley sagte, der Kalubi jedes Jahr zweimal die heilige Saat ausstreuen müssen. Bei dieser Gelegenheit wurde dann der Priester, den die Bestie nicht mehr leiden konnte, von ihr angegriffen. Diese Überfälle verteilten sich meist auf eineinhalb Jahre. Bei der ersten Gelegenheit zeigte der Affe seine Abneigung, indem er beim Anblick des Priesters brüllte. Bei der zweiten packte er gewöhnlich seine Hand und biß ihm einen Finger ab, so wie es unserem Kalubi geschehen war, eine Wunde, die gewöhnlich infolge Blutvergiftung den Tod nach sich zog. Wenn der Priester jedoch geheilt wurde, so tötete ihn der Affe dann sicherlich bei seinem nächsten Besuch, indem er ihm den Kopf zwischen seinen mächtigen Kinnbacken zermalmte. Wenn der Kalubi diese Besuche machte, wurde er von einigen ausgewählten Jünglingen begleitet, von denen der Gott stets einige umbrachte. Diejenigen, die die Reise sechsmal gemacht hatten, ohne umgebracht zu werden, mußten dann noch einige besondere Prüfungen bestehen, bis zuletzt gewöhnlich nur zwei übrigblieben. Von diesen hieß es dann, sie wären »an dem Gott vorbeigegangen« oder »durch den Gott angenommen«. Diese Jünglinge wurden mit größter Ehrerbietung behandelt. Bis schließlich der gegenwärtige Kalubi eines Tages von dem Gorilla getötet und einer der beiden Auserwählten Kalubi wurde. Frau Eversley wußte nichts von der heiligen Zeremonie der Verspeisung des toten Priesters und von der Beisetzung seiner Knochen in den eisernen Särgen. Solche Dinge schien man ihr absichtlich ferngehalten zu haben.

Ich fragte, ob auch der Motombo den Gott besuchte. Sie berichtete mir, das geschehe etwa alle fünf Jahre. Nach vielen mystischen Zeremonien verbrachte er dann jedesmal eine Woche im Urwald immer zur Zeit des vollen Mondes. Einer der Kalubis wollte bei dieser Gelegenheit einmal den Motombo und den Gott zusammen unter einem Baum sitzen gesehen haben, jeder den Arm um des anderen Schulter geschlungen, und sie hätten sich dabei unterhalten »wie Brüder«.

Noch etwas brachte ich in Erfahrung, und das bestätigte Babembas Geschichte. Es wurden manchmal Gefangene von anderen Stämmen in den Wald gebracht, damit sich der Gott daran ergötze, sie zu töten. Auch uns war dieses Schicksal bestimmt gewesen.

Hinter dem Garten des Gottes kamen wir zu der Lichtung, wo wir die Affenhaut ausgebreitet hatten. Sie war trocken und dadurch etwas kleiner geworden. Außerdem aber hatten Waldameisen, wie Hans mit Freude feststellte, alle daran verbliebenen Fleisch-reste aufs sauberste abgeknabbert. Die Haut selbst schien ihnen zu zäh gewesen zu sein. Aber auch die Bestie selbst hatten die fleißigen kleinen Geschöpfe ratzekahl aufgefressen. Nichts war übriggeblieben als die reinen weißen Knochen, und die lagen noch in derselben Stellung da, in der wir den Kadaver verlassen hatten.

Dann machten wir uns daran, den Kopf, die Hände und die Füße mit feuchtem Moos auszustopfen, um die Formen möglichst natürlich zu erhalten. Das Ganze war keine leichte Bürde. Bruder John und Hans trugen sie keuchend über einem Ast auf ihren Schultern.

Mit dieser Last und mit der Blume bepackt, kamen wir nur sehr langsam voran, und die Sonne ging fast schon unter, als wir den Begräbnisplatz erreichten, wo wir uns niedersetzten, um zu rasten und zu essen und um die Lage zu besprechen.

Was war zu tun? Der Flußarm mit dem stehenden Wasser lag jetzt vor uns. Aber wir hatten kein Boot, um hinüberzukommen.

Ich rief Hans. Die anderen auf dem Friedhof zurück-lassend, gingen wir zum Wasser hinunter, um die Lage zu studieren. Wir hielten uns sorgsam hinter den Binsen und dem mangrovenartigen Ufergebüsch versteckt. Fernes Wetterleuchten deutete auf ein Gewitter hin.

Wir schauten auf das dunkle, trübe Wasser und auf die Krokodile. Zu Dutzenden saßen sie wartend herum, seit Ewigkeiten wartend, ich weiß nicht, worauf eigentlich. Wir schauten auf die steil aufschießenden Klippen gegenüber. Aber außer der Stelle, wo die Höhle mündete, brandete das Wasser überall unmittelbar gegen Felsenmauern. Unverkennbar war die einzige Fluchtmöglichkeit der Weg durch die Höhle. Und kein Baumstamm war zu finden, auf dem wir zur Not hätten übersetzen können, und ebensowenig trockenes Schilf oder Buschwerk, um eine Art Floß daraus zu machen.

»Wenn wir kein Boot bekommen können, müssen wir hierbleiben«, bemerkte ich kopfschüttelnd zu Hans, der hinter mir unter einem Busch kauerte.

»Baas,« sagte Hans nachdenklich, »du mußt hinunter-schwimmen zu dem Motombo und ihn mit der kleinen Flinte durch den Kopf schießen. Dann nimmst du das Kanu aus der Höhle und holst uns alle ab.«

»Die Krokodile«, sagte ich.

»Baas, die Krokodile gehen zu Bett, wenn ein Sturm kommt; denn sie haben Angst, der Blitz würde sie wegen ihrer Sünden töten.«

Ich hatte tatsächlich oft gehört und manchmal auch beobachtet, daß diese großen Reptilien bei bewegtem Wasser verschwinden. Wahrscheinlich weil auch ihre Nahrung verschwindet. Doch wie immer, im nächsten Augenblick hatte ich mich entschlossen.

»Ich werde es versuchen, Hans«, sagte ich.

18. Kapitel

Erfülltes Schicksal

Wir fanden die anderen bei unserer Rückkehr sehr niedergeschlagen. Zu verwundern war es nicht; die Nacht brach herein, der Donner grollte und hallte durch den Wald, und bald begann in großen Tropfen Regen zu fallen.

»Nun, Allan, was haben Sie arrangiert?« fragte Bruder John mit einem schwachen Versuche von Lustigkeit und ließ die Hand seiner Frau los. In jenen Tagen schien er immerfort ihre Hand zu halten.

»Oh!« antwortete ich, »ich will gehen und das Kanu holen, so daß wir hinübersetzen können.«

Jetzt erhob sich ein Durcheinander von Fragen und Ausrufen. Ich wies jedoch alle Einwendungen zurück.

»Kommt alle hinab zum Wasser. Ihr werdet dort nicht so in Gewittergefahr sein wie hier unter den hohen Bäumen. Und während ich hinübergehe, ziehen Sie, meine Damen, Hans die Gorillahaut an, so gut Sie können. Sie können sie mit Palmfasern festbinden und die Höhlungen und den Kopf mit Blättern oder Schilf ausfüllen. Er muß fertig sein, wenn ich mit dem Kanu zurückkomme.«

Hans stöhnte und schüttelte sich, aber er machte keine Einwendungen mehr. Wir gingen zum Wasser hinunter. Dort zog ich die Überkleider aus und behielt nur mein Flanellhemd und die baumwollenen Unterhosen an, die grau und deshalb bei Nacht fast unsichtbar waren.

Nun war ich bereit, Hans übergab mir die kleine Büchse.

Ich erfaßte das Gewehr dort, wo der schrecklich fettige Lumpen herumgebunden war, schüttelte den anderen die Hände, und als ich zu Fräulein Hoffnung kam, legte sie mir – ich bin stolz darauf – die Arme um den Hals und gab mir einen Kuß auf die Stirne.

»Es ist der Kuß des Friedens, o Allan«, sagte sie. »Mögt Ihr gehen und in Frieden zurückkehren.«

Stephan murmelte etwas davon, daß er sich schäme, Bruder John schickte ein inbrünstiges und wohlgeformtes Gebet zum Himmel, Mavovo salutierte mit dem kupfernen Assegai und begann mir »Sibonga«, Zuluehrentitel, zu geben, und Frau Eversley sagte:

»Oh! Ich danke Gott, daß ich noch einmal in meinem Leben einen tapferen englischen Gentleman gesehen habe.«

Das betrachtete ich als ein großes Kompliment für meine Nation und mich selbst, immerhin büßte es etwas von seinem Glanze ein, als ich späterhin entdeckte, daß sie selbst geborene Engländerin war.

Wieder blitzte es. Ich rannte rasch zum Wasser hinab, gefolgt von Hans. Er wollte der letzte sein, der von mir Abschied nahm.

»Geh zurück, Hans, eh' du gesehen wirst,« sagte ich, indem ich leise von einer Wurzel in den Strom hinabglitt, »und sage ihnen, sie sollen meine Jacke und meine Hose trocken halten, so gut sie können.«

»Fahr wohl, Baas«, murmelte er, und ich hörte ihn schluchzen. Seine weiteren Worte verschlang der plötzlich in wahren Fluten herabstürzende Regen. Ich kann nicht beschreiben, wie mir zumute war. Vor den anderen hatte ich meine Angst zu verbergen versucht. Aber jetzt überfiel sie mich so stark wie nie zuvor in meinem Leben. Am meisten entsetzte mich der Gedanke an die Krokodile. Ich habe immer Krokodile gehaßt, seitdem – nun, das tut nichts zur Sache –, und dieses Wasser wimmelte geradezu von diesen scheußlichen Reptilien.

Doch ich schwamm los. Das Gewässer mochte etwa hundertfünfzig Meter breit sein, nicht mehr, also keine große Entfernung für einen guten Schwimmer. Aber dabei hatte ich das Gewehr um jeden Preis über dem Kopfe zu halten, denn wenn es einmal untertauchte, war es nicht mehr zu gebrauchen. Auch hatte ich schreckliche Angst, daß ich beim Lichte der Blitze gesehen werden könnte. Und schließlich waren die Blitze selber zu fürchten, denn es kam mir vor, als ob sie auf den Stahllauf des Gewehres zielten und rechts und links von mir ins Wasser schlügen.

Ich schätze, daß die Schwimmtour etwa eine Viertelstunde dauerte; denn ich kam absichtlich langsam vorwärts, um Kräfte zu sparen, obgleich der Gedanke an die Krokodile mich immer wieder entsetzte und zur Eile antrieb. Aber Gott sei Dank sah ich nichts von diesen Bestien. Jetzt war ich der Höhle schon ganz nahe – jetzt war ich unter dem überhängenden Felsen, und ich fühlte Boden unter den Füßen. Das Wasser reichte mir noch bis zur Brust. Ich lehnte mich an den Felsen, spähte ringsum und bewegte meinen steif gewordenen linken Arm hin und her. Ich zog die Lumpen vom Gewehrschloß herab, wischte damit die Nässe vom Laufe und ließ die Lappen fallen, dann sicherte und stach ich das Gewehr. Nun schaute ich mich um. Da war die Plattform, und da – richtig, da saß die Krötengestalt des Motombo. Doch er kehrte mir den Rücken zu und starrte in die Dunkelheit der Höhle hinein. Ich zögerte einen schicksalsschweren Moment lang. Vielleicht schlief der Priester, vielleicht konnte ich das Kanu wegbringen, auch ohne ihn erschießen zu müssen. Mir widerstrebte es, auf einen Menschen zu feuern, der mich nicht sehen konnte. Außerdem war sein Kopf vornübergesunken, und wie konnte ich ihn durch einen Schuß in den Rücken sicher töten? Und schließlich hätte ich auch den Schuß des Knalles wegen gern vermieden.

In diesem Augenblick drehte sich der Motombo um. Irgendein Instinkt mußte ihm meine Gegenwart verraten haben; denn ich hatte mich nicht gerührt, und die Stille ringsum war, abgesehen von dem leichten Plätschern der Regentropfen, so tief wie in einem Grabe. Als er sich umdrehte, ging eben ein Blitz nieder, und er sah mich.

»Es ist der weiße Mann,« murmelte er zischend vor sich hin, während ich in der Dunkelheit mit dem Gewehre an der Schulter wartete, »der weiße Mann, der vor langer, langer Zeit schon auf mich geschossen hat Er ist wieder da, und er hat ein Gewehr! Oh! Jetzt erfüllt sich mein Schicksal! Ohne Zweifel ist der Gott tot, und nun muß auch ich sterben!«

Dann, wie in einer letzten Hoffnung, griff er nach dem Horn, um Hilfe herbeizurufen.

Wieder zuckte ein Blitz auf, dem ein fürchterlicher Donnerschlag folgte. Ich schickte ein Stoßgebet zum Himmel, riß mich zusammen, nahm seinen Kopf aufs Korn und feuerte, gerade als das Horn seine Lippen berührte. Es fiel ihm aus der Hand; er sank zusammen und regte sich nicht mehr.

Oh! Dem Himmel sei Dank. In diesem entscheidenden Augenblick hatte mich die Kunst, in der ich Meister bin, nicht verlassen! Wenn meine Hand auch nur ein klein wenig gezittert hätte, wenn meine Nerven,

die bis zum Zerspringen gespannt waren, mich verlassen hätten, wenn der Lumpen auch die leiseste Feuchtigkeit an das Zündhütchen gelassen hätte – nun, dann wäre diese Geschichte niemals geschrieben worden, und ein paar Knochen mehr moderten auf dem Begräbnisplatz der Kalubis. Das ist alles. – Eine Minute lang stand ich still, in der Erwartung, daß die Dienerinnen aus den Türen hervorstürzen und einen schrillen Alarm schlagen würden. Doch nichts geschah. Ich denke mir, weil das Krachen des Donners den Büchsenknall verschluckte.

Ein wenig beruhigt, watete ich ein paar Schritte vorwärts und band das Kanu los. Ich kroch hinein, legte das Gewehr auf den Boden, nahm ein Paddel und trieb das Fahrzeug ins offene Wasser hinaus.

Einige Minuten lang hielt ich noch das Boot dicht an den Felsen. Das Gewitter schien im raschen Abziehen zu sein. Dann riskierte ich es, ruderte hinaus und in einem kleinen Bogen nach links dem gegenüberliegenden Ufer zu.

Meine Gefährten sahen mich kommen, und ich sah – sah, und mein Haar sträubte sich – im nächsten Augenblick den Gorillagott selbst ins Wasser patschen und nach meinem Boote greifen. Genau dasselbe Ungeheuer, das uns im Forst so geängstigt hatte. Oder schien es ein wenig kleiner?

Dann erst erinnerte ich mich und lachte erleichtert auf, und dieses Lachen tat unendlich wohl.

»Bist du es, Baas?« sagte eine dumpfe Stimme ungefähr aus der Bauchgegend des Gorillas her. »Bist du wohlbehalten, Baas?«

»Selbstverständlich,« antwortete ich, »wie wäre ich sonst hier?« Und aufgeräumt setzte ich hinzu: »Fühlst du dich wohl in dem schönen, warmen Fell bei diesem Regen, Hans?«

Ich landete, trat beiseite, zog mein nasses Unterzeug aus, stopfte es in die Taschen meines Jagdrockes und zog die anderen Sachen an. Dann nahm ich einen guten Schluck aus der Flasche, aß ein bißchen und erzählte den anderen in Kürze, was sich ereignet hatte. Ohne Zeit zu verlieren, wurde dann die Blume in das Kanu gelegt. Wir stiegen ein, ich setzte mich mit dem frischgeladenen Gewehr an den Bug, und Bruder John und Stephan nahmen die Paddel.

Wir fuhren in einem kleinen Bogen hinüber, um einer etwaigen Beobachtung zu entgehen. An der Felsmauer drüben angekommen, steckte ich vorsichtig den Kopf in die Höhle und spähte. Nichts rührte sich. Leise, leise stiegen wir aus. Ich ging voraus, die anderen stahlen sich mit scheuen Blicken auf das schreckliche Gesicht des Toten vorbei und mir nach.

Dann rückten wir lautlos durch die Windungen der Höhle vor. Einige Schritte vom Eingang entfernt stand ein Wachtposten. Im allerletzten Augenblick drehte er sich um. Er sah den ungeheuren Affen und dahinter die hochragende Heilige Blume. Er sah die Götter seines Landes auf sich zukommen und stürzte, die Arme in die Höhe geworfen, sofort besinnungslos zu Boden. Ich habe nicht gefragt, aber ich glaube, daß Mavovo Maßnahmen getroffen hat, um ihn am Wiederaufstehen zu verhindern.

So schnell wir nur konnten, und die ganze Nacht, marschierten wir vorwärts. Nur hier und da machten wir kurze Rast, um die Träger der Blume zu Atem kommen zu lassen. Frau Eversley löste manchmal ihren Gatten für eine kleine Weile ab, aber Stephan, der ein sehr kräftiger Bursche war, trug sein Ende den ganzen langen Weg.

Hans allerdings fühlte sich unter dem beträchtlichen Gewicht der Gorillahaut nichts weniger als wohl. Aber er war ein zäher, alter Bursche und hielt besser aus, als ich erwartet hatte, obgleich er sich kurz vor der Stadt aus Müdigkeit gezwungen sah, manchmal der Gewohnheit des vorherigen Besitzers der Haut zu folgen, nämlich auf allen Vieren vorwärts zu laufen. Wir erreichten die große, breite Straße von Rica etwa eine halbe Stunde vor der Morgendämmerung und waren schon unbeobachtet bis zum Festhaus gekommen; denn an diesem nassen und kühlen Morgen fühlte sich niemand veranlaßt, besonders zeitig aufzustehen. Aber etwa hundert Schritt vor dem Hafen bemerkte uns eine Frau, die gerade aus ihrer Hütte in den Garten trat. Sie erhob sofort ein durchdringendes, entsetztes Kreischen.

»Die Götter!« schrie sie. »Die Götter verlassen das Land und nehmen die weißen Männer mit sich.«

Augenblicklich ging ein gewaltiges Geschrei und Getümmel in den Häusern los. Köpfe lugten zu den Türen heraus, Leute rannten in die Gärten und begannen zu schreien und zu kreischen, als ob ein Gemetzel im Gange wäre. Doch keiner kam an uns heran. Sie fürchteten sich offenbar vor dieser unheimlichen Prozession.

»Vorwärts,« rief ich, »oder alles ist verloren.«

Meine Leute gehorchten sofort. Hans schwankte mit letzten Kräften vorwärts, denn seine Vermummung erstickte ihn fast, Stephan und Bruder John fielen trotz ihrer Erschöpfung in eine Art stolpernden Trab. Wir erreichten den Hafen. Auf den ersten Blick sah ich ein Kanu daliegen, dasselbe, das uns von Mazituland herübergebracht hatte. Wir stolperten hinein. Ich zerschnitt mit dem Messer den Haltestrick, und wir stießen ab.

Am Ufer standen Hunderte von Menschen, unter ihnen viele Soldaten. Aber sie waren zu entsetzt, als daß sie irgend etwas unternommen hätten. Bis zu diesem Augenblick hatte Hansens Vermummung uns glänzende Dienste geleistet. Hinter dem Menschenhaufen sah ich jetzt Komba, einen großen Speer in der Hand, im Galopp angerannt kommen. Und auch er blieb wie versteinert stehen.

Dann brach die Katastrophe herein. Sie hätte uns beinahe das Leben gekostet.

Hans bekam nämlich plötzlich einen Erstickungsanfall und schob deshalb seinen Kopf durch die Schlingen, die den ausgestopften Kopf des Gorillas über seinem eigenen festhielten. Dabei fiel dieser ihm über die Schulter herunter. Komba sah sein häßliches kleines Gesicht aus der Affenhaut auftauchen und wußte sofort, was los war.

»Sie spielen uns einen Streich!« brüllte er. »Diese weißen Teufel haben den Gott getötet und die Heilige Blume und ihre Priesterinnen gestohlen! Der gelbe Mann steckt in der Haut des Gottes! In die Boote! In die Boote!«

»Rudert!« schrie ich Bruder John und Stephan zu, »rudert ums Leben! Mavovo, hilf mir das Segel aufziehen!«

Es war ein Glück, daß nach dem Gewitter ein heftiger Wind, und zwar nach dem gegenüberliegenden Ufer zu, wehte.

So rasch wir konnten, hißten wir das Mattensegel. Aber unterdessen waren schon eine Menge feindlicher Boote hinter uns her. Im ersten stand Komba, der neue Kalubi, und brüllte Flüche und Todesdrohungen zu uns herüber.

Irgend etwas mußte geschehen, wenn wir nicht schon in den nächsten Minuten von diesen geübten Bootsleuten eingeholt werden wollten. Ich überließ Mavovo das Segel, drängte den bewußtlosen Hans beiseite und machte das Gewehr fertig. Es war noch ein einziges Zündhütchen übrig, und von diesem wollte und mußte ich einen entscheidenden Gebrauch machen. Ich stellte das Visier auf die größte Entfernung ein, legte an und nahm Kombas Kinn aufs Korn. Das Gewehrchen war für solch große Entfernung nicht gemacht, und nur dadurch, daß ich absichtlich hoch hielt, konnte ich hoffen, den Körper des Mannes zu treffen. Ich hielt den Atem an und berührte den Abzug. Der Schuß ging los; und als der Rauch sich verzog, sah ich Komba die Arme hochschleudern und rückwärts ins Kanu zurückstürzen.

Wie ich späterhin hörte, hatte der Schuß mitten auf der Brust gesessen und das Herz durchbohrt. Und wenn ich alle Umstände in Betracht ziehe, glaube ich, daß jene vier Schuß, die ich in Pongoland abfeuerte, den Rekord in meiner Laufbahn als Schütze darstellten. Der erste, bei Nacht abgefeuert, zerschmetterte dem Gorillagott den Arm, und er hätte ihn getötet, wenn sich nicht die Explosion verzögert und dem Affen dadurch Zeit gegeben hätte, den Kopf zu schützen; der zweite tötete den Gorilla dann mitten in einem Getümmel; der dritte, bei dem Schein eines Blitzes und nach einer langen Schwimmtour abgefeuert, kostete dem Motombo das Leben, und der vierte, auf so große Entfernung und aus einem in Bewegung befindlichen Boot abgeschossen, war der Lohn für jenen kaltblütigen und verräterischen Schuft Komba, der der Meinung war, uns jetzt sicher in Pongoland zu haben, uns ermorden und als Opfer verspeisen zu können.

Der Eindruck des Todes Kombas auf die Pongo war recht merkwürdig. Die anderen Kanus drängten sich sofort an jenes heran, in dem er lag. Dann, nach einer hastigen Besprechung, holten sie die Segel ein und paddelten nach dem Landungsplatz zurück. Warum sie das taten, kann ich nicht sagen. Es ist schwer, die oft mysteriösen Motive zu erkennen, die die Handlungen afrikanischer Stämme beeinflussen.

Jedenfalls war das nächste Resultat das, daß wir einen großen Vorsprung bekamen. Um drei Uhr nachmittags konnten wir schon die Küste von Mazituland und sogar den schwachen Farbenfleck am Himmel erkennen, wo der Union Jack vom Hügel herabflatterte.

Während dieser Stunden aßen wir den Rest unseres Proviantes auf, wuschen uns gründlich und ruhten aus. Im Hinblick auf das, was noch folgen sollte, war es sehr gut, daß wir diese Erholungspause gehabt hatten. Denn gerade als die Brise völlig einschlief, blickte ich mich um, und siehe, da kam die ganze Flotte der Pongokanus noch unter völligem Wind daher, dreißig oder vierzig Boote, und in jedem ungefähr zwanzig bewaffnete Krieger! Wir segelten weiter, solange wir segeln konnten, und trotzdem es nur langsam ging, ging es

immer noch schneller, als wenn wir gerudert hätten. Außerdem war es nötig, unsere Kräfte für den Endspurt zu sparen.

Als das letzte Restchen Wind eingeschlafen war, waren wir immerhin noch etwas über fünf Kilometer vom Ufer oder vielmehr vom Rande des großen Schilfgürtels entfernt, der in einer Breite von fünf- bis sechshundert Metern die Küste von Mazituland umsäumte. Um diese Zeit waren die Pongo noch vier Kilometer hinter uns. Aber da sie den Wind einige Minuten länger ausnutzen konnten als wir, verminderte sich zuletzt der Zwischenraum bald auf höchstens anderthalb Kilometer. Das bedeutete also, daß sie bis zum Ufer noch fünf Kilometer und wir etwa drei zurückzulegen hatten. Wir warfen, um unser Kanu zu erleichtern, das Segel herunter und mitsamt dem Maste über Bord. Dann begannen wir zu paddeln, was die Kräfte hergaben. Als uns noch fünfzehnhundert Meter vom Rande des Schilfes trennten, hatten sie uns schon bis auf siebenhundert eingeholt, und diese Distanz verringerte sich infolge unserer Ermüdung von Minute zu Minute. Hundertfünfzig Meter vor dem Schilfgürtel waren sie bis auf vierzig oder fünfzig an uns herangekommen.

»Über Bord mit der Pflanze«, rief ich. Aber Stephan, der vor Erschöpfung und mit seinem durchschwitzten Gesicht ganz verändert und alt aussah, keuchte:

»Um Gottes willen, nein, nachdem wir soviel durchgemacht haben, um sie zu bekommen!«

Ich bestand nicht darauf, denn es war weder Zeit noch Atem für Auseinandersetzungen.

Jetzt hatten wir das Schilf erreicht. Durch die Flagge geführt, waren wir direkt auf die große Flußpferdpassage gestoßen. Jetzt waren die Pongo, die wie Rasende ruderten, nur noch etwa zwanzig Meter hinter uns. Gott sei Dank hatte dieses Volk niemals den Gebrauch von Pfeilen und Bogen erlernt, und ihre Speere waren zum Werfen zu schwer. Auch bekamen wir jetzt Hilfe. Der alte Babemba und seine Mazitu und unsere Zulujäger hatten uns gesehen. Die Zulus eröffneten ein wildes Geschieße, mit dem Resultat, daß eine der Kugeln unser Kanu und eine andere meine Hutkrempe traf. Eine dritte allerdings tötete einen Pongo, und das brachte für eine Minute Verwirrung unter die Angreifer.

Aber dennoch schienen sie das Rennen zu gewinnen. Als ihr vorderstes Boot kaum zehn Schritt hinter uns war und wir noch immer über zweihundert vom

Ufer, trieb ich mein Paddel grundwärts und fand, daß das Wasser hier höchstens einen Meter tief war.

»Über Bord alle und watet, das ist unsere letzte Hoffnung!« rief ich; wir purzelten heraus, und alles hätte jetzt noch gutgehen können, wenn nicht Stephan, nachdem er sich schon einige Schritte vorwärts gearbeitet hatte, wieder seine geliebte Orchidee eingefallen wäre. Nicht nur, daß er zurücklief, um sie zu retten, sondern er beschwatzte auch seinen Freund Mavovo, ihm dabei zu helfen. Sie packten die Pflanze und hoben sie gerade hoch, als die Pongo sie angriffen, indem sie über das Kanu herüber, das sich jetzt quer in die Passage gelegt hatte, mit ihren Speeren nach den beiden schlugen. Mavovo schlug mit seinem Pongospeer zurück, worauf einer der Kannibalen einen Ballaststein nach ihm schleuderte und ihn seitlich am Kopfe traf. Mavovo sank ins Wasser nieder, erhob sich noch einmal, taumelte fast besinnungslos hin und her, und wäre wohl wieder und endgültig gestürzt, wenn ihn nicht die ersten der uns zu Hilfe eilenden Mazitu gepackt und ans Land geschleppt hätten.

Stephan, allein gelassen, zerrte unentwegt noch immer an der einen Seite der Orchidee. Alsbald aber packte ein Pongo ihre andere Seite, und ein paar Sekunden darauf stieß ein zweiter Stephan seinen Speer durch die Schulter. Da erst ließ dieser die Pflanze los und versuchte zu fliehen. Zu spät! Ein halbes Dutzend Pongo sprangen aus ihrem Boot und über das unsere hinweg ins Wasser, um ihn zu packen oder niederzustoßen. Ich konnte ihm nicht helfen. Denn ich war gerade in ein tiefes Schlammloch gefallen, und die Mazitu und Zulus waren noch zu weit weg, als daß sie ihm Hilfe hätten bringen können. Er wäre also sicherlich umgekommen, wenn nicht die tapfere Tochter Dogitahs seine üble Lage gesehen und, mit Sprüngen wie ein Leopard durch das Wasser zurückschießend, ihm zu Hilfe gekommen wäre.

Sie warf sich zwischen Stephan und die Pongo und begann mit gellender Stimme und erstaunlicher Zungengeläufigkeit die furchtbarsten Flüche der Pongo-Religion auf die Köpfe der Angreifer herabzuschleudern. Die Wirkung dieser Beschwörung war prompt und gründlich. Die Pongo blieben wie versteinert stehen, ließen die speerbewaffneten Hände und vor lauter Ehrerbietung sogar die Köpfe sinken, und gaben dadurch den beiden genügend Zeit zu entkommen. Den Kopf nach rückwärts und die Augen fest auf die Wilden gerichtet, brachte das Mädchen den Verwundeten in Sicherheit.

Die Heilige Blume sah ich noch einmal, und zwar zum letztenmal in meinem Leben. Ich sah sie über dem Schilf auftauchen, als sie von den Pongo hochgehoben und in eins ihrer Boote gebracht wurde. – Das war das Ende meiner Orchideenjagd – und auch des Geldes, das ich beim Verkauf dieser Kostbarkeit zu machen gehofft hatte. Ich wüßte gern, was aus ihr geworden ist. Auf der Insel ist sie nicht wieder eingepflanzt worden. Vielleicht hat sie die Rückreise in jene düsteren, bis heute unbekannten Regionen Afrikas gemacht, aus denen die Pongo sie vor Hunderten von Jahren mitbrachten.

Inzwischen waren wir alle mit Hilfe unserer Freunde ans Ufer gekommen. Hier brachen Hans, die Damen und ich vollständig erschöpft zusammen, während Bruder John noch soviel Kraft fand, unsere beiden Verwundeten Stephan und Mavovo zu verbinden.

Dann begann die Schlacht im Schilfe. Die Pongo, rasend vor Wut über den Tod ihres Gottes und seines Priesters Motombo und die Verschleppung der »Mutter der Blume«, griffen an wie verwundete Büffel. Sie sprangen aus ihren Kanus und strebten durch das Schilf dem Ufer zu. Hier wurden sie von ihren Erbfeinden, den Mazitu, unter dem Kommando des alten Babemba in Empfang genommen. Ein wildes Handgemenge begann.

Im großen ganzen sah es aus, als ob die Pongo, die hier in ihrem Element waren, den Sieg davontragen würden – wenn nicht die Gewehre der Zulujäger gewesen wären. Obgleich ich selbst nicht mehr imstande war, auch nur einen Schuß abzufeuern, gelang es mir doch, die Zuluschützen um mich zu sammeln und ihr Schießen zu dirigieren. Hierdurch wurden die Pongo so in Schrecken versetzt, daß sie nach einem Verlust von zehn oder zwölf Mann plötzlich kehrtmachten und Hals über Kopf wieder in ihre Boote hineinkletterten.

Auf ein Hornsignal hin tauchten sie dann die Ruder ins Wasser und glitten, uns noch immer mit Flüchen und Verwünschungen überschüttend, zum Kanal hinaus in offenes Wasser. Ihre Boote wurden bald kleiner und kleiner und verschwanden schließlich ganz.

Zwei der Kanus wurden erbeutet und mit ihnen sechs oder sieben Pongo. Die Mazitu wollten sie natürlich sofort umbringen, aber auf Befehl Bruder Johns, der unter ihnen ja dieselbe Autorität genoß wie der König selbst, wurden ihnen die Arme gebunden, und sie wurden als Gefangene mitgenommen.

In einer halben Stunde war alles vorüber. Was sich an diesem Tage sonst noch ereignete – darüber kann ich nichts berichten. Denn mir wurde unsagbar elend, und ich verlor schließlich die Besinnung, was wohl zu verstehen ist; man vergegenwärtige sich nur, was wir in diesen vierundeinhalb Tagen, seit wir von der Mazituküste aufgebrochen waren, alles erlebt hatten.

19. Kapitel

Die wahre heilige Blume

Ich muß fünfzehn oder sechzehn Stunden geschlafen haben. Denn als ich mich wieder auf mich selbst besann, stand die Sonne eines neuen Tages schon hoch am Himmel.

Hans, der mich aus den Augenwinkeln heraus beobachtete, kam sofort mit einer Blechtasse heißen Kaffees daher. Ich trank ihn bis zum letzten Tropfen aus und fühlte mich danach wie neugeboren. Während ich mich dann mit ein paar Stücken gerösteten Fleisches beschäftigte, berichtete mir Hans, was unterdessen vorgegangen war.

Dann wusch ich mich mit einer wahren Wollust, zog meine Unterkleider, die Hans ausgewaschen und getrocknet hatte, an und fragte den würdigen Hottentotten, wie er sich jetzt nach all unseren Abenteuern befände.

»Oh, ganz gut, Baas,« antwortete er, »zumal ich jetzt den Bauch voll habe. Meine Hände freilich sind noch ganz wund davon, daß ich wie ein Pavian auf allen Vieren kriechen mußte, und den Gestank der Haut jenes Gottes kann ich nicht aus der Nase kriegen. Ja, Baas, ich glaube, du hast doch gut daran getan, den versoffenen alten Hans auf deine Reise mitzunehmen. War es nicht klug von mir, das kleine Gewehr hinüberzuschmuggeln? Und auch mein Vorschlag, daß du durch das Krokodilwasser schwimmen solltest?«

»Ja, Hans,« sagte ich, »es war gut, daß ich dich mitgenommen habe, denn ohne dich wären wir jetzt längst aufgefressen worden in Pongoland. Ich danke dir für diese Hilfe, alter Freund. Aber, Hans, ein andermal flicke die Löcher in deinen Westentaschen! Vier Zündhütchen waren nicht viel.«

Vor dem Zelteingang traf ich Bruder John, der mir mitteilte, daß er Stephans Wunde ausgewaschen und genäht habe, und daß sie gut aussähe, trotzdem der Speer die Schulter durchbohrt hatte. So ging ich denn hinein und fand den Patienten in ganz fideler Stimmung vor, wenn auch schwach durch die Anstrengungen und den Blutverlust. Fräulein Hoffnung fütterte ihn gerade mit Fleischbrühe. Ich blieb nicht lange bei ihm, denn er kam bald auf die verlorene Orchidee zu sprechen; dieser Gegenstand schien ihn aufzuregen. Und jetzt beschwichtigte ich ihn damit, daß ich ihm von der Samenkapsel erzählte, die ich eingesteckt hatte.

Hocherfreut gab er mir sofort eingehende Instruktionen. Ich sollte diese Kostbarkeit in eine vollkommen trockene und luftdichte Büchse verpacken, und – da er kein Ende dabei fand, komplimentierte mich Fräulein Hoffnung ohne weitere Zeremonien hinaus.

Über unsere Reise nach Bezar ist nichts zu sagen; sie verlief ohne Zwischenfälle.

Stephan ertrug den Transport recht gut, und Bruder John, der einer der besten Ärzte war, die mir je begegneten, gab gute Berichte über ihn aus. Doch es fiel mir auf, daß der Patient in keiner Weise zu Kräften kam, trotzdem er futterte wie ein Löwe. Auch sagte mir Fräulein Hoffnung, daß er nur sehr wenig schlafe.

»O Allan,« klagte sie, kurz bevor wir die Stadt erreichten, »Stephan, Euer Sohn (sie nannte ihn stets meinen Sohn, warum, weiß ich nicht), ist sehr krank. Mein Vater sagt, es ist nur die Speerwunde, aber ich weiß, es ist mehr als das. Er ist in sich selbst krank«, und Tränen füllten ihre grauen Augen. Sie hatte auch recht. Denn in der Nacht nach unserer Ankunft in Bezar wurde Stephan von einem sehr bösartigen afrikanischen Fieber befallen, das ihn in seinem geschwächten Zustande das Leben hätte kosten können.

Unser Willkommen in Bezar war im höchsten Grade imponierend. Die ganze Bevölkerung, von dem alten Bausi selber angeführt, kam uns entgegen und geleitete uns im Triumph in unsere alten Hütten.

Ich glaube, Stephan verdankte sein Leben einer, wie soll ich sagen, geistigen Überrumpelung oder einem Trick Fräulein Hoffnung. An jenem gefährlichen Abend nahm sie seine Hand, und auf einen Fleck im Fußboden zeigend, sagte sie:

»Sieh da, sieh, Stephan, die Blume ist zurückgebracht worden.« Er starrte und starrte, und zu meinem Erstaunen antwortete er:

»Bei meiner Tante, es ist wahr. Aber diese Schweinehunde haben ja alle Blüten bis auf eine abgebrochen!«

»Ja,« gab sie zurück, »aber eine ist übriggeblieben, und es ist die schönste von allen.«

Danach fiel er in einen Schlaf, und er schlief zwölf Stunden lang. Erwacht, nahm er etwas Nahrung zu sich und schlief wieder ein. Und das beste dabei war, daß seine Temperatur plötzlich ein wenig unter Normal fiel. Als er daraufhin wieder aufwachte – ich war zufällig gerade in der Hütte –, starrte er auf den Fleck, den sie gezeigt hatte, dann starrte er auf das Mädchen und sagte schließlich mit schwacher Stimme:

»Haben Sie mir nicht gesagt, Fräulein Hoffnung, daß die Pflanze wiedergekommen ist und daß die schönste ihrer Blüten noch daran ist?«

Ich war neugierig, was sie ihm wohl antworten würde. Sie zeigte sich der Situation gewachsen.

»O Stephan,« sagte sie mit ihrer weichen Stimme und in so natürlicher Art, daß es in keiner Weise unschicklich oder kühn erschien, »sie ist hier, denn bin ich nicht ihr Kind? O Stephan, ich bitte Euch, trauert nicht mehr wegen einer verlorenen Pflanze, von der Ihr ja den Samen habt, um neue zu ziehen. Sprecht doch lieber ein Dankgebet, daß Ihr noch lebt und daß durch Euch meine Mutter noch lebt und ich auch noch lebe, die, wenn Ihr gestorben wäret, sich die Augen ausgeweint hätte.«

»Durch mich?« antwortete er. »Sie meinen wohl durch Allan und Hans! Und dann waren Sie es ja, die mir dort im Wasser das Leben gerettet hat! Oh, ich besinne mich jetzt auf alles. Sie haben recht, Hoffnung; obgleich ich es nicht wußte, sind Sie die wirkliche heilige Blume.«

Sie setzte sich an seine Seite und gab ihm ihre Hand, worauf ich mich aus der Hütte hinausstahl und es ihnen überließ, sich weiterhin über die verlorene Blume, die nun wiedergefunden war, zu unterhalten. Es war eine liebliche kleine Szene, eine Szene, die meiner Meinung nach einem im übrigen fast verrückt zu nennenden Abenteuer erst einen eigentlichen und richtigen Sinn gab. Er hatte eine ideale Blume gesucht und die Liebe seines Lebens gefunden.

Danach erholte sich Stephan sehr rasch, denn die Liebe ist die beste Medizin – wenn sie erwidert wird.

Wir blieben noch einen vollen Monat in Bausis Kral, um die völlige Herstellung Stephans abzuwarten. Innerhalb dieser Zeit bekam ich die Stadt bis zum Halse satt, und dasselbe war bei Mavovo und den Zulus der Fall. Nur Bruder John und seine Frau schienen sich ganz behaglich zu fühlen.

Eines Tages erklärte ich, es wäre an der Zeit, aufzubrechen, zumal auch Stephan schon marschfähig sei.

»Ganz recht,« sagte Bruder John milde, »was haben Sie arrangiert, Allan?«

Ein wenig gereizt, denn ich haßte diese Redensart, antwortete ich, daß ich bis jetzt gar nichts arrangiert hätte, aber ich wolle einmal mit Hans und Mavovo über die Sache sprechen.

Ich brauche das Ergebnis unserer Unterredung nicht darzulegen; denn inzwischen waren andere Arrangements für uns getroffen worden, von denen wir uns nichts hatten träumen lassen. –

Es kam sehr plötzlich, wie große Geschehnisse im Leben von Menschen und Nationen oftmals plötzlich zu kommen pflegen. Obgleich die Mazitu der Zulurasse angehörten, war ihre militärische Organisation keineswegs so auf der Höhe wie bei den Zulus. Als ich Bausi und Babemba einmal fragte, warum sie nicht einen Grenzbewachungs- und Nachrichtendienst eingerichtet hätten, lachten sie mich aus. Sie seien noch niemals angegriffen worden, sagten sie, und jetzt, nachdem die Pongo eine solche Lektion bekommen hätten, würden sie es noch weniger werden.

An jenem Morgen lag über ganz Mazituland ein dichter, schwerer Nebel. Seine Schwaden waren so dick, daß es unmöglich war, weiter als drei Meter zu sehen. Wir hatten unser Frühstück beendet; ich hatte gerade einem Zulu den Auftrag gegeben, nach dem Zaumzeug der beiden Esel und Johns weißem Ochsen zu sehen, und ich wollte die Gewehre und die Munition inspizieren gehen, die Hans aus dem Lagerhaus hervorgeholt hatte. In diesem Momente war's mir, als hörte ich noch weit entfernt einen ungewöhnlichen Klang. Ich fragte Hans, was das gewesen wäre.

»Ein Schuß, Baas«, antwortete er unruhig.

Seine Unruhe war erklärlich. Denn wir beide wußten, daß im ganzen Lande außer uns kein Mensch ein Gewehr besaß. Wohl waren eine Anzahl Mazitusoldaten im Gebrauch jener Gewehre unterrichtet worden, die wir seinerzeit den Sklavenhändlern abgenommen hatten. Aber ich hatte darauf bestanden, daß die Waffen nach jeder Übung abgegeben wurden, und sie lagen jetzt alle hier vor mir.

Ich befahl der Torwache, schnellstens zu Bausi und Babemba zu eilen, ihnen Meldung zu erstatten und sie zu bitten, sofort Kundschafter auszuschicken und alle Soldaten, die sich in der Stadt aufhielten, zu versammeln. Es standen uns an jenem Tage unglücklicherweise insgesamt kaum dreihundert Mann zur Verfügung, die anderen hatten Ernteurlaub bekommen. Von einer unerklärlichen Unruhe befallen, befahl ich den Zulus, sich zu bewaffnen. Dann setzte ich mich nieder und überlegte, was zu tun sei, wenn wir in dieser stark bevölkerten Stadt einmal plötzlich angegriffen werden sollten. Ich rief Hans und Mavovo herbei. Sie stimmten mit mir darin vollkommen überein, daß der einzige verteidigungsfähige Platz außerhalb der Stadt lag, dort, wo die Straße nach dem Südtore einen felsenbestreuten und baumbestandenen steilen Abhang kreuzte.

Während wir noch sprachen, kamen zwei Mazituhäuptlinge angerannt, die einen verwundeten Hirten mit sich schleppten. Der Mann hatte eine Schußwunde im Arm.

Er erzählte, daß er mit zwei Jungen etwa eine halbe Meile nördlich der Stadt die Kühe des Königs gehütet hatte, als plötzlich eine große Schar weißgekleideter Männer, alle mit Gewehren bewaffnet, aus dem Nebel auftauchten. Diese Leute begannen sofort das Vieh wegzutreiben und auf die Hirten zu schießen, wobei der Erzähler verwundet und seine beiden Gefährten getötet wurden. Daraufhin war er fortgerannt und hatte die Nachricht hierhergebracht Er setzte noch hinzu, daß einer der Männer hinter ihm her gerufen habe, er solle den weißen Leuten nur sagen, jetzt wären sie gekommen, um sie und die Mazitu, ihre Freunde, zu töten und die weißen Frauen wegzuführen.

»Hassan-Ben-Mohammed und seine Sklavenjäger!« sagte ich, als auch schon Babemba mit einer Anzahl Soldaten ankam und schon von weitem rief:

»Die arabischen Sklavenhändler sind hier, Herr Macumazana. Sie sind durch den Nebel hergekrochen. Ein Herold ist an das Nordtor gekommen und hat verlangt, daß wir euch Weiße und eure Diener und mit euch hundert junge Männer und hundert junge Frauen ausliefern, die als Sklaven verkauft werden sollen. Wenn wir das nicht täten, würden sie uns alle töten, außer den unverheirateten Jünglingen und Mädchen. Und sie würden euch Weiße ergreifen und euch dem Feuertode übergeben und nur die zwei Frauen am Leben lassen. Ein Mann namens Hassan sendet diese Nachricht«

»So, so,« antwortete ich ruhig, denn in dieser Situation kam meine gewohnte Ruhe über mich, »und will Bausi uns ausliefern?«

»Wie kann Bausi Dogitah, seinen Blutsbruder, und euch, seine Freunde, ausliefern?« rief der alte General empört aus. »Bausi schickt mich zu seinem Bruder

Dogitah, um die Befehle in Empfang zu nehmen, die der weiße Mann in seiner Weisheit gibt.«

»Dann ist Bausi von einem guten Geiste erfüllt,« antwortete ich, »und dieses sind Dogitahs Befehle, gesprochen durch meinen Mund: Geh zu Hassans Boten und frage ihn, ob er sich an einen gewissen Brief erinnere, den zwei weiße Männer einstmals für ihn außerhalb ihres Lagers hinterlassen hätten. Und sage ihm, daß jetzt für die weißen Männer die Zeit gekommen ist, ihre Versprechungen zu erfüllen, und daß Hassan, ehe morgen die Sonne sinkt, an einem Baum hängen wird. Dann, Babemba, sammle deine Soldaten und verteidige das Nordtor der Stadt, solange du kannst. Wenn du es nicht mehr verteidigen kannst, ziehe dich durch die Stadt zurück und vereinige dich mit uns hinter dem Südtore der Stadt, bei jenem steinigen Abhang mit den Bäumen. Lasse einige deiner Leute alle Alten und die Frauen und Kinder durch das Südtor der Stadt treiben und in den Wäldern jenseits der Hügel Zuflucht suchen. Sie sollen nicht zögern! Sie müssen sofort gehen! Verstehst du?«

»Ich verstehe alles, Herr Macumazana. Die Worte Dogitahs sollen befolgt werden. Oh! Ich wünschte, wir hätten auf dich gehört und besser Wache gehalten!«

Er schoß mit der Leichtfüßigkeit eines Jünglings davon und brüllte schon im Laufe nach rechts und links an seine Leute Befehle.

»Jetzt ans Werk«, sagte ich, und wir rafften Gewehre und Munition und einige andere Gegenstände zusammen, nahmen die Esel und den weißen Ochsen und marschierten dem Südtore zu. Unterwegs fiel mir ein, daß wir auch Decken und eiserne Kochtöpfe brauchen würden, und ich befahl Sammy, der ziemlich verstört aussah, zurückzugehen und sie zu holen.

»Herr Quatermain,« antwortete er, »ich werde gehorchen, wenn auch mit Furcht und Zittern.«

Er ging, und wie ich ein paar Stunden später plötzlich konstatierte, kam er nicht mehr zurück.

Mit einem Seufzer, denn ich war dem Burschen zugetan, kam ich zu der Überzeugung, sein »Furcht und Zittern« hätte ihm den Verstand verwirrt, und er wäre mit den Kochtöpfen in die verkehrte Richtung gelaufen und von den Sklavenjägern erschlagen worden.

Jenseits des Marktplatzes hatten wir unseren Weg durch einen Strom von Menschen, die in Todesangst flüchteten, förmlich zu erkämpfen. Viele Hunderte waren es, alte Leute, Kranke, die getragen werden mußten, Kinder und Frauen mit Säuglingen an der Brust.

Auf dem Abhang angekommen, gingen wir sofort ans Werk, unsere Stellung mit Steinblöcken und Baumstämmen so gut als möglich zu befestigen. Unter uns tobte der Strom der Flüchtlinge vorbei und verschwand jenseits der Hügel in den Wäldern.

Ich schlug Bruder John vor, mit Frau und Tochter und den drei Reittieren den Flüchtenden zu folgen. Er schien nicht abgeneigt, den Vorschlag anzunehmen, natürlich nicht seinetwegen, denn er war ein furchtloser alter Herr; aber die zwei Damen weigerten sich entschieden, wegzugehen. Hoffnung sagte, sie wolle bleiben, wo Stephan sei, und ihre Mutter erklärte, sie habe zu mir Vertrauen und ziehe es vor, bei ihrer Tochter zu bleiben. Daraufhin schlug ich Stephan vor, mit den beiden zu gehen, aber er wurde so wild über diesen Vorschlag, daß ich nicht mehr darüber zu sprechen wagte.

So wies ich ihnen denn eine kleine Bodenvertiefung, gerade auf dem Gipfel des Abhanges und neben einer Quelle, als einen vorläufig sicheren Zufluchtsort zu. Außerdem aber, ohne etwas hinzuzusetzen, drückte ich jeder von ihnen eine doppelläufige geladene Pistole in die Hand.

20. Kapitel

Die Schlacht am Tore

Unterdessen hatte am Nordtore der Stadt eine heftige Schießerei begonnen, begleitet von einem dumpfen, brausenden Lärm. Der Nebel war noch immer zu dicht, um etwas erkennen zu können. Aber kurz nach dem Beginn der Schießerei erhob sich ein heftiger heißer Wind, wie er diesen Nebeln immer folgt; er zersetzte den Nebel, ballte ihn hier und dort zusammen und trieb ihn schließlich in schweren grauen Wolken hinweg. Hans, der einen Baum erklettert hatte, schrie herab, daß die Araber das Nordtor angriffen und die Mazitu, durch eine Palisade gedeckt, das Feuer mit einem Pfeilhagel beantworteten. Eine Weile danach meldete Hans, daß sich die Mazitu zurückzogen.

Ein wenig später trafen die letzten Mazitu ein, alle Nichtkämpfer, die noch in der Stadt gewesen waren, vor sich hertreibend. König Bausi war bei ihnen, und er befand sich in schrecklicher Aufregung.

Auf meinen Rat hin verteilte er die meisten von ihnen auf die Flanken unserer Stellung, um zu verhindern, daß wir umgangen würden. Wir selber teilten alle vorhandenen Gewehre rasch an die dreißig oder vierzig im Schießen ausgebildeten Leute aus; denn wenn sie auch nicht viel wirklichen Schaden anrichten konnten, so konnten sie durch das Geknatter ihrer Schüsse den Feind immerhin in den Glauben versetzen, wir seien gut bewaffnet.

Zehn Minuten später kam Babemba mit den letzten fünfzig Mazitusoldaten, die bis jetzt die Stadt gehalten hatten. Er meldete, die Araber wären dabei, das Nordtor einzurennen. Ich empfahl ihm, Steine aufzuschichten und sich und seine Soldaten hinter diese Deckung zu legen.

Nach kurzer Zeit sahen wir einen großen Trupp Araber über die Hauptstraße auf uns zukommen. Außer Gewehren trugen etliche von ihnen auch Speere, auf die sie etwa ein Dutzend Menschenköpfe gespießt hatten. Sie schwenkten diese Waffen in der Luft herum und brüllten triumphierend. Ich knirschte vor Wut über diesen Anblick mit den Zähnen.

Gerade da vermißte ich zum ersten Male Hans. Ich fragte nach ihm. Jemand sagte, er hätte ihn weglaufen sehen, worauf Mavovo in seiner Kampfeserregung ausrief:

»Ah! Die gefleckte Schlange hat ihr Loch aufgesucht! Schlangen zischen wohl, aber sie beißen nicht.«

»Doch, manchmal beißen sie«, antwortete ich, denn ich konnte nicht glauben, daß Hans ausgerissen war.

Wie wir gehofft hatten, kamen die Sklavenjäger jetzt in kompakter Masse an. Sie scharten sich auf dem offenen Marktplatz zusammen, und im selben Augenblick begannen die Mazitu ohne Befehl und zu meiner Wut und Enttäuschung ein wildes Geböller über dreihundert Meter Entfernung hin. Der ganze Effekt dieser Schießerei war, daß zwei oder drei Araber verwundet oder getötet wurden. Natürlich zogen sie sich in Erkenntnis der Gefahr sofort zurück, und nach einer Pause kamen sie wieder; diesmal aber gingen sie, durch die Hütten am Rande des Platzes gedeckt, vor. Dieser selbst war, da er in Zeiten der Gefahr als Viehhürde diente, mit einem starken Pfahlzaun umgeben. Der ganze Ring innerhalb dieses Markt- und des eigentlichen Stadtzaunes war mit Hütten besetzt.

Die Araber drangen also zwischen den Hütten, sowohl östlich wie westlich des Platzes, vor, und ich konnte konstatieren, daß sie ungefähr vierhundert

Mann stark waren, alle mit Gewehren bewaffnet und ohne Zweifel kampfgeübte Leute. Wir hatten alle Ursache, diese Macht zu fürchten. Denn obgleich wir mindestens ebenso stark waren, verfügten wir nur über höchstens fünfzig Gewehre, und die meisten unserer Leute waren miserable Schützen.

Ich veranlaßte Babemba, sofort einige fünfzig Mann nach dem Südtore zu schicken und die Torflügel, die aus Baumstämmen gezimmert und nach außen zu öffnen waren, mit Erde und großen Steinen zu verrammeln. Die Mazitu gingen ans Werk wie die Wilden, und während ich sie beobachtete, bemerkte ich plötzlich rasch nacheinander ein paar dünne Rauchsäulen vom Nordende der Stadt her aus den Hütten aufsteigen. Und sehr bald folgten ihnen Flammen, die bei dem starken Winde in der Richtung auf uns über die Dächer sprangen.

Dort zündete jemand die Stadt Bezar an! In weniger als einer Stunde würden diese Flammen, durch den starken Wind getrieben, aus den ausgedörrten Hütten der Stadt einen rauchenden Aschenhaufen machen. Einen Augenblick lang dachte ich, die Araber könnten den Brand gelegt haben. Als ich aber immer neue Brandherde an allen Ecken und Enden der Stadt aufglimmen sah, begriff ich plötzlich, daß keine Araber, sondern ein Freund oder Freunde am Werke sein mußten, die auf die Idee gekommen waren, die Araber durch Feuer zu vernichten!

Da kam Babemba auf mich zugerannt. Wortlos vor Schrecken deutete er mit dem hocherhobenen Speer auf die Feuersbrunst. Und in diesem Augenblick kam mir die Inspiration.

»Nimm alle deine Leute, mit Ausnahme von denen, die mit Gewehren bewaffnet sind. Teile sie, umgehe die Stadt und halte das Nordtor, obgleich ich nicht glaube, daß jemand durch diese Flammen durchbrechen kann. Kommen die Araber aber doch bis zu eurem Tore, dann tötet sie.«

»Es soll geschehen!« schrie Babemba. »Aber ach! Die Stadt Bezar, in der ich geboren bin! Ach, meine Stadt Bezar!«

Drei Minuten später sahen wir die Mazitu, in zwei Haufen geteilt, wie die Hasen dahinjagen, um die Stadt zu umgehen. Etliche wurden niedergeschossen, als sie den Abhang hinuntersprangen, die meisten aber erreichten unverletzt den Schutz der Palisade.

Jetzt waren nur noch vier Weiße, die Zulujäger unter Mavovo und die mit Gewehren bewaffneten Mazitu hier oben, insgesamt ungefähr dreißig Mann.

Eine ganze Weile schienen die Araber nicht zu merken, was eigentlich los war. Sie waren zu beschäftigt, auf die Mazitu zu pfeffern, die, wie sie wahrscheinlich dachten, in voller Flucht davonjagten. Aber auf einmal hörten oder sahen sie, was vorging.

Ein einziger Schrei des Entsetzens gellte auf. Einige rannten an die Palisade und begannen daran hochzuklettern. Aber als ihre Köpfe oben erschienen, wurden sie mit Mazitupfeilen gespickt, und die Fliehenden stürzten rücklings hinunter. Die wenigen, die herüberkamen, verwirrten sich in dem Kaktusfeigengestrüpp, das der Palisade vorgelagert war, und endeten auf den Speeren der Mazitu. Dann gaben sie diesen Versuch auf und rannten zurück, um durch das Nordtor zu entkommen. Aber noch bevor sie den Marktplatz erreichten, hatten ihnen die brüllenden, windgepeitschten Flammen den Weg versperrt.

Jetzt faßten sie einen neuen Entschluß. In wirren Haufen brachen sie über den Marktplatz hervor und stürmten gegen das Südtor. Damit kamen wir an die Reihe. Wie wir sie zusammenschossen, als sie über den offenen Platz rannten! Ich feuerte, so schnell ich nur konnte, und verfluchte dabei Hans, der nicht da war, um für mich zu laden. Stephan war besser daran. Denn als ich einen schnellen Blick auf ihn warf, sah ich zu meinem Erstaunen Hoffnung damit beschäftigt, ihm sein zweites Gewehr zu laden.

Aber auch unser Schnellfeuer vermochte den Ansturm dieser Leute, die aus Furcht vor dem Feuer irrsinnig geworden zu sein schienen, nicht aufzuhalten. Ihr Weg war mit den Körpern von Gefallenen bedeckt. Aber jetzt erreichten die ersten das Südtor.

»Mein Vater,« sagte mir Mavovo ins Ohr, »jetzt erst beginnt der richtige Kampf. Das Tor wird bald auf dem Boden liegen. Dann müssen wir das Tor sein!«

Ich nickte. Waren die Araber einmal durch, dann waren von ihnen noch immer genug übrig, um uns fünfmal über den Haufen zu rennen. Sie hatten bis zu diesem Augenblick wahrscheinlich nicht mehr als vierzig Mann verloren. Mit ein paar Worten erklärte ich Stephan und Bruder John die Situation, befahl den Mazitu, die Gewehre niederzulegen – denn wären sie in ihren Händen geblieben, hätten sie sicher einige von uns über den Haufen geschossen – und nur mit ihren Speeren bewaffnet mitzukommen.

Dann rasten wir den Hang hinunter und warfen uns in unsere Stellung. Sie lag direkt vor dem Tore, das unter den Schlägen der Araber schon hin und her schwankte.

Wir schlossen uns vor dem Tore zusammen, die Zulu mit Stephan und mir selbst in der Front, und dahinter, unter dem persönlichen Kommando Bausis, die dreißig ausgesuchten Mazitu. Lange brauchten wir nicht zu warten. Plötzlich brach das Tor zusammen, und über seine Trümmer und über den Wall von Erde und Steinen hinweg ergoß sich eine wahre Flut von weißgekleideten und beturbanten Männern.

Auf mein Kommando hin feuerten wir in diese gedrängte Masse. Der Effekt war furchtbar. Ich glaube, jede Kugel riß zwei oder drei von ihnen nieder. Auf einen Zuruf Mavovos warfen die Zulus die Gewehre weg und stürzten sich mit ihren breiten Speeren auf den Haufen. Stephan, der einen Assagai aufgerafft hatte, mitten unter ihnen, feuerte noch beim Rennen einen Revolver in das Getümmel, und ihm nach sprangen wie schwarze Panther die großen dunklen Mazitu.

Ich will bemerken, daß ich keinen Anteil an dieser schrecklichen Schlächterei nahm. Ich dachte, ich könnte außerhalb des Getümmels von größerem Nutzen sein. Oder aber – ich hatte einfach Angst. Ich bin niemals ein besonders tapferer Mensch gewesen. So blieb ich außerhalb und brachte, wenn sich Gelegenheit bot, einen guten Schuß an.

Die Schlacht an sich war großartig. Wie diese Zulus draufgingen! Lange Zeit hindurch hielten sie den engen Torweg und den Wall gegen die heulend anstürmende Meute. Donnernd stieg der Zuluschlachtruf: »Laba! Laba!« zum Himmel empor.

Ich sah Mavovo einen Araber niederstechen und selbst niederfallen. Er stand wieder auf und rannte einem anderen den Speer in die Brust, dann fiel er selbst wieder nieder, anscheinend schwer verwundet. Zwei Araber stürzten sich auf ihn. Ich schoß beide nieder, glücklicherweise hatte ich gerade frisch geladen. Und noch einmal richtete sich dieser stahlharte Zulukrieger auf und packte mit der Linken die Kehle eines Feindes, rannte ihm sein Messer durch den Hals, fiel wieder zurück und stand diesmal nicht mehr auf. Stephan kam ihm zu Hilfe, faßte einen Feind am Kopfe und stieß ihn gegen den Torpfosten. Durch die Wucht des Anpralles stürzten beide zu Boden. Der alte Bausi, schnaubend wie ein Flußpferd, sprang mit den übriggebliebenen Mazitu mitten ins Getümmel, und die Kämpfenden wurden jetzt von der düster niederhän-

genden Rauchwolke so eingehüllt, daß ich nichts mehr unterscheiden konnte. Aber doch gewannen die verzweifelten Araber die Partie, sie mußten sie gewinnen, denn wie konnte unser kleiner und immer kleiner werdender Haufen dieser Überzahl standhalten?

Da, ein willkommener Anblick bot sich mir! Hans kam uns zu Hilfe, jawohl, der verloren geglaubte Hans, er selbst mit seinem dreckigen Hut, den ich an der zerzausten Straußenfeder sofort erkannte! Er kam in langen Sprüngen daher, den Mund weit offen, und hinter ihm ungefähr hundertfünfzig Mazitu, die er durch Fingerwinke dirigierte.

Diese Mazitu gaben der Sache jetzt bald ein anderes Gesicht. Mit fürchterlichem Gebrüll warfen sie sich in den Haufen und drängten die Araber, die keinen Platz hatten, sich zu entwickeln, buchstäblich in den Rachen der brennenden Hölle hinein. Und gleich darauf kam der Rest der Mazitu unter Babemba an und setzte den Schlußpunkt hinter die Tragödie. Nur ganz wenige Araber kamen durch und wurden, nachdem sie ihre Gewehre weggeworfen hatten, gefangengenommen. Der Rest zog sich in die Mitte des Marktplatzes zurück, wohin unsere Leute ihnen nachdrangen. In dieser Situation wurde in diesen Mazitu das Zulublut lebendig. Sie verbissen sich am Feinde.

Nun war es vorbei! Es war vorbei, und wir begannen unsere Verluste zu zählen. Vier meiner Zulus waren tot und zwei andere schwer verwundet – nein, drei mit Mavovo. Sie brachten ihn zu mir. Er bot einen schrecklichen Anblick. Drei Schüsse und unzählige Hieb- und Stichwunden hatte er im Körper. Eine Weile lang schaute er mich schweigend und schweratmend an. Dann sprach er:

»Es war ein sehr guter Kampf, mein Vater«, sagte er. »Von allen, die ich gekämpft habe, war es der beste, obgleich es an sich viel größere Schlachten waren. Und das ist gut, denn es war mein letzter. Ich wußte es, mein Vater, denn obgleich ich es dir damals nicht gesagt habe, sage ich es dir jetzt: Das erste Todeslos, das ich drunten in Durban zog, war mein eigenes. Nimm das Gewehr, das du mir gabst, nun zurück, mein Vater. Du hast es mir nur für eine Weile geliehen, wie ich dir schon damals sagte.«

Dann hob er den Arm vom Nacken Babembas und gab mir den Königssalut mit dem lauten Ruf »Baba! Inkosi!« und einigen anderen großen Titeln, die ich hier nicht wiedergeben will. Darauf sank er lautlos zu Boden.

Ich sandte einen der Mazitu nach Bruder John, der auch augenblicklich mit Weib und Tochter ankam. Er untersuchte Mavovo und sagte geradeheraus, daß ihm niemand mehr helfen könne außer Gott

»Mache keine Gebete für mich, Dogitah«, sagte der alte Heide und schob Bruder John sanft beiseite. Darauf winkte er Stephan.

»Oh, Wazela!« sagte er. »Du hast dich brav gehalten, und wenn du so weiter machst, wirst du ein Krieger werden, von dem die Tochter der Blume und ihre Kinder Lieder singen werden, wenn du einmal kommen wirst, um bei mir, deinem Freunde, zu bleiben. Unterdessen lebe wohl. Nimm diesen Assagai, aber reinige ihn nicht, damit der rote Rost darauf dich an Mavovo, den alten Zuludoktor und Hauptmann, erinnere, mit dem du Seite an Seite gekämpft hast in der Schlacht am Tore, in der wir diese weißgekleideten Menschendiebe, die nicht an unseren Speeren vorbeikommen konnten, verbrannt haben wie Wintergras.«

Er schob auch Stephan beiseite, der irgend etwas mit erstickter Stimme murmelte, denn er und Mavovo waren dicke Freunde gewesen. Und des alten Zulu brechendes Auge fiel auf Hans, der sich unruhig hin und her wand, ich glaube, weil er eine Gelegenheit finden wollte, dem Sterbenden ebenfalls ein letztes Lebewohl zu sagen.

»Ah! Gefleckte Schlange,« sagte Mavovo, »so bist du nun wieder, nachdem das Feuer weg ist, aus deinem Loch gekrochen und willst die gebratenen Frösche essen. Es ist schade, daß du, der du so gescheit bist, doch ein Feigling bist. Denn unser Herr Macumazana brauchte jemand, um für ihn zu laden, und er würde mehr von diesen Hyänen getötet haben, wenn du dagewesen wärest.«

»Ja, gefleckte Schlange, so ist es!« echote der Chor der anderen Zulu, während Stephan und ich, und sogar der milde Bruder John, ihn vorwurfsvoll ansahen.

Jetzt aber wurde Hans, der Beleidigungen gegenüber im allgemeinen so geduldig war, wie ein Jude, auf einmal wild. Er fuhr in die Höhe, warf seinen Hut auf den Boden, spuckte darauf und tanzte in wilder Wut darauf herum. Er spuckte gegen die Zulujäger, er spuckte sogar den sterbenden Mavovo an.

»O du Sohn von zehntausend Narren!« schrie er, »du prahlst, daß du sehen könntest, was vor anderen Menschen verborgen ist. Ich aber sage dir, daß deine Lippen lügen. Du hast mich einen Feigling genannt, weil ich nicht so groß und stark bin wie du und weil ich nicht einen Ochsen an den Hörnern halten kann. Aber doch ist noch in meinem Bauch viel mehr Verstand als in den Köpfen von euch allen zusammen! Wo wäret ihr alle jetzt, wenn nicht die gefleckte Schlange, ›der Feigling‹, gewesen wäre, der euch heute zweimal gerettet hat, außer jenen, die der Vater unseres Baas, der ehrwürdige Prediger, mit einem Zeichen auf der Stirn versehen hat, daß sie kommen und bei ihm sitzen sollten, an einem Platze, der sogar noch heißer und leuchtender ist als jene brennende Stadt?«

Erstaunt sahen wir alle auf Hans; was meinte er damit, daß er uns zweimal gerettet hätte? Und Mavovo sagte leise:

»Sprich schnell, gefleckte Schlange, denn ich möchte gern noch das Ende deiner Geschichte hören. Wieso hast du uns in deinem Loch gerettet?«

Hans begann in allen Taschen seiner Jacke nachzugraben, bis er schließlich eine Zündholzschachtel herausbrachte und aus ihr ein einziges Zündholz, das er hoch emporhielt.

»Damit!« sagte er. »War denn keiner von euch allen imstande, zu sehen, daß die Leute Hassans in eine Falle gegangen waren? Hat auch keiner gewußt, daß Feuer schindelbedeckte Häuser verbrennt, und daß ein starker Wind es schnell und weit forttreibt? Während ihr hier auf dem Hügel saßet und eure Köpfe zusammenstecktet wie Schafe, die auf den Schlächter warten, bin ich zwischen den Büschen fortgekrochen und meinen Geschäften nachgegangen. Ich habe euch nichts gesagt. Nicht einmal dem Baas habe ich etwas gesagt, denn er hätte mir sicher geantwortet: ›Nein, Hans, es könnte eine alte, kranke Frau in einer der Hütten sein, und deshalb darfst du sie nicht anzünden.‹ Wer weiß nicht, daß in solchen Dingen alle Weißen große Narren sind, sogar die Besten von ihnen! Und es waren ja auch wirklich verschiedene alte Frauen drin, ich habe gesehen, wie sie nach dem Tor rannten, als es ihnen zu warm wurde. Nun, ich bin den großen Zaun entlang gegangen, der, wie ich wußte, nicht brennen würde, und ich kam zum Nordtor. Dort stand ein Wachtposten der Araber.

Er hat nach mir geschossen, da, schaut her! Es war gut für Hans, daß seine Mutter ihn klein geboren hat«, und er zeigte auf ein Loch in seinem schmierigen Filzhut. »Aber bevor dieser Araber wieder laden konnte, hat der arme Feigling Hans ihm das Messer von hinten in die Leber getrieben, seht!« Und er brachte ein riesiges Fleischermesser zum Vorschein und zeigte es herum.

»Danach war alles weitere leicht, denn Feuer ist ein wunderbares Ding. Ich suchte mir die dürrsten Hütten aus und zündete sechs an. Das letzte Zündholz habe ich aufbewahrt, denn wir haben nur noch wenige, und dann schlüpfte ich durch das Tor, ehe mein Kind, das Feuer, mich aufgefressen hat, mich, den Sämann der roten Saat!«

Wir starrten den alten Hottentotten bewundernd an, sogar Mavovo hob mühsam den Kopf. Doch Hans, dessen Wut längst wieder verraucht war, fuhr in seiner gewöhnlichen, gleichgültigen, ein wenig blechern klingenden Redeweise fort:

»Als ich zurückkehrte, um den Baas zu suchen, mußte ich wegen der Hitze über die Anhöhe im Westen des Stadtzaunes gehen. Und da sah ich, was am Südtor geschah, und daß die arabischen Männer bald durchbrechen würden; denn ihr wart zu wenig, um sie aufzuhalten. So rannte ich herunter zu Babemba und den anderen Hauptleuten, so schnell ich nur konnte, und sagte ihnen, es wäre nicht mehr nötig, die Palisaden zu bewachen, und sie müßten schnell mit mir nach dem Südtor kommen und euch helfen, sonst würdet ihr alle getötet und sie hinterher auch. Babemba hat gleich Boten geschickt, um die anderen zu holen, und wir sind gerade noch zur rechten Zeit angekommen. Das war das Loch, in das ich mich während der Schlacht am Tore versteckt hatte, Mavovo.«

Mavovo sprach noch einmal mit leiser, verlöschender Stimme. Es waren seine letzten Worte.

»Niemals wieder«, sagte er zu Hans gewendet, »sollst du ›gefleckte Schlange‹ genannt werden, o kleiner gelber Mann, der so groß und weiß von Herzen ist. Gib acht! Ich gebe dir neue Namen, unter denen du mit Ehren bekannt sein sollst von einem Geschlecht zum anderen. Es ist der Name ›Licht im Dunkel‹. Es ist der Name ›Herr des Feuers‹.«

Dann schloß er die Augen, sank zurück, und zwei Minuten später war er tot.

Das Zischen und Knattern der Flammen wurde schwächer, und der Tumult innerhalb ihres feurigen Kreises erstarb langsam. Die Mazitu kamen von dem letzten Kampf auf dem Marktplatz zurück, wenn dieses Abschlachten noch ein Kampf genannt werden konnte. In den Armen trugen sie große Bündel Gewehre, die sie den Toten abgenommen hatten oder die von ihren Besitzern in einer letzten, wilden Hoffnung, sich

zu retten, weggeworfen worden waren. Von denen, die aufgebrochen waren, die Mazitu und ihre weißen Freunde zu überfallen, kehrte keiner zurück. Es waren grauenhafte Menschen, Teufel in Menschengestalt, die nicht wert waren, die Erde zu betreten oder von der Sonne beschienen zu werden, Menschen ohne Mitleid und Scham, und doch war ich über ihr furchtbares Ende im tiefsten Herzen entsetzt.

Sie brachten die Gefangenen, und unter ihnen, das weiße Gewand halb verbrannt, erkannte ich das pockennarbige Gesicht Hassan-Ben-Mohammeds.

»Ich habe deinen Brief, den du vor langer Zeit schriebst und in dem du uns den Tod durch Feuer angedroht hast, bekommen, und ich habe auch heute morgen deine Botschaft bekommen, Hassan,« sagte ich, »und ich habe dir auf beides Antwort geschickt. Wenn beide Antworten dich nicht erreicht haben sollten, dann sieh dich um. Dort siehst du eine Antwort, geschrieben in einer Sprache, die jeder lesen kann!«

Das Tier in Menschengestalt, nichts anderes war er, warf sich auf den Boden nieder und winselte um Gnade. Als er Frau Eversley sah, kroch er zu ihr hin, ergriff einen Zipfel ihres Kleides und flehte auch sie an, für ihn ein gutes Wort einzulegen.

»Du hast mich zum Sklaven gemacht, nachdem ich dich in deiner Krankheit pflegte,« antwortete sie, »und hast versucht, meinen Gatten zu töten, obgleich er dir nichts zuleide getan hat. Durch dich, Hassan, habe ich die besten Jahre meines Lebens unter Wilden verbringen müssen, allein und Verzweiflung im Herzen. Und doch, ich für meinen Teil vergebe dir! Aber ich hoffe, daß ich dein Gesicht niemals wiedersehen möge.«

Dann riß sie sich von seinem Griffe los und ging mit ihrer Tochter weg.

Dann sprach der alte König Bausi zum Sklavenhändler:

»Ich freue mich, roter Dieb, daß diese weißen Leute dir vergeben haben, denn diese Tat macht ihnen viel Ehre, und ich und mein Volk werden sie von nun an für noch bessere Menschen halten als schon zuvor. Aber, du Mörder von Männern und Frauen und Händler mit Kindern, ich will dir sagen, daß hier ich Richter bin, nicht die Weißen. Schau dein Werk an!« Und er zeigte erst auf die lange Reihe toter Zulu und Mazitu und dann auf seine brennende Stadt. »Schau hin und erinnere dich daran, welches Schicksal du uns zugedacht hattest, uns, die dir niemals ein Leid zufügten. Sieh hin! Sieh hin! Du Hyäne von einem Menschen!«

Hier ging auch ich hinweg. Und ich habe niemals gefragt, was aus Hassan und den anderen Gefangenen geworden ist. Wenn späterhin einer der Eingeborenen oder Hans darauf zu reden kamen, habe ich ihnen stets befohlen, den Mund zu halten.

Nachwort

Ich habe diesem Bericht, der mir unter den Händen zu einem dicken Buche angewachsen ist, nur noch wenig hinzuzufügen. Oder vielleicht bin ich jetzt auch des Schreibens überdrüssig geworden. Nun, da der Frühling gekommen ist, mag ich nicht mehr hinter dem Schreibtisch sitzen.

* * *

Wir waren also Sieger, und wir hatten allen Grund zur Dankbarkeit und zur Freude. Und doch war die Nacht, die der Schlacht am Tore folgte, dunkel und traurig, wenigstens für mich, der ich unter dem Tod meines Freundes, des Helden mit dem zweiten Gesicht, Mavovo, und dem meiner braven Jäger mehr litt als ich sagen kann.

An jenem Abend war das Wetter keineswegs dazu angetan, uns aufzuheitern. Denn kurz nach Sonnenuntergang begann es zu regnen, und es goß fast die ganze Nacht hindurch. Keiner von uns hatte ein Obdach, und so saßen wir frierend und hungrig im Regen, wir und all die Hunderte heimatloser Mazitu.

Doch auch diese Nacht verging, und als die Sonne herausgekommen war, waren wir bald getrocknet und gewärmt. Jetzt gingen wir zu dem rauchenden Aschen- und Trümmerhaufen, der einmal die Stadt Bezar gewesen war. Von Bausi, Babemba und vielen Mazitu begleitet, kletterten wir über die Trümmer des Südtores, strichen dann durch die schwarzen Ruinen der Hütten, schritten über den Marktplatz, der mit Leichen Erschlagener bedeckt war, und näherten uns der Stätte unserer ehemaligen Wohnung.

Drei Tage später sagten wir dem alten Bausi, der Tränen vergoß, und Babemba und den Mazitu, die schon dabei waren, ihre Stadt wieder aufzubauen, Lebewohl. Mavovo und die anderen Zulu, die in der Schlacht am Tore gefallen waren, begruben wir auf der Spitze jenes Berges, der unsere Verteidigungsstellung gebildet hatte. Wir häuften einen großen Hügel von Erde und Steinen als Grabdenkmal über die Toten, und

ringsherum wurden die im Kampf gefallenen Mazitu beerdigt

Ich muß erwähnen, daß auch hinsichtlich der Zulu Mavovos »Schlange« nicht gelogen hat Er hatte gesagt sechs von ihnen würden auf unserer Reise getötet werden. Und sechs wurden getötet, nicht mehr und nicht weniger...

Über den Rückweg selbst ist nichts zu sagen. Wir waren vier lange Monate unterwegs und hatten keinerlei Unfälle auf der Reise, außer daß Fräulein Hoffnung und ich eine Weile unter leichten Fieberanfällen litten. Hans war ein prächtiger Bursche, aber ich bekam sein ewiges Geschwätz von meinem ehrwürdigen Vater zuletzt auch herzlich satt, und so zog ich es schließlich vor, tagelang überhaupt keine Unterhaltung zu haben.

In Zululand trafen wir ein paar wandernde Händler, die uns einen Wagen vermieteten. In diesem Gefährt setzten Bruder John und die Damen ihren Weg nach Durban fort, begleitet von Stephan, der sich ein Pferd gekauft hatte. In Durban erwartete uns eine Überraschung. Wir zogen staubbedeckt und müde die lange Straße hinunter den ersten Häusern zu, als uns ein Reiter entgegenkam – Sir Alexander Somers. Die Sorge um seinen Sohn schien den cholerischen alten Herrn schließlich bis nach Afrika gejagt zu haben. Das Zusammentreffen der beiden war herzlich, aber eigentümlich.

»Hallo, Papa,« sagte Stephan, »hätte nicht geglaubt, dich hier zu treffen!«

»Hallo, Stephan!« sagte der Vater, »hätte nicht geglaubt, dich noch am Leben und wohl – und wie mir scheint, sehr wohl! – zu sehen! Es ist mehr, als du verdienst, du junger Esel, und ich hoffe, du wirst es nicht wieder tun.« Dann packte der alte Knabe Stephan an seinem langgewachsenen Haar und küßte ihn stumm und feierlich auf die Stirn.

»Nein, Papa,« antwortete sein Sohn, »ich werde es wirklich nicht wieder tun. Aber dank Allan sind wir mit heiler Haut durchgekommen. Aber jetzt will ich dich gleich mit der Dame, die ich heiraten werde, und mit ihren Eltern bekanntmachen.«

Sie wurden vierzehn Tage später in Durban getraut. Es war ein sehr vergnügliches Fest. Denn Sir Alexander, der, nebenbei bemerkt, in rein geschäftlichen Angelegenheiten sich mir gegenüber als ein hochanständiger Mensch erwies, lud bei dieser Gelegenheit die ganze Stadt ein. Kurz danach fuhren Stephan mit seinem Vater und Herrn und Frau Eversley nach Hause, um Fräulein Hoffnung »auszubilden«. Was unter dieser Ausbildung zu verstehen war, habe ich niemals erfahren. Hans und ich brachten sie noch bis zum Dampfer, und unser Abschied war recht schwer, obgleich Hans um fünfhundert Pfund reicher zurückkam. Jene, die ihm Stephan versprochen hatte. Er kaufte sich eine Farm, und als der Held abenteuerlicher Entdeckungsfahrten wurde er so etwas wie ein kleiner Häuptling.

Etwa zwei Jahre später bekam ich einen Brief von Stephan, der mir die Geburt eines Sohnes und Erben meldete. Eine Stelle des Briefes muß ich erwähnen:

»Wie ich Ihnen sagte, hat mein Vater Herrn Eversley auf einer seiner größeren Besitzungen als Pastor eingesetzt. Dort scheint er aber nicht viel als Seelsorger in Anspruch genommen zu werden, denn ›Dogitah‹, mein verehrter Herr Schwiegervater, verbringt seine meiste Zeit damit, in einem großen Walde nach Schmetterlingen zu jagen und sich einzubilden, wieder in Afrika zu sein. Die ›Mutter der Blume‹ (die übrigens nach ihrem langen Aufenthalt unter den füßeküssenden Schwarzen mit der englischen Dienerschaft gerade keinen guten Faden spinnt) hat einen anderen Zeitvertreib. Zu der Pfarre gehört ein kleiner See mit einem Inselchen. Und auf diesem hat sie sich eine Laurutinie eingepflanzt und einen Zaun darum errichtet. Dort sitzt sie nun bei gutem Wetter und träumt sich ihrerseits in ihr geistliches Amt in Afrika zurück.«

* * *

Unterdessen sind viele Jahre vergangen. Bruder John und seine Frau sind längst zur ewigen Ruhe eingegangen, und ihre merkwürdige Lebensgeschichte ist schon fast vergessen. Stephan ist wohlhabender Baron und gewichtiges Parlamentsmitglied geworden und außerdem Vater von unzähligen, hübschen Kindern, denn das Fräulein Hoffnung von ehemals hat sich in Wirklichkeit so fruchtbar erwiesen, wie es einer Tochter der Göttin der Fruchtbarkeit zukommt.

Kürzlich besuchte ich Sir Stephan und besah mir seine prachtvollen Treibhäuser. Der Obergärtner Wooden, der jetzt ein alter, schneeweißer Mann ist, zeigte mir drei feine, langblättrige Pflanzen, die der Saat der Heiligen Blume entsprossen waren. Aber geblüht haben sie nicht.

Ich möchte wissen, was geschehen wird, wenn sie einmal blühen. Mir scheint, als müßten die Geister jenes schrecklichen Gottes des Waldes und jenes höllischen und mysteriösen Motombo dann hinkommen und vor der Glorie dieser goldenen Blume ihre Andacht verrichten. Wenn das jemals geschieht, welche Geschenke werden sie dann jenen bringen, die den heiligen Samen gestohlen und ausgesät haben?

* * *

Nachschrift. – Ich werde es bald erfahren. Denn gerade als ich die Feder niederlege, kommt ein triumphierender Brief von Stephan an. Entzückt und aufgeregt berichtet er mir, daß die Heilige Blume blüht.

- Ende -

Der Attentäter
Roman von Karl Rene Wald

Die Seelenverkäufer
Abenteuerroman von Kurt Faber

Jenseits des Äquators
Abenteuerroman von Ferdinand Emmerich

Der Feind aus dem Dunkel
Kriminalroman von Annie Hruschka

Der Tag der Vergeltung
Kriminalroman von Anna Katharine Green

Die Yacht der sieben Sünden
Kriminalroman von Paul Rosenhayn

Das Rätsel von Ravensbrok
Kriminalroman von Hans Hyan

Spreemann und Co
Historischer Berlin-Roman von Alice Berend

Die verlorene Welt
Abenteuerroman von Conan Doyle

**Allan Quatermain und der
Zauberer im Zululand**
Abenteuerroman von Henry Rider Haggard

Attila - König der Hunnen
Historischer Roman von Felix Dahn

**Lizzie Holmes und die
Kristiana-Affäre**
Kriminalroman von Sven Elvestad

Der Chinese
Ein Wachtmeister Studer - Krimi von Friedrich Glauser

**Allan Quatermain
und die heilige Blume**
Abenteuerroman von Henry Rider Haggard

Bomben auf Monte Carlo
Roman von Fritz Reck-Mallaczewen

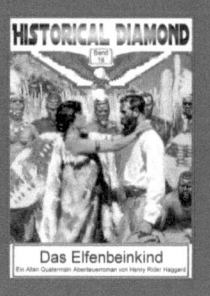

Das Elfenbeinkind
Ein Allan Quatermain Abenteuerroman von Henry Rider Haggard

107

Ein Mann des praktischen Lebens und ein Mann der Feder haben sich zusammengetan, um gemeinschaftlich in diesem Buch die Naturwunder und Merkwürdigkeiten der „Perle Indiens", der Tropeninsel Ceylon, zu schildern. 25 Jahre lang hat John Hagenbeck (1886-1940) dort als Kaufmann, Pflanzer, Sportsmann und Tierexporteur eine umfassende Tätigkeit ausgeübt, ist er der populärste deutsche Kolonist im fernen Südosten gewesen, bis ihn der Ausbruch des Ersten Weltkrieges jäh seinem Wirken entriss, ihn aus seinem Paradies vertrieb.

Was John Hagenbeck in den langen Jahren eines reich bewegten, abenteuerlichen Überseelebens im Verkehr mit weißen und farbigen Menschen, auf der Jagd im Dschungel, in allen Teilen der Tropeninsel erlebt hat, das ist in diesem Werk nach seinen Aufzeichnungen und Berichten, in literarische Form gebracht worden.

Wenn dieses Buch allen denen, die es aus unserer deutschen Beengtheit wenigstens im Geiste nach fernen Küsten, zu fremdartigen Menschen und seltsamen Dingen lockt, etwas bietet, etwas zu sagen hat, so ist sein schönster Zweck erfüllt!

Bibliographische Angaben:

Autor: John Hagenbeck
Paperback € 11,99
192 Seiten
ISBN: 978-3-7528-2274-8
Verlag: Books on Demand
Auch als Ebook erhältlich

„Gibt es jemanden, der diesen Sommer eine Fahrt per Automobil von Peking nach Paris unternehmen wird?"

... fragte die Pariser Zeitung Le Matin am 31. Januar 1907. Es meldeten sich 40 Teilnehmer für das Rennen an. Aufgrund unüberwindlicher Schwierigkeiten starteten starteten letztlich doch nur fünf Teams am 10. Juni um 8:00 Uhr in Peking.

Der aus einer Patrizierfamilie stammende Scipione Borghese, der Sieger dieses Rennens, schreibt an sein Teammitglied, den Journalisten und Autor Luigi Barzini:

„Uns [...] erwartete allgemeiner Beifall, erwartete die Genugtuung, einen Augenblick lang die Begeisterung der großen Metropolen der Welt, der betriebsamen Städte, der stillen Flecken in ganz Europa erregt zu haben!

Am Punkt der Abfahrt die geheimnisvolle Hauptstadt des rätselhaften Reiches, aus dem das Geräusch des Lebens wegen der räumlichen Entfernung und des Abstandes im Denken nur gedämpft zu uns herüberklingt; am Endpunkt der lauteste Resonanzboden der Welt, Paris, von wo jeder, auch der leiseste Hauch des Lebens sich verstärkt und in tausendfachem Echo vervielfältigt über die ganze Erde verbreitet. ...

Der Telegraph und die Presse, sie sind die unmittelbare Ursache der Volkstümlichkeit, deren sich unser Unternehmen zu erfreuen hatte.

Diese beiden sind es, die Ihre spannende Darstellung überallhin verbreitet haben, die den eintönigen und für uns nur allzu häufig höchst verdrießlichen Zwischenfällen der Reise Interesse verlieh. ... Und das Publikum hat die Poesie gefühlt, die die einzelnen Kapitel dieser unserer modernsten Odyssee erfüllt."

Bibliographische Angaben:

Buchtitel:

Peking-Paris im Automobil: Die legendäre 16.000 km – Rallye 1907
Autor(en): Lugi Barzini u. Klaus-Dieter Sedlacek (Hrsg.)
Taschenbuch: 396 Seiten
Verlag: Books on Demand
ISBN 978-3-7528-3050-7
Auch als Ebook erhältlich.

NATURWISSENSCHAFT, PHYSIK UND ASTRONOMIE

– **Äquivalenz von Information und Energie.** Von: K.-D. Sedlacek

– **Das Gesetz im Zufall:** Wie sich verborgene Gesetzlichkeit manifestiert. Von: Moritz Cantor u. K.-D. Sedlacek (Hrsg.)

– **Der Widerhall des Urknalls:** Spuren einer allumfassenden transzendenten Realität jenseits von Raum und Zeit. Von: K.-D. Sedlacek

– **Einsteins Relativitätstheorie ganz ohne Mathematik.** Spezielle und allgemeine Relativitätstheorie. Von: Prof. Dr. Paul Kirchberger u. K.-D. Sedlacek (Hrsg.)

– **Freizeitvergnügen Sternenhimmel mit bloßem Auge:** Wie man Sternbilder auffindet ohne Instrumente. Von: Prof. Dr. Paul Kirchberger u. K.-D. Sedlacek (Hrsg.)

– **Phänomen Naturgesetze:** Das Geheimnis hinter den Erscheinungen der Welt. Von: K.-D. Sedlacek

– **Supervereinigung:** Wie aus nichts alles entsteht. Von: K.-D. Sedlacek

– **Die Natur psycho-physikalischer Phänomene.** Erforschung telekinetischer Vorgänge. Von: Schrenck-Notzing, A. u. Klaus D Sedlacek (Hrsg.)

– **Giganten der Physik.** Die Top10-Physiker der Menschheitsgeschichte. Von: Klaus-Dieter Sedlacek (Hrsg.)

– **Der allmächtige Informatiker:** Das Mysterium des Universums. Von Sir James Jeans u. K.-D. Sedlacek (Hrsg.)

– **Der verborgene Mechanismus des Weltgeschehens:** Neue Erkenntnisse über die Gestalten biotechnischer Systeme der Welt. Von: Dr. h. c. Raoul Francé u. K.-D. Sedlacek

– **Der erdgeschichtliche Klimawandel:** Den wahren Ursachen von Klimaschwankungen auf der Spur. Von Wilhelm Bölsche u. K.-D. Sedlacek (Hrsg.)

– **Wege zur physikalischen Erkenntnis.** Meine wissenschaftlichen Selbstbiographie, Reden und Vorträge. Von **Max Planck** u. K.-D. Sedlacek (Hrsg.)

CHEMIE

– **Der Stein der Weisen:** Wie die Alchemie zur Chemie wurde. Von: Wilhelm Ostwald et. al. u. K.-D. Sedlacek (Hrsg.)

– **Durchblick Chemie:** Praktische Grundlagen und Einführung in die anorganische, organische und Biochemie. Von: Prof. Dr. Lassar-Cohn, Prof. Dr. W. Löb, K.-D. Sedlacek

NATUR- UND PHILOSOPHIE

– **Die letzten Ursachen.** Das Buch der Naturerkenntnis. Von: K.-D. Sedlacek

– **Gebundener Wille:** Wie frei ist menschlicher Wille tatsächlich? Von: K.-D. Sedlacek, G.F. Lipps et. al.

– **Jenseits der Erscheinungen:** Erkennbarkeit und Realität der Quantennatur. Von: Prof. Dr. M. Schlick u. K.-D. Sedlacek (Hrsg.)

– **Kleines Wörterbuch der Natur-Philosophie:** 1200 Begriffe, die man kennen sollte, kurz und prägnant. Von: K.-D. Sedlacek

– **Naturphilosophie:** Das Wesen von Naturgesetzen und die Erklärung des Lebens. Von: Prof. Dr. M. Schlick u. K.-D. Sedlacek (Hrsg.)

– **Vereinbarkeit von Religion und Naturwissenschaft.** Von: Kurd Laßwitz u. K.-D. Sedlacek (Hrsg.)

– **Das Konzept des Guten.** Sinnliches Empfinden – Der Ursprung unserer Wertvorstellungen. Von: Klaus-Dieter Sedlacek (Hrsg.)

– **Ist echte Erkenntnis möglich?** Einführung in die Erkenntnistheorie. Von: Prof. Dr. Erich Becher u. K.-D. Sedlacek (Hrsg.)

– **Das individuelle Ich**: Was ist der Kern des Selbstbewusstseins? Von: Th. Lipps u. K.-D. Sedlacek (Hrsg.).

– **Persönlichkeit und Unsterblichkeit:** In welcher Form existiert ein Weiterleben nach dem zeitlichen Ende? Von: Wilhelm Ostwald u. K.-D. Sedlacek (Hrsg.)

– **Die idealistischen Grundwerte unserer Kultur.** Von Johannes M. Verweyen u. K.-D. Sedlacek (Hrsg.)

BEWUSSTSEIN

– **Leben nach dem Leben:** Befreiung des Bewusstseins von den Fesseln der Zeit. Von: K.-D. Sedlacek

– **Quantenbewusstsein.** Von: N. Wrobel u. K.-D. Sedlacek

– **Synthetisches Bewusstsein.** Von: K.-D. Sedlacek

– **Unsterbliches Bewusstsein:** Raumzeit-Phänomene, Beweise und Visionen. Von: K.-D. Sedlacek

LEBEN UND MEDIZIN

– **Leben aus Quantenstaub.** Von: N. Wrobel u. K.-D. Sedlacek,

– **Was ist Krankheit?** Von: N. Wrobel u. K.-D. Sedlacek

– **Bewusstsein und Unsterblichkeit.** Von: C. L. Schleich u. K.-D. Sedlacek (Hrsg.)

– **Die Lebenskraft:** Wie Enzyme, Bewusstsein und quantenbiologische Effekte das Leben regulieren. Von: K.-D. Sedlacek u. N. Wrobel,

– **Die verborgene Ordnung des Weltsystems.** Neue Erkenntnisse über die schöpferischen Kräfte der Natur. Von: Dr. h. c. Raoul Francé u. K.-D. Sedlacek (Hrsg.)

– **Homöopathie und Praxis:** Naturheilkundliche alternative Medizin für den mündigen Patienten. Von: Dr. med. J. Voorhoeve u. K.-D. Sedlacek (Hrsg.)

– **Eine andere Sicht auf die Entstehung der sporadischen Form der Alzheimerkrankheit.** Von Norbert Wrobel u. K.-D. Sedlacek (Hrsg.)

PSYCHOLOGIE

– **Gestalt-Psychologie:** Einführung in die neue Psychologie vom Begründer der Gestaltpsychologie. Von: Prof. Dr. Kurt Koffka u. K.-D. Sedlacek (Hrsg.)
– **Die ersten Spuren psychischer Erscheinungen:** Das psychische Leben von Mikroorganismen – Eine Studie in experimenteller Psychologie. Von Alfred Binet u. K.-D. Sedlacek (Übers.)
– **Allgemeine moderne Psychologie:** Systematische Einführung in die Wissenschaft psychischer Prozesse. Von August Messer u. K.-D. Sedlacek (Hrsg.).
– **Strahlende Kräfte durch positives Denken:** Die Wurzeln des Erfolgs und Wege zum Glück. Von Emil Peters u. K.-D. Sedlacek (Hrsg.)

BIOLOGIE

– **Wie intelligent sind Pflanzen?** Sensationelle Einblicke in die geheime Seite des pflanzlichen Wesens. Von Prof. Dr. phil. Adolf Wagner u. K.-D. Sedlacek

– **Über Menschenaffen, Tierseele und Menschenseele:** Intelligenzprüfungen an Hominiden. Von Wilhelm Bölsche et. al. und K.-D. Sedlacek (Hrsg.)

GESCHICHTE, VOR- U. FRÜHGESCHICHTE

– **Die geheimnisvolle Kultur der alten Kelten.** Von Druiden, Fürstensitzen und der Lebensart unserer frühgeschichtlichen Vorfahren. Von Georg Grupp u. K.-D. Sedlacek (Hrsg.)
– **Der Alchemist Leonhard Thurneysser:** Die Lebensgeschichte des Goldmachers von Berlin. Von Klaus-Dieter Sedlacek (Hrsg.)
– **Es begann mit Feuerskraft.** Das Werden des Menschen und seiner Kultur. Von Carl W. Neumann u. K.-D. Sedlacek (Hrsg.)
– **Gefangen zwischen Eisschollen:** Die dramatische Entdeckungsgeschichte der Antarktis. Von Klaus-Dieter Sedlacek (Hrsg.)

RATGEBER FREIZEIT U. REISE

– **Kultur erleben mit den Wohnmobil in Frankreich:** Vierzig kulturelle Highlights, Park- und Übernachtungspätze sowie Navigationskoordinaten. Von Klaus-Dieter Sedlacek
– **Kochbuch für ganze Kerle:** Kräftige und Feinschmeckergerichte für Freizeit und Camping. Von K.-D. Sedlacek (Hrsg.)

FORSCHUNGSREISEN U. ABENTEUER

– **Meine erste Weltumseglung:** Tagebuch einer epochalen Expedition. Von James Cook u. K.-D. Sedlacek (Hrsg.)
– **Exotische Reise durch Persien:** Abenteuerlicher Bericht aus einer fremdartigen Welt des 19ten Jahrhunderts. Von Pierre Loti u. K.-D. Sedlacek (Hrsg.)
– **Mit der Beagle um die Welt:** Bericht meiner Forschungsreise zum Galapagos-Archipel. Von Charles Darwin u. K.-D. Sedlacek (Hrsg.)
– **Peking-Paris im Automobil:** Die legendäre 16.000 km – Rallye 1907. Von Luigi Barzini u. K.-D. Sedlacek (Hrsg.)
– **Mein Leben im Tropenparadies:** Fünfundzwanzig Jahre in Ceylon – Erlebnisse und Abenteuer. Von John Hagenbeck u. K.-D. Sedlacek (Hrsg.)